THOMAS EPPENSTEINER

Sünden

Chefinspektor Schirmer ermittelt

Ein Mödling-Krimi

Berenkamp

Berenkamp

www.berenkamp-verlag.at
ISBN 978-3-85093-293-6

Dank

Mein besonderer Dank gilt Gabriele Hasmann, die mir bei der Geburt von „Sünden" geduldig mit Rat und Tat zur Seite stand. Danke auch an Bruce Springsteen und Mike Patton für Inspiration in schwierigen Momenten und an den Berenkamp-Verlag für das Vertrauen in mich.
Tiefe Dankbarkeit empfinde ich dafür, dass ich so wundervolle Menschen an meiner Seite haben darf.

Susanne, Sarah und Lukas, ich liebe Euch.

Bibliographische Information der Deutschen Bibliothek

Die Deutsche Bibliothek verzeichnet diese Publikation in der Deutschen Nationalbibliographie; detaillierte bibliographische Daten sind im Internet über http://dnb.ddb.de abrufbar.

1982

Heute ist es mir wieder gelungen. Anfangs habe ich noch gedacht, dass dieser Tag genau so beginnt und endet wie viele davor: in Dunkelheit. Bis ich mich dann vor der Wand wiedergefunden habe.
Gewöhnlich ist es ja so, dass ich hilflos dahintreibe, eine Schiffbrüchige im Meer – meine Haut gerötet und rissig vom kalten Salzwasser, die Lippen blau, die Glieder ohne jegliches Gefühl. Bei fünf Grad, so sagt man, hält es ein Mensch nicht lange aus im Wasser. Ich kreise mit den Armen, strample abwechselnd mit den Beinen und versuche, einfache Rechnungen im Kopf zu lösen. Einschlafen bedeutet Sterben.
Hin und wieder kann ich in der Ferne Lichter sehen. Scheinwerfer von Öltankern, Frachtern, Kreuzfahrtschiffen und Booten, die vielleicht verzweifelt nach mir suchen. Manchmal kommt eines von ihnen so nahe, dass ich fast danach greifen kann. Ich höre Stimmen, Musik verlässt die Bäuche der Schiffe und tanzt über die Wellen zu mir, und Maschinengeräusche, es riecht nach Öl.
Erst rufe ich leise und zaghaft, dann lauter und immer lauter. Sie hören mich nicht. Meine Hände schlagen wie von selbst hysterisch auf das kalte Wasser ein, wollen es verletzen, so wie auch ich verletzt worden bin. Die Lippen formen Wörter, die um Hilfe flehen. Meine Beine treten nach dem Abgrund unter mir. Vergebens. Niemand nimmt Notiz von mir.
Jedes Mal, wenn die Lichter wieder kleiner und die Geräusche leiser werden, kriecht der Gedanke nach endgültiger Aufgabe meinen Rücken empor – nass, kalt, unbarmherzig. Es wäre so einfach, bloß den Mund zu öffnen und dem Ozean zu gestatten, meine Lungen zu

fluten, in jede Zelle meines Körpers einzudringen, wie die eiskalten Klauen eines Meeresungeheuers, die mich packen und in die Tiefe ziehen. Ertrinken als Erlösung. Es wäre ein stiller Tod und noch dazu ohne viel Aufwand. Wenn ich es geschickt anstelle, bekommt keiner etwas mit, und im Nachhinein wird nicht darüber geredet werden, was ja besonders wichtig ist für jene, die da bleiben.

Ich bin also vor der Wand gestanden, gleich neben dem Fenster, die Schnur des Rollladens zum Greifen nah. Wie die Ankerkette eines dieser Schiffe habe ich sie vor mir gesehen. Schwer, glitschig, überwuchert von Algen und Muscheln. Meine Finger haben sich dann einer nach dem anderen um die Glieder aus Eisen gelegt. Mit jedem Zentimeter, den sich der Rollladen nach oben bewegt hat, ist mehr von der Angst zurückgekommen – Angst vor dem Draußen, vor dem Licht.

Zu Beginn haben nur wenige Strahlen das Fensterbrett getroffen und darauf kleine Lichtpunkte gebildet. Nachdem die Jalousie aber eine Handbreit nach oben gezogen war, traf mich die Helligkeit mit ihrer ganzen Kraft.

Millionen von Strahlen drangen plötzlich ein und tauchten jede Ecke des Raums in grelle Wirklichkeit. Es ist die unveränderbare Tatsache, mit der ich nicht zurechtkomme. Das explodierende Licht gab mir einmal mehr die Gewissheit, dass ich an all dem nichts mehr ändern kann.

Ich war bereit, in den Sonnenstrahlen zu ertrinken, hielt den Atem an und wartete darauf, die ersten gelbweißen Fäden brennend auf meiner Haut zu spüren. Doch nichts geschah. Nur der Raum hatte sich verändert, er schien so aufgeräumt, so hell. Das Zimmer einer Fremden. Aus meinem Leben hat sich das Licht schon lange

verabschiedet, musste Schatten, Nebel und Finsternis weichen.
Hinter der Fensterscheibe geht das Leben weiter, so als wäre nichts gewesen. Alles Ignoranten, die nur im Augenblick leben. Ich meine, da kann noch so Schlimmes passieren, die Dinge gehen immer ihren gewohnten Gang.
Stell dir doch einmal Folgendes vor: Direkt neben dir, im Bus zum Beispiel, krepiert jemand. Herzinfarkt. Dich, auch wenn du das mit angesehen hast, wird es nicht daran hindern, am selben Abend mit deinem Freund auf das Konzert eurer Lieblingsband zu gehen, dich volllaufen zu lassen und danach noch die Beine breit zu machen … für den Kerl. Ich täusche mich doch nicht, oder? Ich weiß, das klingt alles ziemlich wirr. Aber verrate mir, wo ich denn sonst damit hin soll, wenn nicht in mein Tagebuch?
Sonnenstrahlen, die mein Zimmer in Brand stecken, reinigendes Feuer. Mein persönlicher Scheiterhaufen. Verbrennen wäre sicher so, dass die Flammen den sündigen Körper zerstören und die Seele freilegen. Übrig bliebe nur, was rein und klar ist.
Mama sagt, dass solche Gedanken sündig sind, dass ich sicher auch ein wenig selbst die Schuld an allem trage und Trost im Gebet suchen soll. Jetzt, wo es bald losgeht. Sie sagt, ich dürfe mich nicht länger isolieren und müsse wieder am Leben teilhaben. Mich damit abfinden, weil alles Gottes Wille sei. Und gegen den könne ja niemand etwas ausrichten. Außerdem würden die Leute schon über mich reden, und seine Geduld sei am Ende.
Manchmal glaube ich, sie steckt mit ihnen unter einer Decke. Ich kann mir einfach nicht vorstellen, dass sie nichts von all dem mitkriegt. Dabei besuchen sie mich ja

immer noch jede Nacht. Das Knarren der Bodendielen, wenn sie durch das Haus schleichen. Beißender Geruch nach Schwefel und Feuer. Züngelnde Flammen, die wie gierige Hände so lange nach mir schnappen, bis sie mich haben. Ihr Lachen und Grunzen, wenn sie diese Spiele mit mir treiben.

Mama kommt nie, wenn ich um Hilfe rufe. Sie ist nicht da, wenn sich die Krallen in mein Fleisch bohren, mich packen und würgen. Wenn einer nach dem anderen seinen kochenden Samen in mir verströmt. Wenn sie heiser stöhnen. Wenn sich der Dämon in mir regt.

Wenn ich mit Mama darüber sprechen will, bekreuzigt sie sich nur und meint, ich solle nicht so dumme Sachen daherreden. Womöglich bekomme er das mit und denke, ich sei besessen. Was für eine Schande das wäre, den Teufel im eigenen Haus zu haben.

Sobald es vorbei ist, wird er sich etwas überlegen, eine Lösung finden, wie er es immer tut. Es könne auf keinen Fall so bleiben, wie es jetzt ist. Vielleicht schickt er mich weg?

Gerade habe ich das Fenster wieder verdunkelt. Das Licht bereitet mir große Schmerzen, die es mit denen in meinem Unterleib mit Leichtigkeit aufnehmen können.

Da sind wieder Stimmen. Am Gang vor meiner Tür flüstert jemand. Sie rufen mich. Mein Gott, warum hilft mir denn niemand …

1

Die Wolken entluden sich. In einem apokalyptischen Regen gingen dichte Wasserwände auf Mödling nieder und verwandelten die Straßen der Stadt in ein überflutetes Durcheinander aus gelb blinkenden Ampeln und wüst hupenden Autos, deren Lenker mit der plötzlich geänderten Situation heillos überfordert waren. Mödling versank im heftigsten Gewitter dieses Sommers.
Am Stadtrand, wo sich immer mehr Konstruktionen aus Beton, Glas und tropischen Hölzern gierig in die Ausläufer des Anninger fraßen und gesunder Wald der Bauwut der Menschen weichen musste, quälte sich ein deutscher Mittelklassewagen durch ein unüberschaubares Geflecht aus Einbahnen und Sackgassen, nur um immer wieder auf der Hauptstraße zu landen, die durch diesen Teil der Stadt führte.
„Meine Güte, Arno! Seit einer Ewigkeit fahren wir hier schon im Kreis, weil du die depperte Straßenkarte nicht lesen kannst. So viele Möglichkeiten, sich zu verfahren, kann es hier doch gar nicht geben. Reiß dich endlich zusammen und finde diesen verdammten Zufahrtsweg!"
Chefinspektor Harald Schirmer brachte den Wagen mitten auf der Hauptstraße zum Stehen und bedachte seinen Beifahrer mit einem vernichtenden Blick.
Abteilungsinspektor Arno Hasler brütete über dem auf seinen Oberschenkeln ausgebreiteten Stadtplan, auf dem Mödling und die angrenzenden Gemeinden eingezeichnet waren. Während Zeigefinger und Daumen der linken Hand ohne Unterlass die Enden seines mächtigen Schnauzers aufzwirbelten, fuhren die feingliedrigen Finger seiner Rechten über die auf der Karte eingezeichneten Linien.

„Ich kann diesen verdammten Zufahrtsweg nicht finden, weil es ihn nicht gibt, Chef. Der müsste auf der anderen Seite der Straße sein. Und wie selbst du durch den Regen erkennen kannst, gibt es dort nur Gehsteig und Zäune. Kein Zufahrtsweg", endete Hasler und blickte seinen Vorgesetzten fragend an.

„Zufahrtsweg zu einer Lichtung, hinter der HTL, hat der Wachhabende gesagt. Irre ich mich da? Du hast es doch auch gehört, tu jetzt nicht so gescheit. Der muss hier doch irgendwo sein." Schirmer fuchtelte mit beiden Händen in Richtung des eingezäunten Grundstücks zu ihrer Linken, das unmittelbar hinter der Höheren Technischen Lehr- und Versuchsanstalt lag.

„Da hinten geht's schon nach Gumpoldskirchen. So kann das nicht stimmen." Hasler zeigte auf die Fahrbahnkuppe vor ihnen, hinter der die Straße aus der Stadt führte. Ein Windstoß erfasste den Wagen und peitschte den Regen waagrecht gegen die Scheiben. Obwohl das Gewitter die Temperaturen gesenkt hatte, war es im Auto immer noch unerträglich heiß. Schirmer klopfte ungeduldig auf die Knöpfe der Klimaanlage und schimpfte: „Hier hat es gefühlte dreißig Grad, und nicht einmal die Klimaanlage funktioniert. Seit drei Tagen wissen wir schon, dass das Mistding hin ist! Wann kümmerst du dich endlich darum? Möchte wissen, für was ich einen Assistenten habe."

„Deine Launen gehen mir schon gehörig auf die Nerven", versuchte Hasler sich zu verteidigen. Immer, wenn er dies tun musste, egal ob bei Schirmer oder in anderen Konfliktsituationen, hob sich dabei mit jedem gesprochenen Satz die Tonlage seiner Stimme, bis ihm am Ende die Worte im Hals stecken blieben. „Seit wir losgefahren sind, motzt du nur an mir herum. Dies passt nicht, jenes nicht, und wir finden die Zufahrt nicht, und es regnet, und die Klimaanlage ist kaputt. Hast du bemerkt, dass der Heckscheibenwischer auch eben seinen Geist aufgegeben hat? Etwas, für das ich wohl auch verantwortlich bin."

„Jetzt, wo du es sagst, Arno … Wäre nicht schon längst das Service für diesen Schrotthaufen fällig gewesen?"

„Was ist eigentlich los mit dir? Ich bin dein Partner, nenn mich von mir aus Assistent, wenn dir das lieber ist. Aber eines bin ich ganz bestimmt nicht: dein Dienstmädchen! Ich …" Haslers letzter Satz verlor sich wieder einmal ganz oben.

Schirmer würgte mit einer energischen Drehung des Zündschlüssels den Motor endgültig ab. Zwei Autos fuhren im Schritttempo an ihnen vorbei, hupten laut und verschwanden hinter der Kuppe in der Dunkelheit dieses bewölkten Morgens. Es schien, als fielen die Wolken auf die Straße. Irgendwo rechts von ihnen fuhr ein Blitz in den Eichenwald; danach war es so lange still im Wagen, bis Schirmer sich von dem Schrecken des metallischen Krachens wieder erholt hatte.

„Der Herr Hasler möchte gern wissen, was los ist? Kein Problem, ich werde es ihm gern mitteilen." Hasler rutschte im Sitz nach unten, während sein Vorgesetzter lauter wurde und beschwörend die Hände hob, als wollte er durch das Autodach durchgreifen und die Regenwolken über ihnen zermalmen.

„Dieser tolle Tag hat damit begonnen, dass Katja um fünf die Vorhänge mit einer solchen Wucht zur Seite reißt, dass ich ja aufwachen muss. Dabei hätte ich heute eine Stunde länger schlafen können. Ich wäre ja mit dem Wagen dran gewesen, aber egal. Als ich endlich aus den Federn komme, ist sie natürlich schon im Bad und ersucht mich um ein klein wenig Geduld, weil sie ihre Haare noch trocknen möchte. Der Föhn macht einen Krawall wie die Triebwerke eines Kampfjets. Hat sicher die halbe Nachbarschaft aufgeweckt, das alte Ding. Ich kann mir das dann wieder anhören, wenn ich mit dem Erhard Gassi geh'. Ja, Erhard! Der Köter geht mir auch schon auf den Zeiger. Nur Dreck macht der! Im ganzen Haus! Ich hab' natürlich wenig Chancen, in absehbarer Zeit ins Badezimmer zu kommen. Also runter, Kaffee kochen! Dabei steige ich in die Futterschüssel des blöden Hundes, weil die ja jeden Tag woanders stehen muss. Aber das kennst du alles aus eigener Erfahrung. Nach den ersten beiden Tassen Kaffee, der meiner schlechteren Hälfte ist natürlich bereits kalt geworden, schaffe ich es dann doch noch für einige Minuten ins Bad. Nämlich so lang, bis sie sich schminken will und dabei allein sein möchte. Natürlich nur, wenn ich damit einverstanden bin. Für was wir zwei Waschbecken haben, möchte ich gern wissen. Und überhaupt, Arno, kannst du mir erklären, warum sich die Weiber jeden Tag anschmieren müssen, als wäre Fasching?"

Schirmer drückte unter schmerzerfülltem Ächzen seinen Rücken durch, wobei der Bierbauch das Lenkrad berührte. Nervös fingerte er in seiner Hosentasche herum und hielt kurz darauf triumphierend ein zerknittertes Päckchen Zigaretten in der Hand. Der darin befindliche Inhalt war aber unbrauchbar wie die Klimaanlage des Dienstwagens. Die zerbrochenen Lungenkrebsgaranten traten ihren Flug auf die Rückbank des Wagens an. Hasler, der blaue Rauchschwaden einem neuerlichen Wutanfall seines Chefs vorgezogen hätte, musste sich nun wohl oder übel das Ende von Schirmers Ausführungen anhören.

„Schließlich trifft sich meine Gattin dann doch noch mit mir! Stell dir vor, wir trinken in der Küche Kaffee. Gemeinsam! Ich meinen dritten, sie ihren ersten, kalt, eh schon wissen. Und dann, keine Minute ist vergangen, fängt dieser ganze Schmarren wieder von vorn an. Ich muss mir das seit Monaten anhören! Die Alte redet von nichts anderem mehr. Katja meint, dass wir seit geraumer Zeit nicht mehr wertschätzend miteinander umgehen. Geraum … wertschätzend! Lass dir das auf der Zunge zergehen. Wer redet so? Kein normaler Mensch. Weißt du, wo sie das alles her hat? Von ihrem Lebensberater! Zu diesem Homo rennt sie seit letztem Herbst. Hanno, Hasso oder so ähnlich heißt der. Außer, dass sie das eine Stange Geld kostet, bringt es gar nichts, nichts! Was weiß ich, vielleicht ist das gar kein Homo und er vögelt sie auch noch? Wundern würde es mich nicht, so wie sich die momentan im Bett anstellt. Aber du kennst das. Natürlich habe ich ihr gleich gesagt, dass mir so Sachen beim Frühstück sauer aufstoßen, und gefragt, ob wir nicht über Dinge reden können, die auch normale Menschen verstehen.

Kannst dir nicht vorstellen, was dann los war. Sie springt wutentbrannt auf, heult herum, und ich verstehe wieder einmal kein Wort von dem tiefgründigen Schwachsinn. Schnappt ihre Handtasche, den Autoschlüssel und raus bei der Tür. Den Autoschlüssel! Ich wäre heute damit dran gewesen.

Arno, bist du schon einmal im Hochsommer in einem völlig überfüllten öffentlichen Bus gestanden? Ja, gestanden, weil Sitzplatz habe ich natürlich keinen ergattert. Wie denn auch? Wenn ich in Guntramsdorf einsteige, sind alle Plätze schon besetzt. Und Arno, bitte erklär mir, warum alle anderen Menschen im Bus ein hygie-

netechnisches Problem bekommen, sobald es mehr als dreißig Grad hat? Es stinkt wie in einem Affenkäfig, und dann benutzen auch noch alle die Haltegriffe, so wie es ihnen die Alte vom Tonband rät! Ich habe noch nie so viele nackte Achseln gesehen, Schweiß und Mief überall. So eine alte Fettel von einem Weib drückt mir ihren Buschen fast ins Gesicht. Bevor ich die am Ende noch töten muss, steige ich eine Station zu früh aus und laufe die restliche Strecke zum Bezirkskommando."
Schirmer hielt sich mit beiden Händen den Bauch und streckte sich neuerlich umständlich. „Schaden tut es mir eh nicht, aber trotzdem. So, nächster Akt im Schirmerschen Drama! Ich bin keine zehn Minuten zu Fuß unterwegs, da setzt der verdammte Regen ein. Klatschnass im Büro angelangt, ist nicht einmal Zeit für einen Morgenschiss, weil uns die Alte draußen bei dieser Leiche haben will. Die Leiche, die wir nicht finden können, weil Herr Hasler, seines Zeichens Abteilungsinspektor, zu dumm ist, einen Straßenplan zu lesen. Das ist los, Alter. Das alles!"
Hasler richtete sich wieder langsam auf und blickte aus dem Fenster, während er mit beiden Händen die Enden seines Bartes in Form brachte. Das Wortgewitter hatte genauso abrupt geendet, wie der Wolkenbruch über ihnen begonnen hatte. Er konnte an der entspannten Sitzhaltung seines Chefs merken, dass der Vulkan nun erloschen und der Überdruck abgebaut war. Schirmers Augen folgten stumm der Bahn, die die beiden Scheibenwischer zogen.
In einem besseren Moment würde Hasler mit Schirmer über dessen Wutanfälle reden müssen, die in den letzten Wochen zugenommen hatten. Jetzt würde er bloß einen weiteren Monolog seines Chefs riskieren. Einen Vortrag über kollegiale Treue und Loyalität im Polizeidienst,

vielleicht. Ganz so billig wollte er sich dann aber doch nicht geschlagen geben und erwiderte auf Schirmers Ausführungen bewusst leise und monoton: „Tut mir leid, Harald, ich kenne das alles nicht.“
„Wie meinen?“ Schirmers Interesse an den Scheibenwischern wich schlagartig.
„Du hast mir das alles gerade erzählt und gemeint, ich kenn' das ebenfalls. So ist es nicht. Silvia und ich … ich weiß ehrlich gesagt gar nicht mehr, wann wir uns das letzte Mal gestritten haben. Seitdem die Kinder aus dem Haus sind, nehmen wir uns wieder bewusst viel mehr Zeit für unsere Partnerschaft.“ Er erkannte an Schirmers fragender Miene, dass dieser nicht verstand, worauf er hinauswollte.
„Und? Was willst du mir damit sagen? Ich hasse es, wenn du um den heißen Brei herumredest. Fast wie ein Weib. Werde gefälligst genauer!“
Hasler hörte erneut zorniges Zittern in Schirmers Stimme und versuchte so ruhig wie möglich weiterzureden.
„Wenn du mit Katja so weitermachst, wirst du bald ein echtes Problem haben.“
„Das habe ich schon. Was soll ich deiner höchstpersönlichen Meinung nach tun? Und komm mir bloß nicht auch mit so einem esoterischen Scheiß daher.“
„Eine Eheberatung hat nichts mit Esoterik zu tun. Euch würde es nicht schaden, das eine oder andere wieder einmal gemeinsam zu unternehmen. Du bist seit Monaten praktisch nur im Büro.“
„Du weißt doch selbst, dass wir unterbesetzt sind“, versuchte sich Schirmer zu rechtfertigen und hätte lieber über etwas anderes gesprochen. Zum Beispiel über den Umstand, dass sie immer noch nicht wussten, wo sich der Zufahrtsweg befand.

„Ja, aber ich kann mir doch auch hin und wieder Zeit für etwas anderes nehmen. Und verheiratet bin ich mit Silvia, nicht mit der Mödlinger Kriminalpolizei. Silvia und ich, wir gehen jeden Montag zum Lachyoga. Ist gut für die Gesichtsmuskeln und entspannt. Vielleicht geht ihr mal mit? Ich habe Katja schon lange nicht mehr gesehen."
Weiß leuchtende Strahlen von Autoscheinwerfern drangen durch die Heckscheibe in den Wagen. Regentropfen tanzten im Rhythmus der Lichter, die auf- und abgeblendet wurden. Ein Stakkato aus Blitzlicht gesellte sich dazu und tauchte die Umgebung in Indigo.
„Ja, Arschloch, ich fahr' ja schon." Schirmer startete den Motor, legte einen Gang ein und rutschte mit dem Fuß vom Kupplungspedal. Der Motor starb sofort wieder ab, und der weiße Kleinbus rollte an ihnen vorbei, nicht ohne dabei protestierend zu hupen. Kurz vor der Kuppe bog er nach links in einen schmalen Weg ein, der durch vorgelagerte Büsche leicht übersehen werden konnte.
„Da vorn hast du deinen Zufahrtsweg zur Lichtung hinter der HTL, Harald", bemerkte Hasler sarkastisch und betonte dabei jede Silbe. „Da geht es zum Eichkogel. Das war der Wagen der Spurensicherung. Fahr denen doch einfach nach. Kropek und seine Jungs sind nicht so deppert wie ich. Die können sicher eine Straßenkarte lesen."
Nach einem neuerlichen Versuch sprang der Motor an. Schirmer schüttelte den Kopf. „Lachyoga, du hast eben gar nichts verstanden."

2

Der Weg war schmal, aber gut befestigt und zu beiden Seiten spärlich von uralten Eichen bestanden. Nach links

hin fiel die Landschaft ab. Ein Stück unter ihnen waren durch den Regen hindurch die Umrisse der Gebäude zu erkennen, die zur HTL Mödling gehörten. Schirmer folgte den Rücklichtern des Wagens vor ihnen, der einer scharfen Rechtskurve folgte und kurz danach anhielt. Die beiden Fahrzeuge waren auf einer Lichtung angekommen, in deren Mitte eine einzelne Kiefer wuchs. Eine Gestalt lehnte lässig am Stamm des Baums und beobachtete die Neuankömmlinge, während zwei weitere Personen in einem Streifenwagen saßen, der etwas abseits geparkt war. Als der kleine Konvoi darauf zurollte, hörte der Regen so plötzlich auf, wie er am Morgen begonnen hatte. Das Wolkendach brach auf, Sonnenstrahlen tauchten den Ort in Sonnenlicht.
Mit jedem Meter, dem sie sich dem Zentrum der freien Fläche näherten, mutierte die Person unter dem Baum, wurde vom interessierten Beobachter zum eigentlichen Grund ihres Erscheinens.
„... und so hat ihn die Frau gefunden." Einer der beiden Streifenpolizisten, ein erfahrener Beamter, den Schirmer schon seit vielen Jahren kannte, beendete seinen Bericht, indem er den Fleck auf seinem Uniformhemd betrachtete. „Hab' mich vollgekotzt, ist ja kein schöner Anblick." Er hob entschuldigend die Schultern und war froh, dass er und sein Kollege mit Schirmers Erscheinen zur Ablöse geschickt wurden. Schirmer und Hasler blickten dem Polizeiwagen nach, der kurze Zeit später aus ihrem Blickfeld verschwand, während vier Beamte der Spurensicherung dabei waren, Koffer, Stative, Lampen und große Taschen aus ihrem Bus zu räumen.
„Ich werde mit Kropek sprechen und dann unten im Bezirkskommando Bescheid geben, was hier los ist", schlug Hasler vor und stapfte nach einem zustimmenden Ni-

cken seines Vorgesetzten durch das kniehohe Gras wieder zu dem allein stehenden Baum.

Eine Spaziergängerin war bei ihrer morgendlichen Runde durch das Erholungsgebiet Eichkogel auf den Mann am Baum gestoßen. Nachdem sie Polizei und Rettung verständigt hatte, hielt sie noch mutig durch, bis der Streifenwagen und die Sanitäter eingetroffen waren. Für den Notarzt gab es nichts mehr zu tun, außer die Frau wegen Schockverdachts ins Krankenhaus zu bringen. Der Mann am Baum war ab diesem Zeitpunkt ein Fall für die Polizei, für die Kriminaldienstgruppe Mödling, für Harald Schirmer und Arno Hasler.

Ein Leib, der nackt am Stamm lehnte, die Kleidung fein säuberlich am Boden vor seinen Füßen zusammengelegt. Er wäre wohl sofort in das nasse Gras geglitten, wäre da nicht der Nagel gewesen. Ein Stück des fingerdicken Stahlstifts ragte aus dem Schädel, glich dem Horn eines Fabeltiers. Der nicht sichtbare Rest verband Knochen, Hirn und Holz. Rotbraune Bahnen von eingetrocknetem Blut begannen dort, wo der Nagel in die Stirnplatte eingedrungen war, gaben Gesicht und Brust eine bizarre Zeichnung, ehe sie sich im dichten Haarkleid der Brust zu dunklen Klumpen zusammenfanden. Oberhalb des zerschmetterten Kopfs gabelte sich der Stamm, ließ aber noch Platz für einen zweiten Nagel. Ein aufgeweichtes Blatt, durch den Regen arg in Mitleidenschaft gezogen, hing daran. Das einzige Wort darauf war aber noch gut zu erkennen. „Sünden."

„Zimmermannsnägel." Leopold Kropek sog gierig an einer Zigarette und beobachtete das rege Treiben auf der Waldlichtung. Beamte in weißen Einwegoveralls fotografierten und vermaßen jeden Fleck des Tatorts, während aus dem Unterholz rund um sie gebrüllte Kommandos und Hundegebell zu hören waren. Vierzig Polizeischüler und mehrere Kollegen der Hundestaffel waren extra aus Wien angefordert worden, um das Gelände nach Hinweisen zu durchsuchen.

Schirmer blickte neugierig von der Brieftasche auf, die er in seinen Händen hielt. In seinem Mundwinkel steckte der Stummel einer abgebrannten Zigarette, ein Geschenk von Kropek. Die beiden Ermittler und der Leiter der Spurensicherung besprachen im Schatten einer Blutbuche die weitere Vorgehensweise.

„Woran erkennt man, dass das Zimmermannsnägel sind, Leo?“, nuschelte Schirmer und spuckte die Zigarettenkippe aus.

„Ich habe meinem Bruder letztes Jahr geholfen. Der hat einen alten Schuppen in der Steiermark gekauft und danach renoviert. Nachdem wir mit dem Dachstuhl fertig waren, konnte ich keines der Dinger mehr sehen. Die waren zwar nicht so lang wie diese beiden dort drüben, gelangt hat es mir aber trotzdem.“

„Gibt es noch größere als die am Baum dort?“, hakte Hasler nach.

„Da bin ich überfragt.“ Kropek lächelte, ohne den Mund zu öffnen, wie es seine Art war. Er kramte eine kleine Blechdose unter seinem Einwegoverall hervor und füllte sie mit seiner Zigarettenkippe und jener Schirmers, die er vom Boden aufgehoben hatte. „Wegen der Spuren“, kommentierte er sein Verhalten fast entschuldigend und verabschiedete sich aus dem kühlenden Schatten des Blätterdachs. „Ich muss dann wieder, die Jungs glauben sonst, ich will mich drücken … und ein guter Vorgesetzter arbeitet ja selbst mehr als seine Mitarbeiter.“

„Ich denke, wir sind hier fertig, Harald“, stellte Hasler fest, nachdem Kropek wieder an die Arbeit gegangen

war. „Ja, viel können wir hier nicht ausrichten." Schirmer hielt noch immer die Brieftasche des Toten in seinen Händen und las laut in einem Führerschein: „Fred Spergel. Neunundvierzig Jahre alt. Unser Jahrgang, Arno. Lass uns den durch die Datenbanken jagen, wenn wir wieder im Büro sind."
„Die Alte hat schon ein paar Mal auf meinem Diensthandy angerufen. Sie klingt ziemlich sauer, weil du an deines nicht rangehst."
„Ja, die sehen wir unten sicher eh gleich. Die unbefriedigte Kuh soll entspannt bleiben."
„Soll ich ihr das sagen?", fragte Hasler belustigt und zog dabei das läutende Handy aus der Tasche. „Wieder sie!" Schirmer ließ ihr ausrichten, im Moment unabkömmlich zu sein. Nachdem er sich von den Beamten am Tatort verabschiedet und Kropek um eine weitere Zigarette angeschnorrt hatte, stieg er mit Hasler in den rostbraunen Dienstwagen.
„Arno?", wandte er sich an seinen Beifahrer und startete dabei den Motor.
„Ja, Chef?"
„Ich glaube, deine Lachyogastunde fällt heute ins Wasser."

3

Der Wagen verließ das Schatten spendende Waldstück. Augenblicklich griff der Sommer wieder stechend nach den beiden Ermittlern und ließ die Temperatur im Innenraum des Dienstfahrzeugs ansteigen. Am Straßenrand verdampften Pfützen und erinnerten nur mehr vage an die Kuppel aus schwarzen, regenschwangeren Wolken, unter der sich die Stadt vor weniger als drei Stunden befunden hatte. Tropisch drückend, wie in den Everglades, empfand Schirmer die Luft im Auto, obwohl er die Vereinigten Staaten von Amerika, wie all die anderen Teile dieser Erde, die Katja so gern bereist hätte, nur aus Prospekten kannte. Schirmer war in seinem ganzen Leben bisher nie weiter gekommen als bis Kärnten und hatte das Gefühl, dabei nichts versäumt zu haben. Überall dort, wo alles ein wenig anders wurde, Menschen anders sprachen oder das Essen anders schmeckte als zu Hause, fühlte er sich nicht wohl. Zumindest war er sicher, dass es so sein würde, wäre er erst einmal an solch einem Ort.

„Hier hat es eine Hitze wie in den Everglades! Kurbel doch endlich deine Scheibe runter“, blaffte er Hasler an, der seit ihrer Abfahrt in sein Notizbuch schrieb. „Und überhaupt, was schreibst du da dauernd in deinen Block rein?“

Hasler klappte selbigen zu, schaute nachdenklich aus dem immer noch geschlossenen Fenster und holte mit einem langen, gleichmäßigen Atemzug Luft. „Ich hab' mir nur einige Notizen zum Fall gemacht, Harald. Fragen, die wir zu Beginn abarbeiten sollten“, erklärte er und überging dabei die Aufforderung seines Chefs, die Scheibe zu öffnen. Zugluft war das Letzte, was er jetzt brauchen konnte. Sie würde seinem labilen Immunsystem mit hoher Wahrscheinlichkeit eine Sommergrippe und seinem Genick eine mehrtägige Starre einbringen. Dinge, auf die er gut und gern verzichten konnte.

Mechanisch surrend fuhren die hinteren Fenster nach unten. Schirmer drehte derweilen an den Reglern der Klimaanlage, entlockte den Lüftungsschlitzen aber bloß einen schwachen, nach wenigen Sekunden versiegenden Strom warmer Luft.

„Na, wenigstens die elektrischen Fensterheber funktionieren", stellte er fest und sandte ein schadenfrohes Lächeln nach rechts.

„Was meinst du, wie Fred Spergel da nach oben gelangt ist?", spann Hasler seine Gedanken weiter und blickte dabei verärgert über seine Schulter nach hinten. „Der hat doch mindestens hundert Kilo gewogen. Den kann doch niemand da raufgetragen haben."

Sie waren der Gumpoldskirchner Straße bergab gefolgt und fuhren stadteinwärts. Der Straßenzug wurde am Ende des Hangs zur Technikerstraße und brachte sie vor das Hauptgebäude der Höheren Technischen Lehr- und Versuchsanstalt. Vor dem geschichtsträchtigen Bau, der seit Anfang des vorigen Jahrhunderts wie ein Schloss über der Stadt thronte, musste Schirmer anhalten und dem Gegenverkehr Vorrang lassen. Hinter dem Dach der HTL erhob sich der Eichkogel, an dessen höchster Stelle sie eben gewesen waren. Hasler versuchte, die Lichtung, den Baum und den Toten auszumachen, scheiterte aber am gleißenden Licht der Sonne, in dem sich die Anhöhe verlor.

„Schreibst du dir solche Fragen in den Block da? Das kenn' ich gar nicht von dir, Alter." Das dichte Haar klebte strähnig auf Schirmers Stirn. Sein Hemd war bis zur Hälfte aufgeknöpft, was ihm allerding keine nennenswerte Linderung verschaffte. Mit einem Ruck fuhr der Wagen wieder an.

„Ich habe dieses Notizbuch von Silvia zum Geburtstag geschenkt bekommen. Das ist übrigens echtes Leder." Hasler strich liebevoll über den feuerroten Einband.

„Richte Silvi aus, dass sie dir so einen Schas nicht zu schenken braucht. Du hast ja mich", entgegnete Schirmer forsch und bewies seinem Assistenten einmal mehr,

dass man seine Worte nicht auf die Waagschale legen durfte, wollte man nicht wegen Mordes lebenslang hinter schwedischen Gardinen verschwinden. Hasler geriet kurz in Versuchung, das Verhalten seines Chefs als nicht wertschätzend zu bezeichnen, verkniff sich aber diesen kleinen Seitenhieb, da er, im Gegensatz zu diesem, genug Feingefühl besaß, um nicht in offenen Wunden zu bohren.
„Diesen Schas finde ich aber schön. Ich werde Silvia ausrichten, dass dir mein Notizbuch sehr gut gefällt."
„Wenn es dir dabei besser geht, bitte. Hast du die Reifenspuren nicht bemerkt?"
Hasler konnte den Gedankensprüngen seines Partners nicht folgen.
„Auf der Lichtung waren Reifenspuren", fuhr dieser fort. „Nicht sehr deutlich, aber sie waren da. Ich habe Kropek gebeten, sich das genauer anzusehen. Reifenspuren, zwei Bahnen mit geknicktem Gras in Spergels Richtung, die anderen beiden Bahnen in die andere Richtung umgebogen. Die Abdrücke waren kaum mehr erkennbar. Ich denke, es hat draufgeregnet. Deshalb wissen wir was, Herr Abteilungsinspektor?"
„Dass ihn jemand nach oben geführt hat." Hasler zwirbelte am rechten Ende seines Schnauzers. Er war immer wieder aufs Neue erstaunt, wie viele Dinge sein Vorgesetzter an den Tatorten aufnehmen konnte. Obwohl es oft den Anschein hatte, als ginge er völlig desinteressiert an seine Arbeit heran, sah Schirmer oft Einzelheiten, die später von entscheidender Bedeutung waren. Außenstehende vermuteten hinter der Fassade des rohen, unfreundlichen, immer nach Bier riechenden und an die nächste Zigarette denkenden Leiters der Kriminaldienstgruppe Mödling wohl alles, nur keinen systematisch

denkenden Topermittler, in dessen Personalakt die Lösung einiger spektakulärer Fälle vermerkt war. Harald Schirmers Antennen standen permanent auf Empfang, was seine Arbeit betraf, und was mit ein Grund war, weshalb er andere Bereiche seines Lebens so sträflich vernachlässigte.

„Fred Spergel wurde also vor dem Wolkenbruch, sagen wir mal, vor sieben Uhr früh dorthin gebracht." Schirmer griff sich hinter das linke Ohr und zauberte eine Zigarette hervor. Kropeks Marke. Er zündete sie an, seufzte zufrieden und fuhr nach dem ersten Lungenzug entspannt fort: „Und das Blut … er ist also lebendig an den Baum genagelt worden, irgendwann vor sieben Uhr früh. Näheres wird uns hoffentlich die neue Amtsärztin sagen … die … die …"

„Helfgott. Doktor Sonja Helfgott", sprang Hasler ein. „Eine ganz eine Nette. Ich habe sie letzten Freitagnachmittag kennengelernt. Die Alte hat sie mir vorgestellt."

„Ich war da gerade mit einer Ermittlung beschäftigt. Wie schaut sie aus? Lässt sich die Matratze auch pempern?"

Hasler blickte pikiert nach links. „Was du immer für eine Wortwahl hast. Sie ist nett, und ich hab' noch keinen Gedanken daran verschwendet – diesbezüglich. Außerdem ist sie mindestens zwanzig Jahre jünger als wir, viel zu jung für dich."

Das rote Notizbuch wurde aufgeklappt, und kurz darauf war wieder das Kratzen der Füllfeder zu hören.

„Was schreibst du denn schon wieder? Da drinnen, da muss alles sein, bei einem echten Kieberer." Schirmer tippte sich an die verschwitzte Stirn, um seinen Worten Nachdruck zu verleihen.

„Sünden", antwortete Hasler kurz. „Was ist damit gemeint? Hatte Fred Spergel eine Sünde zu verantworten?

Die Sünde, wegen der er nun am Baum hängt? Oder gar mehrere? Möglicherweise will uns der Täter damit sagen, dass er seine Tat als solche erkennt, aber vielleicht aus einem gerechtfertigten Motiv heraus gehandelt hat."
„Das glauben diese Irren doch wohl alle, hm? Im Affekt wird er das arme Schwein ja wohl nicht angenagelt haben. Du redest manchmal so philosophisch – wie die Bullen in den Kinofilmen. Da, mach auf ..." Schirmers Kinnspitze zeigte auf das Handschuhfach. „Spergels Brieftasche ist da drinnen. Schreib seine genaue Daten in dein schönes Buch und frag den Burschen mal in sämtlichen Datenbanken an. Wir werden ja sehen, ob wir eine Sünde finden."
Der Wagen bog in die Neusiedler Straße ein. Den Rest des Wegs schwiegen die beiden Männer. Schirmer hatte diesen Gesichtsausdruck, der einen Zustand verriet, in dem man ihn besser nicht ansprach.
Hasler sah seinen Partner entweder geistig bei Katja oder bereits tief im Mordfall versunken, wobei die zweite Möglichkeit wahrscheinlicher schien. Er hatte Schirmer nicht alles erzählt, was am letzten Freitag passiert war. Oberst Sigrid Marisch war mit Doktor Sonja Helfgott durch die Gänge spaziert, hatte ihr sämtliche anwesende Mitarbeiter der Stabsabteilung und der Polizeiinspektion vorgestellt und war am Ende in den Räumlichkeiten der Kriminaldienstgruppe gelandet.
Nachdem sie Hasler und Helfgott miteinander bekannt gemacht hatte, war ein personeller Zugang angekündigt worden, der die Kriminaldienstgruppe zwar verstärken, Schirmer aber sicher keine Freude bereiten würde.
Als Chefinspektor Harald Schirmer den Wagen vor dem Bezirkspolizeikommando Mödling einparkte, dachte der Assistent zwei Atemzüge lang darüber nach, ob er sei-

nen Chef vorwarnen und das – wie er es nennen würde – drohende Unheil ankündigen sollte.
Ehe Hasler in einen Gewissenskonflikt geriet, nahm ihm Schirmer die Entscheidung ab. Er bat seinen Assistenten, schon mal vorzugehen. Er selbst wollte sich noch schnell einen Kebab holen und würde dann zu ihm stoßen.
Hol dir nur deinen Kebab. Trink deine drei Bier dazu, wie du es immer tust. Die wirst du ohnehin gleich brauchen, schoss es Hasler durch den Kopf.

4

Es war so leicht. Das stundenlange Verharren in völliger Reglosigkeit. Das sehnsüchtige Warten auf den richtigen Moment. Zu Beginn spürte er seine Gelenke. Er verdrängte die Schmerzen aber bald, atmete sie weg und vergaß schließlich völlig auf sie. Die kauernde Stellung im Schutz der Büsche machte ihn unsichtbar und ließ mit jeder Sekunde, die er im Geäst hockte, das Gefühl der Allmacht steigen. Die Sicherheit, endlich am Ziel angelangt zu sein, verdrängte Nebensächlichkeiten wie Durst, Hunger, Müdigkeit oder die eiternden Wunden am Rücken, all diese Empfindungen waren bedeutungslos im Vergleich zu seiner Aufgabe.
Menschliche Bedürfnisse verschwinden aus der Wahrnehmung, sobald die Verwandlung zum Raubtier beginnt. Die Transformation in einen unbarmherzigen Organismus, in dem jede Zelle auf ureigene Instinkte reduziert wird. Töten, um zu überleben.
Er ließ die Hintertür den ganzen Abend nicht aus den Augen. Der Parkplatz, der sich zwischen dem Gebäude und seinem Versteck befand, begann sich ab Mitternacht zu leeren. Menschen verließen allein, in Zweisamkeit

oder in Gruppen die Bar, um sich noch tiefer in das Nachtleben zu stürzen oder den Abend ausklingen zu lassen. Er hörte ihre Gespräche, ihr unbeschwertes Lachen, spürte ihre Lebensfreude und hasste sie dafür. So schwach waren sie alle miteinander. Er empfand Wut darüber, dass sein Leben nicht ausreichen würde, all die leeren Gestalten von der Erde zu fegen. Diese nichtssagenden Hüllen ohne Seelen.
Als drei junge Frauen durch die rot beleuchtete Stahltür traten und gemeinsam mit dem vorletzten Wagen den Parkplatz verließen, wusste er, dass nun der Moment gekommen war. Seit drei Wochen hatte er die Prozedur beobachtet, sich alle Einzelheiten eingeprägt und den Ablauf auswendig gelernt. Er wusste sogar, wie die drei Kellnerinnen mit Vornamen hießen. Nie ist es anders gewesen als heute. Der hintere Teil des Gebäudes, der Geländewagen, auf einem besonders gekennzeichneten Platz abgestellt. „Chefhaltestelle" war in gelber Farbe auf den Asphalt aufgemalt.
Er spähte aus der Ligusterhecke zur Tür, die sich gleich zum letzten Mal für den heutigen Abend öffnen würde. Zum letzten Mal für sein Opfer. Das Licht über dem Türrahmen erlosch. Er fühlte sich in diesem Augenblick unbesiegbar, weil er es war, der handelte. Agieren statt reagieren.
Der katzenartige Sprung aus der Deckung. Die wenigen raumgreifenden Schritte bis zum Wagen in völliger Lautlosigkeit. Die Gestalt, über das Türschloss gebeugt und ohne Ahnung, was gleich mit ihr geschehen würde. Die bloße Faust, die den Kopf mit voller Wucht traf. Das Knirschen brechender Knochen. Der Feigling wimmerte, flehte um sein Leben und quietschte dabei ängstlich wie ein Schwein, das den Schlachthof riecht. Das Betteln und

Weinen hätte beinahe die feierliche Stimmung des Augenblicks zunichte gemacht.
Die Stadt verbrannte im Rot der aufgehenden Sonne. Sein letzter Blick galt aber nicht dem Häusermeer unter ihnen, sondern dem Nagel, der sich langsam in den eigenen Kopf bohrte. Einmal noch atmen. Verrenkungen im Todeskampf. Feierliche Ruhe. Erregung.
Kaum war die Anspannung gewichen, dachte er bereits über den nächsten Akt nach. Er betrachtete zufrieden sein Werk und war sicher, dass jemand da draußen diese Botschaft verstehen würde. Das Spiel hatte begonnen.

5

Zwei Deckenventilatoren mit Museumswert drückten die stickige Luft auf den achteckigen Tisch, der sich unter ihnen befand und den größten Teil des Raums einnahm. Anstatt für angenehme Luftzirkulation zu sorgen, verschlechterten die grünen Kunststoffpropeller an der Decke das Klima mit jeder Umdrehung nur noch mehr. Trotz offen stehender Fenster und Türen kam kein Luftzug zustande.
Er stand vornübergebeugt am Fensterbrett und blickte in den Museumspark, der sich hinter dem Gebäude ausbreitete. Das Schulgebäude am anderen Ende der Grünfläche lag jetzt, da Ferien waren, dunkel und schlafend da. Um diese Uhrzeit wäre der Park sonst voll von Jugendlichen, die nach dem Nachmittagsunterricht die zahlreichen Bänke bevölkerten. Heute konnte er nur einen Obdachlosen beobachten, der – halb liegend, halb sitzend – mit einer Weinflasche sprach.
Schirmer hatte in der Mittagspause bei Ali hastig Gyros mit Reis hinuntergeschlungen und mit zwei Dosen eis-

kaltem Bier nachgespült. Die Getränke waren an seinen Stammplatz serviert worden, noch ehe er sich setzen hatte können. Ali wusste, wie es um Schirmer bestellt war, wenn er mittags im Kebabhaus erschien. Würde Ali goldene Kundenkarten für besonders treue Gäste ausgegeben, Chefinspektor Harald Schirmer wäre der Erste, der eine solche sein Eigen nennen dürfte.
Der viel zu schnell getrunkene Liter Bier löste ihm die Zunge und entwirrte die Knoten im Kopf. Einiges wurde plötzlich klarer und überschaubarer, als es noch vor vierzig Minuten gewesen war. Er wusste nun, dass er gleich nach der Besprechung Katja anrufen und ihr seine Meinung sagen würde. Er hatte es nicht notwendig, sich so hinstellen zu lassen. Sie hatte einfach den Wagen genommen und war somit verantwortlich für Schirmers verpatzten Start in den Tag. Der Regen. Die verdammte Leiche, deren Zustand alles andere, nur keine schnelle und routinemäßige Mordermittlung versprach. Kein standardisiertes Abarbeiten der Punkte, die bei einem Kapitalverbrechen beachtet werden mussten. Das hier war anders. Schirmer konnte es spüren, während seine Beine angenehm kribbelten und das Blut in seinen Schläfen pochte.
Diese Lockerheit, die Schirmer immer nach der Mittagspause ins Büro mitbrachte, würde er nun in Entschlossenheit umwandeln. Im folgenden Gespräch wollte er den Ton angeben.
Was ihm der bereits wartende Hasler beim Hereinkommen berichtet hatte, ging gar nicht. Er würde ihr das schon sagen, darauf konnte sein Assistent Gift nehmen. Schirmer warf den Rest der Zigarette aus dem Fenster und verfolgte den Flug der Kippe, bis sie auf dem Dach eines abgestellten Streifenwagens landete. Resolut dreh-

te er sich um und zeigte anklagend auf seinen Assistenten, der bereits in einem der Stühle Platz genommen hatte.
„Wenn die Alte glaubt, sie kann uns verheizen, dann wird sie ein Wunder erleben! Ich meine, was denkt die sich eigentlich? Wir haben bisher nichts, gar nichts, einen Dreck haben wir!"
Arno Hasler senkte den Kopf über den vor ihm liegenden Papierstapel, bis die kahle Stelle auf seinem Hinterkopf sichtbar wurde. Als er wieder aufblickte, nahm er nur mehr Schirmers Umrisse wahr. Der Leiter der Mödlinger Kriminalpolizei hob sich dunkel von den Strahlen der durch das Fenster scheinenden Sonne ab und wirkte wie der Racheengel persönlich.
Kurz bevor Schirmer gekommen war, hatte Marisch den Besprechungsraum verlassen und angekündigt, wieder zu kommen, wenn auch der Herr Chefinspektor sie mit seiner Anwesenheit beehren würde. Nebenbei verlangte sie von Hasler Informationen zum Nagelmord, wie sie die Sache nannte. Marisch wolle am frühen Abend vor die Presse treten und erste Details bekannt geben.
„Und warum Nagelmord?", kam Schirmer immer mehr in Fahrt. „Spinnt die Alte denn? Was hast du ihr alles erzählt, Arno?"
„Äh, naja, ich meine … Harald, ganz so ist es auch wieder nicht. Oberst Marisch, … die Alte ist immerhin unsere Vorgesetzte. Wenn sie etwas wissen will, muss ich doch … ich kann ihr nicht … ich habe ihr erzählt, was wir bislang wissen." Er spürte, dass seine Stimme wieder brüchig wurde, und beließ es lieber bei dieser kurz gehaltenen Erklärung.
„Na, was wissen wir bislang?" Schirmer streckte erneut den rechten Zeigefinder drohend in Haslers Richtung

und sah auf den Papierstapel. Die vielen Ausdrucke stellten das Ergebnis von Haslers Recherchen dar und waren zugleich der Beweis, dass dieser die Mittagspause vor dem Computer verbracht hatte. Lautes Gurgeln einer Kaffeemaschine lenkte Schirmers Aufmerksamkeit auf die Küchenzeile, die eine Wand des Besprechungsraums einnahm. „Sehr gut, wenigstens an meinen Kaffee hast du gedacht. Du kannst ja eh nichts dafür. Die Alte soll nur kommen und sich mit mir anlegen, wenn sie Lust dazu hat." Er klopfte Hasler aufmunternd auf die Schulter und holte sich eine leere Tasse aus dem Wandschrank. Arno roch die Alkoholfahne Schirmers und wünschte, dass Marisch weit genug entfernt von ihnen sitzen würde.

„Lies vor", hörte Hasler hinter sich – und dann das Geräusch eines Löffels, der in einer Tasse rührte. „Harald, wenn es dir nichts ausmacht, warte ich lieber, bis die Alte hier ist. Sie hat mir ausdrücklich gesagt, wir beginnen, wenn du auch wieder da bist. Ich denke …"

„Die Alte! Ich sage dir, was passieren wird, wenn sich die endlich zu uns rüber bequemt. Ich werde ihr …"

„Du wirst ihr vielleicht freundlich eine Tasse Kaffee anbieten? Drei Stück Zucker, Herr Chefinspektor. Aber das weißt du ja." Oberst Sigrid Marisch, Leiterin des Bezirkspolizeikommandos Mödling, war erschienen. Sie stand breitbeinig im Türrahmen, ihre Mundwinkel verzogen sich in einem säuerlichen Lächeln nach unten.

Schirmers Kinn schien die gleiche Richtung einzuschlagen. „Äh … gut … ich wollte damit sagen … schön, dass du endlich da bist, Frau Oberst. Hasler, fang bitte an. Ich mache in der Zwischenzeit noch einen Kaffee."

Harald Schirmer konnte man viele schlechte Eigenschaften nachsagen. Mochte er ein Trinker sein, Kettenraucher

und Spieler, ungehobelt und roh im Umgang mit Frauen, egoistisch und überhart zu seine Mitarbeitern; eines war Schirmer aber gewiss nicht: ein schlechter Taktiker. Und so hielt er es angesichts der peinlichen Situation, natürlich nur verursacht durch Marischs hinterlistiges Anschleichen, für besser, gar nichts zu sagen. Er nahm gegenüber von Marisch und Hasler Platz und hörte den Ausführungen seines Assistenten zu, ohne Zwischenfragen zu stellen oder Einwände vorzubringen, wie es sonst so typisch für ihn war.
Fred Spergel war Inhaber der Bar namens „Filou", die sich nächst der Mödlinger Fußgängerzone befand. Ein unauffälliges Lokal, das – wenn überhaupt – nur dann einen Grund für polizeiliches Einschreiten lieferte, wenn einer der Gäste seine Rechnung nicht zahlen konnte oder wollte. Hasler erinnerte sich an dieser Stelle seiner Ausführungen an eine Weihnachtsfeier der Kriminaldienstgruppe Mödling, die um fünf Uhr früh in eben dieser Bar geendet hatte. Schirmer war damals so betrunken gewesen, dass er sich am Pissoir beschmutzt hatte und in diesem Zustand noch in ein Bordell nach Wien fahren wollte. Hasler hatte seinen Chef damals nur mit großer Mühe dazu überreden können, in ein Taxi zu steigen und nach Hause zu fahren.
Er sah es Schirmer an, dass sich dieser gerade auch an diesen Abend erinnerte. Sein Gesicht war rot angelaufen, als er den Namen der Bar gehört hatte.
Ansonsten wusste Hasler nichts zu berichten, was auf den ersten Blick auffällig schien. Fred Spergel war alleinstehend, lebte in einer alten Villa am Stadtrand und konnte als wohlhabend bezeichnet werden. „... gibt es anscheinend nur einen Angehörigen, Dieter Spergel. Der Bruder des Toten, der dem Melderegister nach in Wien

lebt. Ah ja … auf Fred Spergel ist ein Geländewagen zugelassen."
Schirmer blickte zu Marisch, die sich die ganze Zeit über Notizen gemacht und dabei mehrmals in Haslers Richtung genickt hatte. Oberst Marisch hatte offenbar bekommen, was sie für ihren großen Fernsehauftritt benötigte. Die Tasse Kaffee stand immer noch unangetastet vor ihr. „Sehr gut, Herr Abteilungsinspektor! Anhand Ihrer ausführlichen Schilderungen kann ich mir einiges zurechtlegen, für die PK heute Abend", lobte sie ihren Nebenmann, dem sie noch dazu ein warmes Lächeln schenkte. Hasler wurde blassrosa im Gesicht.
Schirmer beobachtete die beiden. Mein Gott. Ein pubertierender Junge, der sich von einer erfahrenen Frau einen blasen lässt. Er mochte dieses heuchlerische Getue nicht. Er würde Hasler richtig loben, ganz bestimmt. Nämlich dann, wenn der Nagelmörder hinter Schloss und Riegel sein und er bei Ali zur Feier des Tages eine Flasche Raki trinken würde. Zu viel Lob verdirbt den Charakter.
Schau sich einer die zwei an. Wie Turteltauben. Sigrid Marischs blondes Haar war im Nacken zu einem strengen Zopf zusammengebunden. Der dunkelrote Lippenstift, dick aufgetragen, hob sich merklich vom hellen Teint ab, der wiederum einen interessanten Kontrast zur dunkelblauen Uniform darstellte. Es war nicht so, dass Schirmer für die sportliche Mittvierzigerin keine Sünde begangen hätte, vielmehr hatte er ein grundsätzliches Problem mit Frauen im Polizeidienst. Wenn diese dann auch noch Führungspositionen bekleideten, sah er rot. Er war einer jener Beamten, die der Zeit nachtrauerten, in der die Polizei noch ein reiner Männerverein gewesen war. Fragte man ihn nach den Gründen für seinen Standpunkt, antwortete Harald Schirmer stets: „Ich stehe zu

meinen Vorurteilen!“ Und dieser Standardsatz ließ keine weiteren Fragen offen.
Marisch riss ihn aus seinen Überlegungen: „Herr Chefinspektor, dein Assistent hat ordentlich was zusammengetragen.“ Schirmer nickte müde, derweil sie fortfuhr. „Ich kann mir denken, dass du wegen der PK kein gutes Gefühl hast. Mach dir da keine Sorgen deswegen, ich nehme dich nicht mit. Die Pressekonferenz wird im LKA stattfinden, ich fahre gleich los.“
„Du bist der Boss. Ich teile dir aber mit, dass du dich nur blamieren kannst. Was haben wir denn zum jetzigen Zeitpunkt?“, versuchte Schirmer seinen Standpunkt darzulegen. „Ich bin der Meinung, dass eine Nachrichtensperre vernünftiger wäre, bis wir ein wenig Substanz herausgeschält haben.“
„Es ist alles da, was wir für den Moment brauchen. Ich werde … wir werden gleich zu Beginn der Ermittlungen Druck aufbauen und dem Täter damit zusetzen. Hat bei den Briefbomben auch nicht anders funktioniert. Ist eine Standardsache, die du eigentlich auch in Betracht ziehen solltest, Herr Chefinspektor.“ Marisch nickte wieder zu Hasler, der in seine Unterlagen blickte und verschämt grinste.
„Blödsinn!“, entfuhr es Schirmer. „Das war damals nur Glück. Weil dieser Idiot paranoid war. Alles Schmarrn mit dieser Psychologenkacke. Aber wie du glaubst. Wo wir schon dabei sind, wie sieht es mit Verstärkung für uns aus? Der Routinekram muss ja auch weitergemacht werden.“
„Die Kriminaldienstgruppe Mödling …“
„Die besteht aus Hasler und mir“, fiel Schirmer ihr ins Wort. „Und das schon seit vier Monaten. Balogh ist bei irgendeiner SOKO im Bundeskriminalamt, Hauer im

Pensionskrankenstand, und die Reitler wird nach der Geburt ihres Kindes nicht so schnell wieder da sein. Auf den Inspektionen im Bezirk gibt es einige gute Leute, ich kann dir da ein paar Namen aufschreiben …"
„Ich kenne die Personalbögen meiner Mitarbeiterinnen und Mitarbeiter sehr gut und weiß genau, wer das Zeug für den Kriminaldienst hat. Aber danke für den Vorschlag. Im Übrigen schätze ich es, wenn du mich nicht unterbrichst. Das ist nicht wertschätzend." Hasler konnte sehen, wie Schirmers Adern aus dem fleischigen Hals hervortraten. „Die umliegenden Bezirke übernehmen vorübergehend den Routinekram. Außerdem habe ich eine Überraschung für dich." Marisch griff zum Telefon und wählte die Nummer ihrer Sekretärin. „Schicken Sie mir bitte Frau Weninger rüber", bat sie freundlich und fixierte dabei Schirmer mit den Augen.
Schirmer drehte den Kopf weg. Er konnte es nicht ertragen, angestarrt zu werden.
Wenig später klopfte eine junge Frau an die offen stehende Tür des Besprechungsraums und trat ein, nachdem sie Marisch mit einer einladenden Geste hereingebeten hatte. Unter einer viel zu großen Hakennase zitterten sich dünne Lippen zu einem nervösen Lächeln. Die Uniform verriet den beiden Ermittlern, dass sie es mit einer Kollegin zu tun hatten. Man sah ihrem Körper an, dass er regelmäßigen Sporteinheiten ausgesetzt wurde. Hasler fand Iris Weninger herbe Erscheinung sofort sympathisch. Hasler.
Marisch spannte die beiden Kriminalbeamten nicht länger auf die Folter und erklärte ihnen, dass Iris Weninger eine Kollegin aus Wien sei, die in sechs Monaten mit der Offiziersausbildung beginnen und bis dahin bei der Mödlinger Kriminalpolizei ein Praktikum absolvieren

würde. Vor allem deshalb, weil sie bisher durch außerordentliches Engagement im Streifendienst aufgefallen war. Die Angesprochene blickte nach so viel Lob verlegen zu Boden, spürte aber Schirmers Blicke auf ihrer Haut.
Da brauchen wir gestandene Kieberer, und was schicken die? Wieder so eine Emanze, die wohl ein Sohn hätte werden sollen. „Na schön. Wenn du meinst, dass das reicht, Frau Oberst. Ich wünsche dir viel Spaß bei der PK."
Schirmer, Hasler, Weninger und Marisch erhoben sich beinahe gleichzeitig. Mit einem aufmunternden Kopfnicken zu Weninger ließ Marisch die anderen in unangenehmer Stille zurück.
Schirmer nahm die für Marisch vorgesehene Tasse, trank den bereits kalten Inhalt in einem Zug und rülpste leise. „Hör zu, du wirst vorwiegend schriftstellerisch tätig sein", wandte er sich an Weninger. „Damit meine ich, dass du Schreibarbeiten für uns machen wirst. Ich brauche da draußen niemanden, der mir im Weg steht", wurde er genauer. „Und den Fummel", er zeigte auf ihre Uniform, „kannst auch ausziehen. Wir sind im Kriminaldienst." Ohne ein weiteres Wort machte sich nun auch Schirmer davon.
Hasler streckte Iris Weninger zaghaft die Hand entgegen. „Willkommen, ich bin der Arno. Begleite mich, ich zeige dir die unbesetzten Schreibtische ... kannst dir einen aussuchen."
Eine halbe Stunde später kam Schirmer zurück und stellte fest, dass in dem schlauchförmig angelegten Raum jetzt zwei von fünf Arbeitsplätzen besetzt waren. Hasler brütete angestrengt vor dem Monitor und las in polizeilichen Datenbanken. Neben ihm standen ein Teller mit

einem halben Tofusandwich und eine Tasse Kräutertee. Weninger hatte den Tisch direkt davor gewählt und war gerade dabei, sich einzurichten. Schirmer merkte sofort, dass ein Foto eines Freundes, Verlobten oder Ehemanns fehlte. Etwas, das Frauen normalerweise als Erstes aufstellen würden. Frauen oder Hasler. Die wird auch mit ihrer Karriere verheiratet sein.

Er durchmaß den länglichen Raum, bis er an dessen Ende angelangt war und sein Büro betrat. „Hasler, zu mir!", rief er und schlug dabei die Tür hinter sich zu. „Ich war noch schnell beim Portier im Hotel gegenüber, auf ein schnelles Bier", rechtfertigte er seine Abwesenheit, nachdem sich Hasler auf den Stuhl vor Schirmers Tisch gesetzt hatte.

„Ich habe dich nicht danach gefragt, Chef. Und gewusst hab' ich es sowieso."

„Gut, dann ist das auch klar. Das hab' ich gebraucht, nach dem Auftritt der Alten vorhin. Schreib mir die Adresse von Spergels Bruder auf. Ich fahre erst mal ins ‚Filou' und dann schau' ich zum Bruderherz. Irgendjemand muss ja die Nachricht überbringen", regelte Schirmer die weitere Vorgehensweise. „Du bleibst mit dieser Irmgard hier und schaust ihr ein wenig über die Schulter. Eine Spionin haben wir noch gebraucht", flüsterte er, obwohl die Tür ohnehin geschlossen war.

„Iris heißt sie. Ein ganz nettes Mädchen, nimm dir doch ein wenig Zeit für sie. Hat in Wien Dienst gemacht, ihr Vater war auch ein Kollege, ist aber leider bei einem Autounfall gestorben."

Schirmer überging den Rat seines Assistenten. Flüsternd blickte sich Schirmer nach allen Seiten um, als wären unsichtbare Zuhörer im Raum anwesend. „Ich sag' dir, die hat die Marisch auf uns angesetzt. Der Alten ist nicht zu

trauen." Hasler sah den glasigen Blick seines Chefs und wusste, dass der Versuch einer vernünftigen Argumentation zwecklos war.
Die Unterredung endete jäh. Schirmer zündete sich eine Zigarette an, schloss dabei das Fenster und tauchte sein kleines Büro in blaugrauen Dunst, worauf Hasler die Flucht ergriff. Die Beine auf dem Tisch gelagert, rauchte er zu Ende und spielte dabei mit dem Handy. Er blätterte die Kontakte durch. Der grün unterlegte Balken kam dabei immer wieder beim selben Eintrag zum Stehen – Katja. Er war kurz davor, sie anzurufen. Vor der Tür hörte er Gemurmel. Hasler hatte anscheinend schon Gefallen an Weninger gefunden. Schirmer konnte zwar nicht verstehen, worüber die beiden redeten, der vertraulich wirkende Tonfall störte ihn aber ungemein. Wenn er wieder zurück sein würde, wird er sich Hasler schnappen und daran erinnern, dass sie es mit einer Agentin von Marisch zu tun hatten. Er wählte Katjas Nummer, ließ es einmal läuten und legte wieder auf. Hasler hatte in der Zwischenzeit sicher schon Dieter Spergels Adresse für ihn notiert.

6

Der Korridor ist schmal, lässt ihnen kaum Platz, nebeneinander zu gehen, und wird mit jedem Schritt länger. Es ist, als würde der Stoffvorhang am Ende des Gangs kleiner werden, je näher er ihm kommt. Schweiß rinnt über die Brauen in seine Augen und brennt, brennt fürchterlich.
Keine Zeit, sich die Stirn abzuwischen oder ein Taschentuch hervorzuholen. Keine Zeit für Belangloses. In der Wohnung riecht es nach Moder, Angst und Tod. Der dun-

kelgraue Vorhang, schwer und schmutzig, bewegt sich ein wenig. Kaum erkennbar, aber doch. Ein Luftzug? Wurde hinter ihm eine Tür geöffnet? Hat er ihn im Rücken? Nein, sein Partner deckt ihn ab, er hätte das gemerkt. Vier Sohlen schlurfen über Polyvinylchlorid dem letzten Raum entgegen. „Hallo, Herr Sulimanov? Gruppeninspektor Hasler, Polizei Mödling! Sind Sie da?“ Er muss da sein. Er und seine drei Töchter. Die Hausmeisterin des Wohnblocks hat angerufen und ihnen verraten, dass er vor einer Stunde nach Hause gekommen ist.
„Weiter, weiter … den holen wir uns.“ Hinter ihm zischt eine Stimme entschlossen und aggressiv.
„Herr Sulimanov, wir haben einen Abschiebebefehl für Sie. Kommen Sie raus, machen Sie nicht alles noch schwerer.“ Hasler versucht, die Stimme zu senken, die Situation zu entschärfen und hört gleichzeitig das mechanische Klicken. Schirmer hat seine Pistole entsichert.
Der Vorhang ist greifbar, Hasler streckt die Hand aus …
„Der ist über mich gekommen wie eine Furie. Ich kann dir gar nicht sagen, wie viel Angst ich damals hatte. Die Tür links neben dem Vorhang war nur angelehnt, und er hat dahinter auf uns gewartet … auf mich gewartet. Hätte der Harald nicht geschossen, ich würde heute nicht hier sitzen und mit dir plaudern. Ich bin Harry ewig verpflichtet“, beendete Arno Hasler die Erzählung über die schwerste Amtshandlung, die er je gehabt hatte.
„Und was ist mit den Sulimanovs geschehen?“ Iris Weninger nippte an einem Glas Eistee.
„Eine hässliche Geschichte. Abdul Sulimanov hat gewusst, dass es in Österreich keine Zukunft für ihn und seine Familie gibt. Wie sich später herausstellte, hat er seine Mädchen vergiftet. Wir haben sie im Keller gefunden. Vollgepumpt mit Rattengift … dieses Schwein.“

„Ein sehr verzweifeltes Schwein, wie mir scheint."
„Verzweifelt oder nicht, er hat seine Kinder auf dem Gewissen."
„Was ist aus ihm geworden, Arno?"
„Er wurde wegen versuchten Mordes an einem Polizeibeamten und dreifachen Mordes an seinen Kindern zu lebenslanger Haft verurteilt. Angeblich sitzt er in Stein."
„Sicher nicht mehr wichtig für einen Mann, der ohnehin schon alles verloren hat", sagte Weninger, bevor sie den letzten Schluck langsam in ihre Kehle rinnen ließ.
„Das darf man nicht so nah an sich ranlassen, sonst zerstört es einen. Auf jeden Fall hab' ich danach begonnen, bewusster zu leben. Ich trinke seitdem keinen Tropfen mehr, ernähre mich vegetarisch und mache Sport. Das Leben ist zu wertvoll und wir haben ja nur dieses eine."
„Ist deine Gelassenheit der Grund, warum du dir von Schirmer so viel gefallen lässt?"
„Gefallen lassen ..." Hasler gab seinem Computer einen Druckbefehl und wandte sich wieder an Weninger. „Ja, gefallen lassen ... wenn der Sturschädel nicht gewesen wäre, würden jetzt eine Witwe und zwei Halbwaisen mehr herumlaufen. Es mag zwar altmodisch klingen, aber ich verdanke Harald mein Leben. Er hat vieles gut bei mir und kann mich mit seinen Spinnereien nicht wirklich treffen. So ist er halt. Und nebenbei bemerkt, ist er ein ausgezeichneter Kriminalbeamter."
Iris Weninger dachte über Haslers Ansichten nach, die in vielen Bereichen für sie nachvollziehbar waren. Beim Gedanken an einen gebrochenen Mann, der seine Frau in irgendeinem sinnlosen Krieg und seine Kinder durch seine eigene Hand verloren hatte, drehte sich ihr aber trotzdem der Magen um.

Hasler und Weninger hatten schnell Vertrauen zueinander gefasst und gemerkt, dass sie auf einer Wellenlänge lagen. Iris Weninger erzählte von ihren Karriereplänen und davon, dass eine Führungsposition bei der Hundestaffel ihr Lebenstraum wäre. Zur Mödlinger Kriminalpolizei war sie gekommen, weil ein Praktikum im Kriminaldienst für angehende Offiziere üblich war. Hasler brauche sich aber keine Sorgen darüber zu machen, dass sie vielleicht desinteressiert an die Sache herangehen oder gar eine Belastung darstellen würde. Sie war Profi genug, um auch hier ihr Bestes zu geben, und bereit, einiges zu lernen, wenn man sie lassen würde. Wenn Schirmer sie nur lassen würde.

Hasler rollte mit seinem Sessel zum Drucker, nahm ein Blatt aus dem Ausgabefach und griff Weningers Worte auf. „Harald hat ein Problem mit Kolleginnen, das hast du sicher mitbekommen. Er ist ziemlich einfach gestrickt, was das betrifft. Aber eines kann ich dir sagen, er meint es nicht so … innerlich halt." Er blickte von dem eben ausgedruckten Blatt auf und bemerkte Weningers amüsiertes Grinsen. „Ehrlich", setzte er nach. „Momentan hat er anscheinend noch dazu Wickel mit seiner …"

Das laute Klingeln eines Telefons platzte in ihre Unterhaltung. Hasler rollte zu seinem Arbeitsplatz zurück und nahm den Hörer ab. „Ah … Harald … nein … Anfragen im Computer und so Kram. Nein, alles in Ordnung." Er schaute verlegen über seinen Monitor zu Weninger, die spürte, dass gerade über sie gesprochen wurde. „Ja, das Kennzeichen passt … mache ich … bin schon unterwegs … ich berichte dir dann." Hasler legte auf. „Das war Harald. Er hat auf dem Parkplatz der ‚Filou'-Bar Fred Spergels Wagen gefunden. Unversperrt. Die Kellnerinnen sind gerade gekommen und wollten

das Lokal für den Abend vorbereiten. Die sind ziemlich geschockt."
„Hat er ihnen alles brühwarm erzählt?", wunderte sich Weninger.
„Ja, so ist er." Hasler grinste verlegen. „Er hat die Damen gleich hergeschickt. Ich werde sie einvernehmen, nachdem ich …" Er hielt inne und dachte nach. „Fahr doch du zu Fred Spergels Wagen und sprich dich mit der Spurensicherung ab. Kropek müsste mit der Leiche schon fertig sein. Ruf ihn an, sag wer du bist und bitte ihn, ein Team zum ‚Filou' zu schicken." Hasler kritzelte Kropeks Durchwahl auf einen kleinen Zettel und reichte ihn an Weninger weiter.
„Er hat eben gesagt, dass du das alles machen sollst. Hab' ich recht?"
Hasler schluckte. „Ja, ich denke … er soll dir einfach eine Chance geben. Wenn du etwas brauchst, ruf mich an."
„Danke, Arno." Iris Weninger nahm den Autoschlüssel von Haslers Tisch und machte sich auf den Weg.

7

Schirmer gab der weniger stark frequentierten Bundesstraße den Vorzug gegenüber der Autobahn. Das durch dicht bebautes Gebiet führende Asphaltband mit seiner streng überwachten Geschwindigkeitsbeschränkung kam ihm gelegen. Der Alkohol in seiner Blutbahn und die Anstrengungen des Tages zeigten Wirkung, und so war er froh, auf der langweilig und monoton dahinschleichenden Fahrbahn weniger Konzentration aufwenden zu müssen, als dies auf der Autobahn erforderlich gewesen wäre. Der starke Verkehr, ständig die Spur wechselnde Fahrzeuge, Gedränge, dichtes Auffahren und Hupen,

all diese unangenehmen Dinge vermied er mit der Wahl der Bundesstraße. Es war ihm ohnehin ein Graus, nach Wien fahren zu müssen. Schirmer fühlte sich fremd, sobald er die Ortstafel von Mödling mit dem schräg verlaufenden roten Balken über dem Schriftzug an sich vorbeihuschen sah.
Er hatte selbstverständlich schon bei Leo Kropek angerufen und ihm angekündigt, dass sich Hasler bald bei ihm melden und ihn zur „Filou"-Bar rufen würde. Gleichzeitig hatte er sich dabei nach den Fortschritten der Spurensicherer erkundigt und erfahren, dass diese mit ihrer Arbeit auf der Lichtung fertig waren und Fred Spergel bereits auf dem Weg in die Gerichtsmedizin sei. Ein weiterer Ausflug nach Wien.
„Der Wagen ist unversperrt, der Schlüssel steckt noch im Zündschloss. Bis der Hasler eingetroffen ist, überwacht eine Streife das Fahrzeug. Die haben zwar nicht dämlich ausgesehen, aber frag sie trotzdem, ob sie eh nichts angegriffen haben", bat er den Leiter der Spurensicherung. Und weil Vertrauen in sich selbst seiner Meinung nach besser war, als an die Fähigkeiten anderer zu glauben, wies er Kropek auch gleich auf seine Entdeckung hin.
„Ja, und Leo, im Inneren des Radkastens klebt eine Menge eingetrockneter Schlamm und so Graszeugs. Das sieht aus wie das auf der Lichtung. Pass da bitte besonders drauf auf. Es wird klug sein, wenn ihr den Wagen abholen lasst und … was? Ja, ich bin sicher, dass du deinen Job ebenso gut verstehst wie ich meinen." Er drückte auf das rote Telefonsymbol der Tastatur und warf das Handy auf den Beifahrersitz.
Für einen kurzen Moment ärgerte er sich selbst darüber, wie er oft mit seinen Kollegen umging. Er stellte sich Hasler vor, wie dieser gerade den ganzen Papierkram er-

ledigte, Iris Weninger die wichtigsten Dinge erklärte, die es im Umgang mit Schirmer zu beachten galt, sich auf die Einvernahmen der Kellnerinnen vorbereitete und gedanklich schon am Sprung zu Fred Spergels Wagen war. Ohne die geringste Beschwerde ließ sich Arno Hasler immer all die Arbeiten auf seine schmächtigen Schultern laden, für die sein Chef gerade keine Zeit hatte oder die ihm einfach lästig waren – der enorme bürokratische Aufwand, der mittlerweile hinter jeder noch so unbedeutenden Tätigkeit lauerte und Kriminalbeamte stundenlang hinter die Tische zwang, sie an ihrer eigentlichen Aufgabe, der Aufklärung von Verbrechen, hinderte.
Schirmer hatte immer noch die Worte eines bereits wieder abgelösten Innenministers in seinen Ohren, der von Sicherheitsmanagern sprach, die er wollte, keine Schreibtischpolizisten. Leider hatten die Reformen, Evaluierungen und reformierten Evaluierungsreformen der letzten Jahre gerade das aus ihnen gemacht: Kriminalbeamte, die an Aktenberge gekettet waren, unter denen sie zu ersticken drohten.
Die täglich steigende Flut von Dienst- und Handlungsanweisungen, Abteilungs- und Bezirksbefehlen – kaum mehr zählbar und immer unverständlicher, immer weniger verbunden mit dem gesunden Menschenverstand und dem Wissen um polizeiliche Arbeit, die ihre Verfasser, Schirmer nannte sie gern ihre eigentlichen Gegner, blind beherrschen müssten. Hasler kannte diese Schreiben alle und nahm Schirmer die Drecksarbeit ab, sie zu sichten, um sie danach entsprechend ihrer Wichtigkeit oder Unwichtigkeit zu filtern. Arno Hasler kannte sie auswendig und ließ nur die Informationen zu seinem Chef vor, die wirklich von Belang waren. Schirmer las das bedruckte Klopapier schon seit Jahren nicht mehr.

Und da war da noch Haslers spezielle Gabe, seine Ohren einfach auf Durchzug zu stellen, wenn Schirmer wieder einmal Dampf ablassen musste, wenn das Druckventil über das Regelventil siegte. Hasler machte sich in den meisten Fällen so lange klein, bis all der Dunst abgelassen war, und gab genau dann kontra, wenn es ihm notwendig erschien.
Schirmer wusste und schätzte das alles, war aber nie in der Lage, seinem Mitarbeiter dies mitzuteilen. Nur in besonderen Augenblicken, wenn der Alkoholpegel ein sogar für Schirmers Verhältnisse zu hohes Maß erreicht hatte, wuchs in ihm der Drang, zum Telefon zu greifen, das Verzeichnis zu öffnen, auf Hasler zu drücken und Danke zu sagen. Danke, Arno. Danke, dass du mir so eine Stütze bist. Danke, dass du all die Tretminen entschärfst, die ich immer wieder auslege. Danke, dass du mir in den vielen Jahren unserer Zusammenarbeit noch keine Kugel verpasst hast, obwohl ich es manchmal wirklich verdient hätte.
Diese Einsichten fanden aber dann doch niemals ihren Adressaten, weil sie stets in Schirmer wuchsen, wenn sich Hasler in erholsamem Tiefschlaf befand und den tieferen Sinn eines solchen Anrufs, deren emotionale Komponente, sicher nicht verstehen würde.
Und wenn etwas zu den Dingen gezählt werden musste, die Schirmer nicht mochte, dann war es das Gefühl, nicht sofort verstanden zu werden.
Schirmer überlegte, ob er Hasler noch einmal anrufen und ihm den Zustand von Fred Spergels Wagen beschreiben sollte. Er verwarf den Gedanken, als er die Stadtgrenze erreichte. Der dreiundzwanzigste Wiener Gemeindebezirk hatte die gute Eigenschaft, dass er beinah ohne bauliche Unterbrechung an den Bezirk Möd-

ling grenzte. So hatte es Schirmer nicht weit und kam nach kurzer Suche in einem Industriegebiet an, in dem sich laut Haslers Unterlagen Dieter Spergels Wohnsitz befand. Er bog in einen Weg ein, der passenderweise den Namen „Kleine Industriegasse" trug und nach wenigen Metern in einem großen Platz sein Ende fand. Um die freie Fläche gruppierten sich mehrere Hallen, riesige Ungetüme aus Stahl, Beton, Blech und Glas, die ihrem Zustand nach bereits lange vor sich hin rosteten. Genau wie die vielen Schilder, die an ihren Fassaden angebracht waren. An den Aufschriften war zu erkennen, dass hier einst Glühbirnen, Lastwägen und Lederwaren erzeugt worden waren.
Schirmer stellte sich für einen Augenblick Heerscharen von Arbeitern vor, die nach Schichtende über den Platz drängten. Schmutzige Gestalten in noch schmutzigerer Arbeitskleidung, die sich auf den verdienten Feierabend freuten. Er erinnerte sich dabei an seinen Vater, der ebenfalls immer schmutzig und müde nach Hause gekommen war und nicht viele Worte für Schirmers Mutter oder ihn selbst gefunden hatte. Schneller, als die Globalisierung all die Arbeitsplätze hier aufgefressen hatte, schwanden die Arbeiter wieder aus seiner Vorstellung. Ein Windstoß traf sein Gesicht. Heiße Luft, staubig und nach modernder Erde riechend, tat sich mit der Hitze zusammen und vertrieb ihn. Er suchte Schutz im Schatten zweier toter Monster aus Ziegeln und Stahl und war verwundert, dahinter ein kleines, grellgelb gestrichenes Haus zu finden. Anders als die anderen Gebäude am Platz, schien dieses noch am Leben zu sein.
Das Gelb bildete einen unpassenden Kontrast zur Trostlosigkeit dieses Ortes. Rot leuchtende Buchstaben zeigten an, dass er sein Ziel erreicht hatte: Spergels Musik-

welt. Industrieplatz 39. – An der Innenseite der versperrten Glastür war eine Nachricht zu lesen, deren trostloser Inhalt sich nahtlos in die mutlose Atmosphäre einfügte. Die Geschäftsführung bedankte sich für die Treue ihrer Kunden und bedauerte den Umstand der Schließung. Nicht ohne den Hinweis, dass Gutscheine nur noch bis Ende der Woche Gültigkeit hätten. Das auffallend gelb gestrichene Gebäude würde auch sterben.
Schirmer glaubte, einen Lichtschein hinter der Scheibe zu sehen, dämpfte die halb gerauchte Zigarette am Boden aus und klopfte an die Tür. Zuerst zaghaft, beinah schüchtern, dann heftig – und als der wandernde Lichtpunkt nicht auf ihn reagierte, energisch. „Polizei, machen Sie auf, ich habe Sie gesehen!“ Seine Fäuste trommelten ungeduldig an die Scheibe. Endlich veränderte sich die Intensität des Lichts im ansonsten finsteren Gebäude. Es kam auf ihn zu, nahm immer mehr vom Eingangsbereich ein und strahlte ihm schließlich ins Gesicht. Schirmer musste sich abwenden und hoffte insgeheim, dass es drinnen einen Getränkeautomaten mit Bier gab.
Der Leiter der Mödlinger Kriminalpolizei hielt sich nicht lange mit Floskeln auf und erklärte, noch in der Tür stehend, warum er gekommen war. Müde Augen blickten ihn aus tiefen Höhlen an. Schirmer sah darin keinen Unterschied zu denen des Toten.
„Ich weiß“, kam es heiser von der anderen Seite der Schwelle. Keine Fragen nach dem Warum, keine Tränen, kein fassungsloser Blick. Dieter Spergel wirkte zwar gebrochen, müde und hoffnungslos, sein toter Bruder hatte daran aber offenkundig keinen Anteil. „Folgen Sie mir.“ Die Worte klangen wie ein Befehl.
Schirmer gehorchte und ging hinter Dieter Spergel durch den unbeleuchteten Verkaufsraum, in dem der Ermittler

im Schein von Dieter Spergels Taschenlampe schemenhaft halbleere Regale und Metallschütten erkannte, in denen allerlei musikalischer Krimskrams schon zu lange auf Käufer wartete. Vollgepackte Übersiedlungskartons standen im Weg, und Schirmer musste achtgeben, nicht darüber zu stolpern. Er konnte seinem Vordermann nur mit Mühe folgen.
„Ziehen Sie um?", rief er Spergel nach, der in einer kleinen Tür am Ende der Verkaufsfläche verschwand.
„Aus … aus, nicht um", bekam er zur Antwort, während auch er den Raum betrat. Dieter Spergel setzte sich auf einen billigen Klappstuhl und zündete sich eine Zigarette an. Er trug einen schmutzigen Arbeitskittel, der einmal weiß gewesen war und zusammen mit seinen unfrisierten, nach allen Seiten wegstehenden Haaren eher zu einem verrückten Professor gepasst hätte. Über dem massigen Bauch spannte sich ein geripptes Unterleibchen. Das aufgeklappte Campingbett und der große Haufen Schmutzwäsche am Boden ließen Schirmer ahnen, dass dieser Raum wohl auch zum Wohnen und Schlafen benutzt wurde. „Ich ziehe aus, nicht um, wie man wohl unschwer erkennen kann." Er blickte resignierend auf den Müll, der im ganzen Büro verteilt war. Halbleere Konservendosen, leere Bierflaschen und Zigarettenpackungen bedeckten den Boden zur Gänze.
„Ist das Geschäft nicht mehr gelaufen?" Schirmer setzte sich unaufgefordert auf das Klappbett, dessen Bezug genauso schmutzig war wie Spergels Mantel.
„Es ist nie gelaufen. Niemals."
„Hm … das tut mir leid. Wieso wussten Sie, dass ich komme? Sie haben nicht überrascht gewirkt."
Spergel blies einen Rauchkringel zur Decke. Schirmer folgte dem blaugrauen Dunst mit den Augen, solange

der sich im Licht der Taschenlampe bewegte. Selbst hier gab es keine andere Lichtquelle als die Taschenlampe. „Ich hatte zu dem Schwein keinen Kontakt mehr. Schon seit zehn Jahren nicht. Wenn die Polizei hier auftaucht, dann wohl nur, weil ihm etwas passiert ist." Er griff unter den Tisch, holte zwei Flaschen Bier hervor und bot Schirmer eine davon an. Der Kriminalbeamte griff ohne zu zögern zu, öffnete den Verschluss und trank die Flasche mit einem kräftigen Zug zur Hälfte leer. Spergel beobachtete ihn. Irgendetwas stimmte hier nicht, dachte Schirmer. Dieses lauernde Verhalten passt nicht zu der Gleichgültigkeit, mit der Spergel seine Worte untermalte.

Schirmer legte Fred Spergels Schicksal emotionslos in allen Einzelheiten dar, um anschließend die klassischen Fragen zu stellen.

Dieter Spergel konnte sich nicht vorstellen, wer einen Grund für solch eine wahnsinnige Tat gehabt hätte. Er hatte bereits erwähnt, dass er ein ganzes Jahrzehnt ohne Kontakt zu seinem Bruder gewesen war, dessen Umfeld nicht kenne und auch kein Interesse daran habe, mehr darüber zu erfahren. Und übrigens würde er dem Sarg nachspucken, wenn er die Gelegenheit dazu bekäme. Dieter Spergel holte zwei weitere Flaschen Bier hervor, von denen er eine wiederum weiterreichte, und begann zu erzählen. Er erzählte über verlorene Jahre, in denen er den todkranken Vater pflegen hatte müssen, sich um Haus und Grund gekümmert und am Ende, als der Vater gestorben war, nichts davon vererbt bekommen hatte. Eine schöne Stange Geld hatte den Umstand nicht ausgeglichen, dass Fred Spergel das Elternhaus geerbt hatte. Der Ort, an dem sie ihre Kindheit verbracht hatten, war kurz darauf verkauft worden. Fred war ab diesem Zeitpunkt Millionär – und Dieter um seine Erinnerungen betrogen. Dort, wo er seine Kindheit verbracht hatte, lebte nun ein russischer Geschäftsmann samt Familie. Diesen Ausverkauf der Erinnerungen, die Veräußerung der Villa, die seit mehr als zweihundert Jahren in Familienbesitz gewesen war, hatte er nie überwunden.

„Wo waren Sie letzte Nacht?", holte Schirmer Dieter Spergel ohne jegliches Feingefühl aus seinem emotionalen Rückblick auf den Boden der Realität zurück, während er die zweite Flasche vor sich auf den Boden stellte.

„Hier. Ich habe gepackt. Muss ja nächste Woche raus. Danach habe ich mich betrunken, so wie jeden Abend. Danach bin ich auf diesem Bett eingeschlafen."

„Kann das jemand bestätigen?" Diese Augen. Abwartend.

„Nur die leeren Bierflaschen unter dem Bett. Greifen Sie ruhig danach. Sie sitzen ja faktisch auf ihnen. Und, ach ja, meine Leber ..." Spergel lachte heiser, zündete sich eine weitere Zigarette an und atmete tief ein.

„Sünden. Können Sie damit etwas anfangen?"

„Sünden ... jeder von uns ist voll davon. Ich hab' wohl zu viele davon begangen, wenn es nach dem da oben geht. Sonst wär' ich nicht bereits in meinen dritten Konkurs geschlittert. Meinen Sie nicht auch, Herr Chefinspektor?"

„Sünden. Das stand auf einem Blatt Papier ... über ... na, über Ihrem Bruder angebracht." Schirmer räusperte sich. Er war derjenige, dem die Situation zu schaffen machte. Das sollte eigentlich anders sein.

Spergel zögerte eine Sekunde zu lang für Schirmers Geschmack, ehe er antwortete.

„Nein, ich habe Ihnen gesagt, er war mir fremd am Ende. Gehen Sie jetzt bitte, ich will mich betrinken. Und nicht deshalb, weil das Schwein gestorben ist."

Nachdem er sich von Schirmer verabschiedet hatte, reichte er ihm noch eine zerknitterte Visitenkarte und eine weitere Flasche Bier. „Da ist meine Telefonnummer drauf. Da können Sie mich auch erreichen, nachdem ich aus diesem Schuppen ausgezogen bin."
„Wo werden Sie dann wohnen?"
„Gibt es bequeme Brücken in Mödling?"

8

Erhards raue Zunge weckte ihn. Der Hund leckte winselnd über das Gesicht seines Herrchens und gab damit zu verstehen, dass es höchste Zeit für eine Runde über die Felder war. Hinter den zugezogenen Vorhängen zeichnete sich das Licht des beginnenden Tages ab. Er setzte sich auf und fand sich auf der Couch im Wohnzimmer wieder. Sogleich setzten Kopfschmerzen von solcher Intensität ein, dass er laut aufstöhnte. Er fühlte das Blut zäh in seinen Schläfen pochen. Alles war lauter, größer und bewegte sich langsamer als sonst. Erhard war von einer kleinen Promenadenmischung mit kurzen Beinen zu einem Riesenhund mutiert. Sein bestialisches Brüllen war so laut, dass Schirmer glaubte, seine Schädeldecke würde abheben.
Langsam drehte er den Kopf zur Wanduhr. Viel zu große Zeiger bewegten sich viel zu langsam, tickten dafür aber hundertmal lauter als gewöhnlich und verrieten durch ihre Position, dass es bereits Viertel nach neun war.
Er rollte sich umständlich vom Sofa und landete in einer Lache aus Erbrochenem. Erhard stupste mit der Schnauze die leere Wodkaflasche an, die unter dem Glastisch lag. Man hätte beinah glauben können, der Hund wollte sein Herrchen an den Fehltritt der letzten Nacht erin-

nern. Schirmer kroch auf allen vieren in die Küche, hantelte sich mühevoll an der Spüle empor und trank Wasser aus der Leitung. Das kühle Nass schwemmte den bitteren Geschmack nach Galle fort, brachte dafür aber den Magen in Aufruhr, der seinen Inhalt nach oben schickte. Im letzten Moment gelang es Schirmer, den Kopf in das Becken zu hängen. Ein Schwall gelber Flüssigkeit pumpte sich nach oben und ergoss sich in die Spüle.

Nachdem er geduscht und Kaffee gekocht hatte, saß er auf der Couch, blickte zur Decke und begann über den vorigen Abend nachzudenken. Fragmente von Erinnerungen tauchten auf und begannen sich zu einem Ganzen zusammenzufügen.

Der Brief lag immer noch auf dem Tisch. Er nahm ihn zur Hand und las ihn noch einmal: *Bin für den Rest der Woche zu meiner Mutter gefahren. Muss über uns nachdenken. Ich kann so nicht mehr. Habe den Wagen genommen. Kümmere dich um den Hund. K.*

Er war nach Hause gekommen, hatte den Brief gefunden und beschlossen, bei einem Drink nachzudenken. Die Stunden waren nur so dahingeflogen, und am Ende fand er sich sturzbetrunken vor dem Fernsehgerät wieder. Marisch war da, saß vor einer blauroten Wand und erzählte etwas, das Schirmer nicht verstand. Ihre Lippen bewegten sich, ohne dass ihn auch nur ein Wort erreichte. Wenn Marischs Lippen geschlossen waren, zeigten sie ein schmales Lächeln. Sie nickte in die Kameras, nickte den Journalisten zu, nickte nach rechts zum Landespolizeikommandanten, nickte nach links zum Leiter des Landeskriminalamtes. Nickte abschließend allen zu. Ende des Beitrags, neues Insert: Zahlreiche Festnahmen bei umstrittener Ausstellung. Er sah wieder nur die Bilder. Schreiende Menschen, die vor einem Gebäude demons-

trierten. Uniformierte Polizisten, die sie wegtrugen und in Arrestantenwagen verfrachteten. Es sah Bilder von Bildern. Nackte Heilige, die sich in obszönen Verrenkungen miteinander vereinten. Gemalte Männer in schwarzer Kleidung, Priester wettete er, die sich mit Kindern vergnügten, brennende Landschaften, dutzende Männer, die an ebenso vielen Kreuzen hingen und starben. Seltsamerweise sahen sie alle gleich aus. Sie hingen nebeneinander in Reih und Glied und starben. Starben und lachten dabei. Ende des Beitrags. Eine blonde Moderatorin lächelte freundlich in die Kamera. Auch sie bewegte ihren Mund, ohne dass er etwas hören konnte. Er fingerte an seiner Hose herum, wollte seine Männlichkeit berühren, sich Befriedigung verschaffen und schlief ein. Das Telefon. Irgendwann hatte er das Telefon in der Hand gehalten … Scheiße, was habe ich getan.
Schirmer stellte die Tasse so ruckartig auf die gläserne Tischplatte, dass Kaffee überlief, über die Kante tropfte und sich mit dem Erbrochenen vom Vorabend mischte. Wo ist das verdammte Telefon?
Er fand es am Boden, in seinen beschmutzten Jeans, und erschauderte, nachdem er sich die Liste der gewählten Nummern angesehen hatte: 23.12 Uhr, Katja. 23.14 Uhr, Katja. 23.22 Uhr, Katja. 00.10 Uhr, Hasler. 00.14 Uhr, Katja. 00.21 Uhr, Katja. 01.49 Uhr, Katja.
Plötzlich waren wieder die Worte da, die er seiner Frau auf der Sprachbox hinterlassen hatte. Er schämte sich. Gleichzeitig überkam ihn eine unbändige Wut. Wut auf sich selbst, Wut auf Katja, Wut auf den Hund, der wieder zu bellen begann. Kurz bevor er sich dazu entschließen konnte, das Telefon an die Wand zu werfen, läutete dieses schrill. So, als wollte es damit seinem Schicksal entgehen.

„Katja? Es … tut … ich hab' es nicht so gemeint. Alles …"
„Arno hier. Guten Morgen, Harald. Sag mal, brauchst du noch lange?"
„Wieso lange? Wo bist du?"
„Wir, Harald. Wir, Kropek, Iris und ich warten seit über einer Stunde auf dich. Du hast uns für acht Uhr zur Gerichtsmedizin bestellt. Mir hast du das in der Nacht auf die Box gesprochen."
Ja. Um zehn nach zwölf. Ich Idiot. „Hör zu Arno. Ich … ich hab' vergessen, den Wecker zu stellen. Ich zieh' mir nur schnell etwas an und fahr' sofort los. Trinkt einstweilen einen Kaffee, und der Doc … diese Helfgott soll halt irgendjemanden operieren, bis ich da bin." Ohne auf Antwort zu warten, beendete er das Gespräch.
Ein Taxi spuckte Schirmer und Erhard wenig später vor dem Gerichtsmedizinischen Institut in Wien aus. Schirmers Gesicht passte sich perfekt dem weiß lackierten Wagen an. Er versuchte besonders locker zu wirken, als er das Foyer betrat. Hasler, Kropek und Weninger erwarteten ihn bereits.
„Mein Gott, Harald. Fesch schaust du aus. Warum hast du Erhard mitgenommen? Der Hund kann hier nicht rein." Hasler hatte das erwartet. Die Tränensäcke seines Chefs hingen schwer ins Gesicht, als würden sie gleich platzen. Dort, wo Weiß sein sollte, war in seinen Augen nur Rot erkennbar, und sein Atem stank schon aus fünf Metern nach billigem Fusel. Nach der nächtlichen Nachricht auf seiner Sprachbox, wunderte er sich nicht, seinen Chef in diesem Zustand anzutreffen. „Du hast mich angerufen, weißt du noch?", fuhr Hasler fort.
„Klar, ich bin ja nicht senil", log Schirmer und wischte die Frage mit einer energischen Handbewegung zur Seite. Die Leine spannte sich, Erhard winselte.

„Ja, und dann wirst du ja auch bemerkt haben, dass ich ab circa sieben Uhr früh mehrmals bei dir angerufen hab'. Hast du auch deine Sprachbox abgehört, so wie ich?" Hasler wunderte sich selbst über die bestimmte Art, mit der er seinem Chef begegnete.
„Nein, hatte noch keine Zeit dazu", blieb Schirmer bei der Unwahrheit.
„Kropek hat die Ergebnisse der Spurensicherung dabei. Er bespricht sie mit uns, sobald wir hier fertig sind. Wir sind schon ganz schön spät dran."
Erst jetzt nahm Schirmer den Leiter der Spurensicherung wahr, der mit Iris Weninger schon die ganze Zeit über neben Hasler stand. „Gut, dann quatschen wir hier nicht herum, gehen wir halt", überspielte Schirmer die Situation und nickte den beiden zu, ehe er im Schritt innehielt. Hasler zeigte auf den Hund. „Iris?", wandte sich Schirmer an Iris Weninger.
„Guten Morgen. Ja! Iris! Du kannst mich aber auch Weninger nennen, wenn du dir das besser merkst."
„Hör zu, mir brummt der Schädel, ich hab' keine Lust auf obergescheite Ansagen. Also schön, Weninger. Bleib bitte bei meinem Hund. Das da oben geht dich sowieso nichts an. Außerdem würde dich das, was es dort zu sehen gibt, aus den Schuhen hauen."
Ehe Iris Weninger widersprechen konnte, fand sie sich mit der Leine in der Hand wieder und sah Schirmer, Hasler und Kropek verdutzt nach. Sie nahmen die Treppe in den ersten Stock. Hasler drehte sich zu ihr um und hob entschuldigend die Schultern.
Unterschätz mich nicht Schirmer. Ich bin kein kleines Mädchen.

9

Schwere Samtvorhänge blähten sich in der aufkommenden Brise wie die Segel eines Schiffs. Der Schein von vielen Kerzen warf tanzende Schatten an die Wände. Der Geruch nach fauligem Wasser wurde über die Ebenen hinweg zu ihm getragen und verfing sich in den blutroten Gardinen. Ein Heer zirpender Grillen vertonte die schaurig schöne Szenerie, während ein Druck auf die Fernbedienung den Bildschirm verdunkelte.
Er hatte sie gesehen und gleich gewusst, dass sie keine ebenbürtige Gegnerin abgeben würde. Sie gegen ihn zu schicken, stellte in seinen Augen eine Verhöhnung dar, beleidigte seine Intelligenz. Die stotternd vorgetragene Begrüßung, der holprige Satzaufbau. Dicke Schweißperlen, die sich im Licht der Scheinwerfer und für alle sichtbar auf der schlecht geschminkten Stirn vermehrten. Fragen, zu denen sie keine Antwort parat hatte. Sie grinste nur unverbindlich und wirkte dabei wie eine Landpomeranze, die erstmals über die belebte Einkaufsstraße einer Großstadt flaniert.
Wenn das alles war, was sie gegen ihn aufbieten konnten, war er der Erfüllung seines Auftrags näher, als er gedacht hatte. Diese Polizistin war bestenfalls dazu geeignet, Schwänze unter den Tischen einer Polizeikantine zu lutschen, eine Rede auf einem Polizeiball zu halten oder vielleicht Stoffbären an die Kinder verstorbener Kollegen zu verteilen. Doch niemals, niemals würde sie die Kraft und den Mut aufbringen und sich dem Sturm entgegenstellen, der entfacht worden war. Diese billige Vorstadtschlampe hatte nicht die geringste Ahnung, was auf sie zukam. Da konnten auch die vielen goldenen Streifen und Sterne an ihrer Uniform nichts daran ändern.

Er würde sich auch um sie kümmern, falls sie ihm über den Weg stolpern würde. Die Figuren bewegten sich wie Marionetten, und er war es, der die Fäden zog.
Behutsam blies er die Kerzen aus, tauchte den Raum in Dunkelheit und trat ans geöffnete Fenster. Er blickte der Nacht in ihren schwarzen Schlund und fühlte sich geborgen. Die Finsternis hüllte ihn in sichere Anonymität. Er würde ans Licht treten, wenn die Zeit gekommen war, würde sich offenbaren. Der Racheengel war gekommen.

10

„Du sprichst von Hämatomen, nicht von Totenflecken, Doc?"
„Ja, Herr Chefinspektor. Das Vorhandensein der Totenflecken habe ich eben ausführlich erläutert. Was wir hier am Nacken sehen, ist eine Verfärbung, entstanden durch den Austritt von Blut in das Körpergewebe. Wie Ihnen sicher bekannt ist, entstehen solche Blutergüsse vorwiegend durch Einwirkung physischer Kraft. Also darf man davon ausgehen, dass diese Person noch zu Lebzeiten mindestens einen heftigen Schlag ins Genick und auf die linke hintere Schädelhälfte erleiden musste. An dieser Verletzung konnte DNA vorgefunden werden. Wir sind noch bei der Auswertung, können aber jetzt schon sagen, dass es sich nicht um jene des Toten handelt."
Doktor Sonja Helfgott drückte eine Taste ihres Laptops. Das an die Wand projizierte Bild eines Nackens, auf dem sich ein länglicher Bluterguss in tiefsten rotvioletten Tönen abzeichnete, verschwand. Es folgten in kurzer Abfolge Bilder von Fred Spergels Stirn. Der Nagel war entfernt worden, die Eintrittsstelle nun nicht viel mehr als ein münzgroßer, schwarzer Fleck.

Schirmer durfte froh sein, dass ihnen die Amtsärztin die Untersuchungsergebnisse nicht stehend in der Leichenhalle vortrug, wie es die Art ihres Vorgängers gewesen war. Es hätte ihm natürlich nichts ausgemacht, in tote Augen oder einen geöffneten Brustkorb zu schauen. Er betrachtete Leichen als Arbeitsgrundlage, wie ein Finanzbeamter einen Steuerakt, ein Kinderarzt die eitrigen Mandeln eines schreienden Balgs oder die Kellnerin die Bestellung von Tisch sieben. Er war vielmehr erleichtert darüber, bequem in der riesigen Kunstledercouch lümmeln und sich ab und zu dem Sekundenschlaf hingeben zu dürfen. Das Eischalengelb der frisch gestrichenen Wände und der friedlich vor sich hin plätschernde Zimmerbrunnen irgendwo hinter ihm entspannten Schirmer, wenn auch sein Magen nach wie vor angegriffen war.
Wegen der Übelkeit hatte er den servierten Kaffee noch nicht angerührt. Hin und wieder musste er aufstoßen und verströmte dabei einen Geruch, der an faulende Zitronen erinnerte. Hasler und Kropek, die ihn auf der Couch flankierten, merkten dies, übergingen es aber wie gewohnt. Lediglich Doktor Helfgott erhob sich einmal mitten in ihrem Vortrag und öffnete das Fenster für eine Weile, als Schirmer einen besonders großen Korb Zitrusfrüchte durch den Raum geschickt hatte.
Sie war kein Vergleich zu ihrem Vorgänger, den alten griesgrämigen Medizinalrat, der für Schirmer immer eine Flasche Wodka in der Schreibtischlade bereithielt, wie der Leiter der Mödlinger Kriminalpolizei mehr als eine Schachtel Zigaretten am Tag rauchte und auch dessen Ansichten über Frauen mit ihm teilte. Ihr schulterlanges, dunkelblondes Haar, die feinen Gesichtszüge und die Haut, blass wie aus Marmor, erinnerten Schirmer an Oberst Marisch. Er stellte sich vor, dass sie eine Schwes-

ter seiner Vorgesetzten war, und begann zu lächeln bei dem Gedanken daran, nun zwei von der Sorte ertragen zu müssen. Doktor Sonja Helfgott war in der Zwischenzeit fertig geworden und blickte ihn fragend an. „Möchten Sie etwas wissen?"

„Äh ... nein. Ich habe nur nachgedacht. Sind wir dann fertig?" Obwohl er den letzten Minuten von Helfgotts Ausführungen nicht mehr folgen hatte können, erkannte er an der dunklen Leinwand, dass sie am Ende angelangt war. „Wenn es dir recht ist Doc, lasse ich den Kollegen Hasler noch einmal zusammenfassen, was du uns gerade erzählt hast." Ein Blick nach rechts genügte, und Hasler gab noch einmal wieder, was sie in der letzten Stunde gehört hatten.

Fred Spergel war in den Morgenstunden des vorigen Tages gestorben, zwischen vier und sechs Uhr. Helfgott hatte Verletzungen am Nacken gefunden, das linke Schläfenbein war gebrochen, und die Amtsärztin kam zu dem Schluss, dass dies geschehen sein musste, bevor man die Nägel in den Schädel getrieben hatte. Jene Nägel, die dann auch zu Fred Spergels Tod geführt hatten. Schirmer unterbrach seinen Mitarbeiter, stand mit einem Ruck auf, unterdrückte den aufkommenden Brechreiz und ging einige Schritte im Raum herum.

„Hast du dir den Eintrittswinkel des Nagels angeschaut, Doc?"

Sonja Helfgott blätterte in den Unterlagen und nickte. „Ja, das habe ich leider hier nicht in meiner Präsentation. Tut mir leid, aber hier ... hier steht es. Ja, mehr als fünfundvierzig Grad."

„Also größer. Arno, Leo, was meint ihr?" Er überrumpelte die beiden. Kropek und Hasler waren überrascht, dass seine Gedanken so schnell Fahrt aufnahmen, und

blickten fragend zu ihm auf. Schirmer blieb vor dem Zimmerbrunnen stehen. Er beobachtete die graue Steinkugel, die sich auf einem Sockel um die eigene Achse drehte, während Wasser sie wie ein feines Netz überzog.
„Meine Herren. Habe ich gestern gesoffen oder ihr? Der Täter war größer als sein Opfer. Er hat Spergel den Nagel von oben ins Hirn getrieben, stimmt's, Doc? Kann man das sagen, bei so einem Winkel?“ Helfgott nickte. „Arno, warst du gestern zu lange beim Lachyoga? Wenn Leo nicht gleich folgen kann, verstehe ich das. Er ist Spurensicherer, kein Ermittler. Aber du solltest geistig immer am Ball bleiben. Einen Zimmermannsnagel durch das Stirnbein zu hauen, einfach so, erfordert viel Kraft, davon dürfen wir ausgehen. Ich glaube, dass wir nach einem Bullen von einem Mann suchen müssen, der seine Tat gut geplant hat. Einen Fleischkloss, wie Dieter Spergel einer ist.“
„Eine Beziehungstat?“
Schirmer blickte konsterniert durch den Raum und fing Helfgotts Blick ein. Sie schaute beinahe schüchtern über den Rand des Bildschirms zu ihm hinüber.
„Da hört euch das an! Wenn der Doc kein Doc und ein Mann wäre, würde ich ihn glatt in mein Team holen. Ihr zwei Experten, nehmt euch ein Beispiel! Na klar, unbändige Wut! Emotionen! Es gibt ein Motiv in der Vergangenheit, davon bin ich überzeugt. Arno, wenn wir wieder zurück sind, beginnst du damit, in Spergels Vergangenheit zu wühlen. Hier ist eine offene Rechnung beglichen worden. Diese Weidinger, äh … Weninger soll dir zur Hand gehen. Ich möchte so bald wie möglich einen Lebenslauf des Toten haben. Und schaut euch seinen Bruder besonders genau an. Mich würde es nicht

wundern, wenn wir dem bald noch einen Besuch abstatten müssen. Sind wir es, Doc?"
„Hm … ja, ich übermittle Ihnen noch die Auswertungsergebnisse hinsichtlich der DNA, sobald ich sie habe." Sie zögerte einen Moment. „Kann ich noch kurz mit Ihnen unter vier Augen sprechen?"
Schirmer wies Hasler und Kropek an, im Foyer auf ihn zu warten. Doktor Helfgott schloss die Tür, nachdem die beiden weg waren.
„Was ist denn, Doc? Möchtest du mit mir ausgehen? Ich bin sicher fünfzehn Jahre älter als du und mehr oder weniger glücklich verheiratet, eher weniger im Moment." Er lachte über den seiner Meinung nach gelungenen Scherz.
Helfgott lachte nicht. Ihre Ohren wurden rot. „Ich wollte Ihnen nur sagen, dass ich mich auf eine gute Zusammenarbeit freue …"
Da ist doch noch etwas. Das hätte sie mir vor den anderen auch sagen können. „Aber?"
Sie räusperte sich, senkte den Kopf, hob ihn wieder und schaute Schirmer nun direkt in die Augen. „Die Art, mit der Sie mich ansprechen … diese Vertrautheit ist mir unangenehm. Ich würde es begrüßen, wenn wir uns vorerst nicht duzen. Wir kennen uns ja kaum." Nun passte sich ihr Gesicht farblich den Ohren an. Sie war aber dennoch erleichtert, es über die Lippen gebracht zu haben, und fuhr fort. „Mir wäre es sehr recht, wenn Sie mich Doktor Helfgott oder einfach Frau Helfgott nennen würden."
Peinliche Stille füllte den Abstand zwischen den beiden aus.
„Ist natürlich kein Problem. Bisher war der Doc eben immer der Doc. Wenn du … wenn Sie es so möchten, dann machen wir es so."

Sie bedankte sich für sein Verständnis und verabschiedete sich mit einem Händedruck und einem Lächeln.
Schirmer stand schon in der Tür, als er sich noch einmal umdrehte. „Denken Sie nicht, dass Ihnen die Schuhe ein bisschen zu groß sind?"
Sie verstand nicht.
„Na, anscheinend verstehen Sie mich nicht. Ihr Vorgänger war ein absolutes Ass in seinem Job, und ich hab' ihn sehr gemocht. Schade, dass der Doc schon in Pension ist. Der hätte sich so ein arrogantes Auftreten erlauben dürfen. Sie, Sie müssen mir erst beweisen, dass Sie nur halb so gut sind, wie er es war. Ich wünsche Ihnen noch einen schönen Tag."
Erhard bellte freudig, als Schirmer die Stufen herunter kam. Er kraulte den Hund hinter einem Ohr und nahm kommentarlos die Leine von Weninger entgegen.
„Was war eben noch?", fragte Kropek.
„Ah, nichts, die Alte ist unbefriedigt." Es schien, als würde er die Anwesenheit Weningers erst jetzt merken. „Ich meinte, unzufrieden. Arno, ich werde mit der nicht mehr kommunizieren. Übernimm du das in Zukunft." Schirmer zündete sich trotz des Rauchverbots eine Zigarette an und musterte seine Kollegen der Reihe nach, ehe er sich wieder seinem Assistenten zuwandte. „Was war gestern noch bei Spergels Wagen?"
„Ich ... ich habe Iris hingeschickt. Ich dachte, es kann nicht schaden, wenn sie Leo kennenlernt und gleich am Fall mitarbeitet."
„Na, bravo. Wenn man einmal machen würde, was ich sage. Also, Leo, was gefunden? Kannst du schon etwas sagen?"
Leo Kropek schob seine dicke Hornbrille nach oben und räusperte sich. „Wir haben Fingerabdrücke gesichert,

die nicht von Fred Spergel stammen. Außerdem passt das Reifenprofil zu Abdrücken, die sich auf der Lichtung befanden. Die Erde und das Gras im Radkasten konnten nicht zugeordnet werden. Das ist sicher nicht von Bedeutung. Wir dürfen annehmen, dass Fred Spergel in seinem eigenen Wagen zu seiner Hinrichtung gebracht worden ist", berichtete Weninger ungefragt und erntete dafür einen unmissverständlichen Blick von Schirmer. „Kollegin Weninger hat uns gestern gut unterstützt", ergänzte Kropek. „Wir haben bis drei Uhr früh gearbeitet und sind immer noch dran. Meine Leute sind seit beinahe dreißig Stunden durchgehend im Dienst. Die Abdrücke an der Leiche sind in unserem System unbekannt. Wegen der DNA müssen wir noch warten, das geht halt nicht so schnell. Du hast Helfgott ja gehört."

Verschwört euch nur. Ich werde diese Spionin mit Offiziersambitionen weiterhin ignorieren, so gut es geht. Sie darf maximal auf Erhard aufpassen und Kaffee kochen.

„Verschon mich mit der. Okay, meld dich bei uns, wenn du was Neues hast. Und deine Jungs sollen ein paar Stunden Pause machen."

Schirmer war froh über Weningers Wunsch, mit Kropek mitfahren zu dürfen. Sie wollte den ausgelasteten Kollegen bei der Spurensicherung zur Hand gehen und würde somit für eine Weile aus seiner Wahrnehmung verschwinden. Er zog die Leine straff, dämpfte die Zigarette am Boden aus und fragte Hasler, wo er denn mit dem Wagen stünde.

11

Zur großen Überraschung seines Assistenten nahm Schirmer für die Rückfahrt ausnahmsweise einmal nicht den

Platz hinter dem Steuer in Anspruch. Schirmers Meinung zufolge war Schirmer der bessere Autofahrer. Zielstrebiger bei Einsatzfahrten, ideenreicher und entschlossener, wenn es einmal rasch gehen musste und ein Grünstreifen oder eine Einbahn gegen ihre vorgesehene Fahrtrichtung zur Abkürzung wurden. Hasler hatte in den Jahren ihrer Zusammenarbeit den Sicherheitsgurt zu schätzen gelernt.
An diesem heißen Dienstagvormittag ließ sich Schirmer kraftlos in den Beifahrersitz fallen, stöhnte einmal leidend auf und warf einen Kontrollblick auf Erhard, der es sich auf der Rückbank des Dienstwagens bereits bequem gemacht hatte.
Die beiden sprachen während der Fahrt nur das Notwendigste miteinander. Der Leiter der Mödlinger Kriminalpolizei war in Abschriften von Einvernahmen vertieft, die ihm sein Assistent mitgebracht hatte. Wort für Wort las er sich die Angaben der Kellnerinnen aus der „Filou"-Bar durch und kam zur Ansicht, dass sie diese nicht weiterbringen würden. Einmal blickte er kurz auf und fragte nach links, wo sich Hasler verbissen auf den Verkehr konzentrierte: „Sag mal, Arno, bei der einen, dieser Foltynski, hast du die Befragung dreimal unterbrechen müssen. Was war da los?"
Fred Spergels Angestellte waren durch den plötzlichen Tod ihres Arbeitgebers völlig aus der Fassung geraten. Besonders die jüngste der drei Frauen, Irena Foltynski, war bei ihrer Befragung mehrmals einem Nervenzusammenbruch nahe gewesen. Fred Spergel hatten alle drei Frauen als beliebten Arbeitgeber, Workaholic und Geschäftsmann beschrieben, der praktisch rund um die Uhr in der Bar anwesend gewesen war. Am Ende stopfte Schirmer die vielen A4-Seiten in das Handschuh-

fach und entnahm der Mittelkonsole die Tageszeitung. „Polizei jagt Nagelmörder“, las er auf Seite zwei. Unter den Buchstaben, fett, kursiv und in Sperrschrift am Beginn des Artikels, ein Bild von Marisch. Die Leiterin des Bezirkspolizeikommandos Mödling hielt einen langen Stahlnagel in die Höhe und schaute entschlossen in die Kameras. „Das ist doch nicht der Nagel, der in dem Schädel gesteckt ist?!“
„Nein, Harald, den hat sie sich in einem Baumarkt besorgt, soweit ich weiß. Sie hat Kropek genau beschreiben lassen, wie der aussieht. Sollte eher eine symbolische Geste sein, denke ich. Damit sich die Menschen etwas vorstellen können.“
„Einen Gefallen tut uns die Alte damit nicht.“
Mit jeder Zeile, der er dem Ende des Artikels näher kam, wuchsen Unverständnis und Wut über das Verhalten seiner Vorgesetzten. Marisch hatte seiner Meinung nach die Pressekonferenz bloß dazu genutzt, um ihr Gesicht in den Medien bekannt zu machen. Zunächst rätselte er, warum seine Vorgesetzte plötzlich so erpicht auf die Öffentlichkeit war, ein Verhalten, das allem zuwiderlief, was er bislang von ihr kannte. Marisch war normalerweise froh, nicht mit kriminalpolizeilichen Angelegenheiten behelligt zu werden, was Schirmer natürlich sehr gelegen kam, redete ihm doch so niemand in seine Arbeit hinein. Seit gestern wurde dieser dienstrechtliche Waffenstillstand permanent verletzt. Einseitig, Schirmers Ansicht nach.
„Na sicher doch“, fuhr er auf und trommelte mit seinen Fingern auf die Abbildung, die das Ende des Artikels bildete. Sie zeigte Marisch in vertraulichem Gespräch mit ihrem Sitznachbarn, dem Landespolizeikommandanten von Niederösterreich. Schirmer bearbeitete die Zeitung

so heftig, dass er nach kurzer Zeit ein Loch ins Papier riss. „Der Baumhakl, der geht doch Ende des Jahres in Pension“, stellte er empört fest.
„Ja, Harald, wieder einer. Wie viele Landespolizeikommandanten haben wir schon erlebt?“
„Um den alten, senilen Trottel geht es mir doch gar nicht. Die Marisch, die spitzt auf den Posten“, rief er aus, als hätte er eben eine Verschwörung aufgedeckt. „Kannst du dich erinnern, dass die je so einen Zirkus um den Kriminaldienst gemacht hat? Der waren doch Falschparker und Geschwindigkeitsüberwachungen immer viel wichtiger als unsere Fälle.“
Hasler überlegte und konnte der Mutmaßung Schirmers eine gewisse Substanz nicht absprechen. Der Kampf um General Emmerich Baumhakls Nachfolge war vermutlich in dem Moment eröffnet worden, in dem der scheidende oberste Polizist des Bundeslandes die Erklärung zum Übertritt in den Ruhestand abgegeben hatte. Oberst Marisch hatte im Kampf um den grünen Ohrensessel im LPK Niederösterreich nur Außenseiterchancen, doch zu unterschätzen war sie keinesfalls. Hasler wog in Sekundenschnelle Für und Wider ab. Wenn die Gerüchte zutrafen, besaß Marisch die richtige Farbe, wie man die politische Gesinnung in Beamtenkreisen nannte. Der Umstand, dass sie zum weiblichen Geschlecht gehörte, verschaffte ihr einen zusätzlichen Eintrag auf der Habenseite, waren doch Bewerbungen von Frauen besonders erwünscht.
„Vielleicht liegst du da gar nicht so falsch, Harald. Eigentlich bringt sie beinah alles mit, was man für Baumhakls Nachfolge braucht. Sie ist eine der ersten weiblichen Bezirkskommandanten, schaut gut aus und ist doch recht

kompetent. Ein spektakulärer kriminalpolizeilicher Erfolg wäre da noch das Sahnehäubchen drauf."
„Kompetent … Alter! Wenn uns die da bloß nicht unnötig reinpfuscht", murmelte Schirmer und las wieder in der eingerissenen Zeitung.
„Hast du die PK gestern eigentlich gesehen?", fragte Arno. Sie mussten kurz vor der Stadtgrenze zu Mödling wieder einmal im Kolonnenverkehr anhalten.
„Bin eingeschlafen, kann mich nicht mehr so genau erinnern. War schon recht müde und hab' nur mehr den Anfang gesehen, glaub' ich."
Hasler räusperte sich. „Wieso hast du dich gestern so betrunken? So wie du heute riechst, musst du in ein Schnapsfass gefallen sein. Und warum hast du den Hund mit? Ist alles in Ordnung bei dir?"
Es kam selten vor, dass Hasler ihn so direkt auf seinen Alkoholkonsum und sein allgemeines Befinden ansprach. In diesem Moment hatte er den vom Vorabend geschwächten Schirmer auf dem richtigen Fuß erwischt, ein Wutanfall oder die Maßregelung, sich gefälligst nicht in private Angelegenheiten zu mischen, blieb aus. Schirmer empfand sogar etwas wie Befreiung, als er seinem Assistenten erzählte, was geschehen war.
„Harald, wenn du dich permanent betrinkst, ist das auch keine Lösung. Erstens wird dich das Katja nicht wieder näherbringen, und zweitens hast du über kurz oder lang auch im Beruf Probleme. Hast du gesehen, wie dich die Helfgott angesehen hat? Wenn sie oder jemand anderer dich anschwärzt, dann wird es eng. Die Marisch ist so was von korrekt, die lässt dich eiskalt fallen."
Überraschender Stille folgte ein zustimmendes Kopfnicken vom Beifahrersitz. „Möglicherweise hast du in manchen Dingen recht, Arno. Eines will ich aber klar-

stellen: Ich habe kein Alkoholproblem. Ist halt alles ein wenig viel im Moment. Sobald wir Spergels Mörder hinter Schloss und Riegel gebracht haben, werde ich über all das noch einmal nachdenken. Vielleicht fahre ich dann mal zu Katja raus und regle das mit ihr. Ich habe zwar keine Ahnung, wie ich mit ihr auf einen grünen Zweig kommen könnte, mir wird aber schon etwas einfallen."
Er blickte aus dem Fenster und klopfte mit der flachen Hand auf die Außenseite der Tür. „Nimmt das Auto und lässt mir den Hund. Umgekehrt wär' mir das lieber gewesen."
Als hätte er verstanden, dass es um ihn ging, hob Erhard den Kopf, wedelte mit dem Schwanz und bellte dreimal laut. Die Luft im Auto war wieder unerträglich, und an Erhards hechelnder Zunge konnte Schirmer ablesen, dass der Hund endlich etwas zu trinken brauchte. Ein Bedürfnis, das er mit seinem Herrchen teilte.
Als der Wagen vor ihrer Dienststelle vorfuhr, stand die Sonne schon hoch. Die Aussicht auf ein Büro ohne Klimaanlage, dafür aber mit Iris Weninger, stoppte Schirmer vor dem Haupteingang.
„Geh du mal vor, Arno. Erhard muss einen Haufen machen, und ich lese mir diesen Schwachsinn hier noch einmal durch." Er hob die Zeitung in die Höhe, während Erhard blitzschnell in den Büschen des Museumsparks verschwand.

12

Die Glasfassaden der gegenüberliegenden Bürotürme standen in Flammen. Gold und weiß warfen sie das Licht der schillernden Morgensonne auf den Fluss, der sich träge unter ihnen wand. Von hier oben sah alles so klein

aus. Die Menschen, die Fahrzeuge, ja selbst das Wasser des Stroms wirkte unecht wie Spielzeug, das auf dem Teppich eines Kinderzimmers herumlag.
Er blickte durch die endlose Glaswand seines Büros auf das Geschehen unter ihm und genoss die Ruhe, die im Raum herrschte. Der Lärm der Großstadt konnte ihn hier oben nicht erreichen. Er nahm nur sein eigenes Atmen wahr, den Schlag seines Herzens und das Hämmern in den Schläfen, das in den letzten Wochen zu einem ständigen Begleiter geworden war. Alles hatte mit dem Öffnen eines Briefs begonnen.
Seine Sekretärin war angewiesen, die täglich eingehende Post in drei Stapeln auf seinen Tisch zu legen, noch bevor er im Büro erschien. Ordnung, System und strenge Disziplin in allen Lagen des Lebens waren seiner Ansicht nach unerlässliche Grundpfeiler, wenn man Karriere machen wollte. Er achtete stets auf diese drei Säulen und konnte damit zufrieden sein, dass er damit schon so viel erreicht hatte.
Diese Werte wussten schon immer sein Leben zu bestimmen. Von klein auf war ihm eingeimpft worden, dass nur Fleiß, Demut und Gehorsam einen Menschen reifen lassen können. In den wenigen Momenten, in denen er darauf vergaß, hatte er immer bitter dafür büßen müssen. Vaters Gürtel, der sich schneidend und schmatzend in seinen nackten Rücken grub. Die riesigen Hände, die immer und immer wieder auf seinen kleinen Kopf einschlugen. So lange, bis alle Gebete gesprochen und alle Verfehlungen verziehen waren. Er war, verdammt noch einmal, für alles eingestanden. Es sollte nun endlich aufhören.
Als er an diesem Tag die ersten beiden Stapel abgearbeitet hatte, geschäftliche Korrespondenz und Privatpost

erledigt waren, lag nur mehr der Brief vor ihm, der als einziger Stapel Nummer drei bildete, weil er anscheinend weder geschäftlicher noch privater Natur war. Ein schlichtes Kuvert mit österreichischer Briefmarke, ohne Absender. Post aus Österreich war natürlich für einen Mann in seiner Position nicht ungewöhnlich, dennoch war da plötzlich eine Vorahnung, dass sich nach dem Öffnen des Umschlags einiges ändern würde.

Als er den Brief in Händen hielt, war alles wieder präsent. Der Gürtel, die Ohrfeigen, seine Verfehlungen. Die wenigen Zeilen auf dem Blatt formten eine Drohung, die ihn weit in die Vergangenheit zurückführte. Die Botschaft war unmissverständlich.

Die Zeit ist gekommen.
Du wirst deine Schuld sühnen.
Gleiches wird mit Gleichem vergolten.
Du bist nicht vergessen worden.

System, Ordnung und Disziplin bedeuteten für ihn auch, dass nichts weggeworfen werden durfte. Jede Notiz, jedes Memorandum, sei es auch noch so alt, konnte irgendwann einmal von Wert sein. Er hatte schon oft die Erfahrung gemacht, dass archivierte Protokolle über längst vergangene, vertrauliche Gespräche unbezahlbaren Wert hatten, wenn man sie den einstigen Gesprächspartnern zum richtigen Zeitpunkt vorlegte. So fand er auch in einem der hintersten Schränke des Büros das kleine Adressbuch, von dem er gehofft hatte, niemals wieder einen Blick hineinwerfen zu müssen.

Er wählte die Nummer, nach der er gesucht hatte, und wünschte sich, dass niemand abhob. Höhnisches Lachen am anderen Ende der Leitung führte dazu, dass sich sein Magen schmerzend zusammenkrampfte.

„Sag einmal, was soll dieser Scheiß? Eine Härte hast du! Rufst hier an, nur um so saublöde Fragen zu stellen. Was ihn betrifft, so musst du ihn wohl selbst fragen. Ich habe keine Ahnung, wovon du sprichst."

Er spürte, wie ihm der Schweiß den Rücken hinablief. Seine Zunge wurde dick, das Hämmern hinter den Schläfen so stark, dass er glaubte, sein Kopf würde zerplatzen. „Ich habe genug geblutet. Lasst mich endlich in Frieden, meine Rechnung mit euch ist beglichen." Er versuchte souverän zu klingen, ganz so, wie bei Fernsehauftritten oder öffentlichen Diskussionen. Ein analytisch denkender Mensch, der für nahezu jedes Problem den richtigen Lösungsansatz hatte. Es gelang nur gerade nicht. Stotternd krächzte er seine Drohung in den Apparat. „Wenn ihr glaubt … ich …, so spielen wir das Spiel nicht mehr … lasst mich in Ruhe. Kriegt ihr den Hals nicht voll?"

Der andere Gesprächspartner dachte offenbar über etwas nach. Einige Sekunden war nur Atmen zu hören. „Pass auf. Ich habe dir eben gesagt, dass der Brief nicht von mir stammt. Für mich ist die Sache erledigt. Wenn du mir aber noch lange lästig bist, werde ich darüber nachdenken, ob ich nicht doch noch etwas von dir brauchen kann."

Nachdem der andere das Gespräch beendet hatte, übergab er sich über seinem Schreibtisch. Der säuerliche Geruch hing jetzt immer noch im Büro, obwohl es schon einige Wochen her war und die Putzfrau ganze Arbeit geleistet hatte.

Entgegen seiner Natur hatte er damals nichts unternehmen wollen. Er war nicht in der Lage gewesen, auf dieses Ereignis zu reagieren, weil es zu viel in ihm aufgewirbelt hatte. Mit einem Schlag war er wieder das schwache, wehrlose Kind gewesen und nicht eine mit al-

len Wassern gewaschene Person von öffentlichem Interesse. Kurz hatte er überlegt, einen Detektiv zu engagieren. Diese Schnüffler arbeiteten mittlerweile mit moderneren Methoden als die Polizei. Wer weiß, vielleicht wäre es möglich gewesen, die beiden bei einem kompromittierenden Gespräch abzuhören. Den Gedanken daran, das Spiel umzudrehen, hatte er allerdings so schnell verworfen, wie er gekommen war. Er wäre eindeutig in der schlechteren Position, wenn die Sache an die Öffentlichkeit gelangte. Niemand würde sich für die wahre Geschichte interessieren. Er hatte auch nichts entgegenzusetzen, außer Lügen. Und dann würden sie wie die Hyänen über ihn herfallen und ihn zerfetzen. Alles wäre dann vorbei. Die Politik war eben ein harter Job.
Die Gedanken an den Brief wurden nach einigen Wochen wieder weniger. Er hatte geglaubt, der Anruf hätte genügt. Bis er heute auf Stapel Nummer drei den Brief fand. Kein Absender, eine österreichische Briefmarke und im Inneren des Kuverts ein Ausschnitt aus einer österreichischen Tageszeitung, der ihm das Blut in den Adern gefrieren ließ. Er musste es selbst erledigen. Sie würden bestimmt nicht damit rechnen, dass er auftauchen und die Sache beenden könnte. Wenn er in die Offensive ging, hatte er vielleicht eine Chance. Mochten sie sich vereint haben, er würde sich von ihnen nicht erpressen lassen. Es war vorbei, Vater tot, der Gürtel keine Gefahr mehr. Niemand würde mehr mit ihm spielen.
Seine Sekretärin war überrascht, als er sie darum bat, alle Termine der nächsten drei Tage abzusagen, gehorchte aber, ohne Fragen zu stellen. Disziplin und Gehorsam. Er würde mit dem Zug reisen und sich das Ticket selbst kaufen. Das dauerte zwar länger, aber die Chance, unerkannt zu bleiben, war dadurch größer.

13

Haslers Teilglatze war noch nicht hinter der blauen Stahltür verschwunden, da drehte Schirmer dem Gebäude auch schon den Rücken zu. Erhard musste für einen Moment ohne ihn auskommen, was kein Problem darstellen würde. Mit seinem Hund war er mindestens genau so gut eingespielt wie mit seinem Assistenten. Er überquerte hastig den Josef-Deutsch-Platz und ärgerte sich wieder einmal über die Bauarbeiten, die dort anscheinend nie ein Ende nahmen. Irgendeinem Überflieger von Stadtpolitiker war es ein besonderes Anliegen, den Platz in ein Kleinod umgestalten zu lassen. So hatte er es unlängst in einer Regionalzeitung gelesen. Die Folge davon war, dass sich seit Sommerbeginn jeden Morgen eine Heerschar Bauarbeiter auf dem Platz ausbreitete wie ein hungriger Heuschreckenschwarm.

Der Lärm von Presslufthämmern, die mit nichts anderem beschäftigt waren, als den Boden aufzubrechen und den Staub bis nach oben in sein Büro zu wirbeln, war an manchen Tagen zu viel für Schirmer. Er unterbrach in solchen Fällen die Arbeit und flüchtete zu Ali auf die andere Seite der Hauptstraße. Im klimatisierten und schalldichten Lokal konnte er den Staub mit einigen Gläsern Bier hinunterspülen, bis er wieder dazu bereit war, sich der Orgie aus Teer, Staub und lärmenden Baumaschinen auszusetzen.

Nachdem er die stark befahrene Straße überquert hatte, verschwand er hinter der grünen Glastür des nahe gelegenen Supermarkts. Er warf einige flüchtige Blicke durch die leeren Gänge und war froh, dass sich außer einer Brot einschlichtenden Angestellten niemand sonst im Geschäft befand. Smalltalk mit irgendwelchen Kollegen war das Letzte, wonach ihm im Moment der Sinn stand. Entschlossen griff er im Kühlregal nach seiner Lieblingsmarke, nahm nach kurzer Überlegung zwei Dosen davon und knallte bei der Kasse einhundertsechzig abgezählte Eurocent auf das Förderband. Er wollte nicht warten, bis sich die Kassiererin gnädigerweise zu ihm bequemte. Schirmer spürte die Nachwirkungen des Vortags noch immer und war trotzdem überzeugt, dass zwei kalte Bier der richtige Weg wären, um die Akkus wieder aufzuladen. Er musste denken. Und das konnte er am besten bei Bier und Zigaretten.

Erhard verteidigte die eben angepinkelte Blutbuche knurrend gegen einen anderen Hund, an dessen Leine sich eine runzlige kleine Frau klammerte. „Ist das Ihrer? Sie wissen aber schon, dass es hier im Museumspark verboten ist, den Hund hinmachen zu lassen. Außerdem hat er keine Leine und ist nicht beaufsichtigt." Der nasale Ton verriet Schirmer, dass die Frau von den Hängen des Anningers herabgestiegen war. Sie hatte die vornehme Gegend, in der hauptsächlich Menschen mit viel Geld und vielen Titeln wohnten, wohl für eine Erledigung verlassen, die sie keinem ihrer Angestellten anvertrauen konnte.

Die Hunde bellten einander kampfbereit an. Jeder der beiden hätte wohl bequem in die Handtasche der Frau gepasst, vielleicht auch beide gemeinsam. Schirmer musste lachen, während er näher kam und seinen tapferen Erhard sah. „Na, Dicker. Beruhige dich." Seine Hände waren belegt mit Dosenbier und der Zeitung, weswegen er den Stummel der abgerauchten Zigarette einfach aus dem Mund fallen ließ, direkt vor die Füße der Frau. Sie wich angewidert einige Schritte zurück, roch zudem

auch seine Alkoholfahne. In ihren Augen war nun echte Angst vor dem stinkenden Rüpel erkennbar.
„Wenn Sie frech werden, hole ich die Polizei, Sie Flegel. Die ist gleich da hinten“, zeigte sie hektisch auf das zweistöckige Gebäude in Schirmers Rücken.
„Ich habe Ihnen doch gar nichts getan“, beschwichtigte er und ließ ein lautes „Erhard, aus jetzt!“ folgen. Augenblicklich verstummte der kläffende Hund, drehte sich um und suchte den nächsten Baum auf. Er hob ein Bein und beobachtete die beiden Menschen und den anderen Hund beiläufig, als ginge ihn das alles gar nichts mehr an.
„Sie brauchen sich nicht zu fürchten, Erhard wird Ihnen nichts tun. Er mag zähes Fleisch nicht, und bei Haaren auf den Zähnen vergeht ihm der Appetit überhaupt“, gab er der Dame mit, die sich kopfschüttelnd entfernte und über das Benehmen dieses Rowdys ihren Unmut kundtat. Schirmer verfolgte ihren gesamten Weg durch den Park. Immer wieder blieb sie stehen, drehte sich zu ihm um und schüttelte dabei den Kopf, bis sie den Museumspark verließ und aus seinem Sichtfeld verschwand.
Er ließ sich im Schatten der Schule auf den Stufen des Haupteingangs nieder, zog die Schuhe aus und öffnete eine Dose Bier. Dann genoss er die Stille und beobachtete Erhard, der unter einem Baum vor sich hindöste. Ein zaghaftes Lüftchen kam auf und bewegte die Zeitung vor ihm.
„Polizei jagt den Nagelmörder.“
Auch jetzt, wo er den Artikel noch einmal las, ärgerte er sich nicht weniger als vorhin im Wagen über die Mutmaßungen und die nichtssagenden Floskeln. Sie waren das Papier nicht wert, auf dem sie geschrieben standen. Am Ende des Berichts wurde Marisch zitiert, die „eine bal-

dige Festnahme des Phantoms" versprach. Na, bravo! „Sachdienliche Hinweise melden Sie bitte Chefinspektor Harald Schirmer, dem Leiter der Mödlinger Kriminalpolizei, oder jeder anderen Polizeidienststelle." Dann waren Schirmers Klappe im Büro und der allgemeine Notruf angeführt. Das gefiel ihm gar nicht. Ihm graute vor den vielen erledigten Typen, die solche Gelegenheiten zum Anlass nahmen, um Weltverschwörungen, geplante Angriffe auf den Staat und allerlei andere bedenkliche Umstände zu melden. Er würde mit Marisch darüber sprechen müssen.

Ein langer Zug leerte die zweite Dose. Er bemerkte Erhard erst vor sich, als der Hund jämmerlich zu winseln begann und seine Schnauze auf einen der ausgezogenen Schuhe legte.

„Was bin ich für ein Herrchen, hm? Mich decke ich mit Treibstoff ein und auf dich vergesse ich völlig. Na komm, Dicker. Ich bin sicher, der Arno hat im Kühlschrank sicher etwas Leckeres für dich. Wenn nicht, dann schicken wir diese Isabella, oder wie die heißt, los."

Er kraulte den Hund hinter dem Ohr. Erhard schmiegte sich eng an sein Herrchen und ließ sich diese Luxusbehandlung, Hunger hin oder her, zufrieden knurrend gefallen.

14

Als Schirmer in die Räume der Kriminalabteilung zurückkehrte, war ihm klar, dass er etwas versäumt hatte. Einen so regen Betrieb am Gang hatte er nicht mehr erlebt, seit dieser Bereich des Gebäudes nach dem Unglück in der Seegrotte Hinterbrühl kurzerhand zur Kommandozentrale umfunktioniert worden war. Mehrere Touristen waren damals bei einem tragischen Bootsunglück, tief im Berg ertrunken. Schirmer hatte an der Sache damals noch als Sachbearbeiter mitgearbeitet und die aufgedunsenen Gesichter der Wasserleichen bis heute nicht vergessen.

Als er an Marischs Büro vorüberging, schoss deren Assistentin mit einer Flasche Wasser aus der offen stehenden Tür und wäre um ein Haar über Erhard gestolpert. Ein Blick in das Büro verriet Schirmer, dass Marisch nicht an ihrem Arbeitsplatz war.

„Wo ist denn die Al…, die Frau Oberst?“, rief er der Schreibkraft nach, die jedoch schon im Besprechungsraum verschwunden war. Kropek kam plötzlich aus seinem Zimmer, blätterte scheinbar ziellos und gedankenverloren in einem Schnellhefter und war der Nächste, der fast über Schirmers Hund gefallen wäre.

„Ah, endlich. Wir haben dich schon erwartet. Es geht gleich los. Sie wartet schon im Besprechungsraum auf uns“, sagte Kropek, ehe auch er weiterhetzte.

Er betrat das Büro der Kriminaldienstgruppe und fand Hasler und Weninger gemeinsam über einen Monitor gebeugt vor. Aus dem Drucker quoll ein immer dicker werdender Packen Papier. Zu seinem Missfallen startete Erhard ohne Umschweife auf Weninger los, warf sich vor ihren Füßen auf den Rücken und winselte fröhlich. Er erhielt dafür eine extralange Krauleinheit am Bauch. „Ich hätte sie in der GMI nicht auf den Hund aufpassen lassen sollen. Ganz deppert ist das Mistvieh auf sie“, ging es Schirmer durch den Kopf.

„Arno, kannst du mir erklären, was hier los ist?“, forderte er umgehend eine Erklärung für die allgemeine Hektik. Man hätte meinen können, dass irgendwo in den Hügeln um Mödling Gold gefunden worden wäre. Eine richtige

Aufbruchsstimmung herrschte hier. Während er auf die Antwort seines Assistenten wartete, beäugte er eifersüchtig Erhard, für den der Mittelpunkt des Universums im Moment die fette Knackwurst war, die Iris Weninger plötzlich in der Hand hielt.
„Ich darf doch? Der Kleine sieht verhungert aus."
„Der ist eh so blad, aber wenn es sein muss." Schirmer zuckte mit den Achseln. „Also, Arno. Warum seid ihr hier alle so fickrig?"
Hasler stand auf und zelebrierte den Augenblick geradezu. Für ihn war es immer etwas ganz Besonderes, seinem Chef wichtige Details zu einem Fall präsentieren zu können. Und was er und Kropek für Schirmer parat hatten, würde die nächsten Stunden ohne Zweifel äußerst turbulent gestalten. Er nahm das Papier aus dem Drucker. Die mehr als dreißig Seiten waren noch warm.
„Ich habe hier die Telefonauswertungen der beiden Spergels."
„Ja, komm, wenn das alles wäre, würdet ihr nicht herumwuseln wie aufgescheuchte Hühner. Spann mich bitte nicht auf die Folter."
„Dieter Spergel hat dir gesagt, dass er seit Jahren keinen Kontakt mehr zu seinem Bruder hatte?"
Schirmer nickte.
„Nun, schau dir das hier an." Hasler reichte Schirmer die Blätter, auf denen in mehreren Spalten unzählige Zahlenreihen aufgelistet waren. Hätte Hasler nicht erwähnt, dass es sich um Telefonnummern handelte, Schirmer hätte nicht gewusst, was er mit diesen Informationen anfangen sollte. Auf jeder der Seiten waren einige Nummern besonders hervorgehoben. Nach längerem Studium der Zahlenreihen erkannte Schirmer, dass es sich dabei immer um dieselbe Nummer handelte.

„Spergel hat dich angeschmiert, Harald", stellte Hasler triumphierend fest. „Die Brüder haben einmal die Woche miteinander telefoniert. Letztmalig am Abend vor Fred Spergels Tod."
Für wenige Momente war lediglich Erhards genüssliches Schmatzen zu hören. Hätte Denken Lärm gemacht, Schirmer wäre der Fleisch gewordene Krawall gewesen. Warum hatte Dieter Spergel so schamlos über seine Beziehung zu seinem Bruder gelogen? War die Geschichte mit der Erbschaft am Ende nur ein Täuschungsmanöver? Schirmer erinnerte sich, dass ihn irgendetwas an Dieter Spergels Art stutzig gemacht hatte, vielleicht dieses abwartende Gehabe, der Anflug von Angst, als er ihn mit den näheren Umständen des Mordes konfrontiert hatte. Dieter Spergel hatte gelogen.
„... und da ist noch etwas. Schau dir die gelb angezeichneten Stellen an", riss ihn Weninger aus seinen Gedanken. Sie war aufgestanden und stellte Erhard eine Schüssel mit Wasser hin. „Immer diese eine Nummer – beginnt mit neunundvierzig ..."
„Arno?" Schirmer versuchte, die aufgezwungene Verstärkung zu ignorieren.
„Ein deutscher Anschluss. Von dieser Nummer aus wurden beide Spergels im Verlauf der letzten vier Wochen mehrmals angerufen. Siebzehnmal, jeweils."
„Achtzehn Anrufe", korrigierte Weninger.
„Ja, achtzehn, entschuldige bitte, Iris. Harald, wir haben eine Ausforschung des Inhabers dieser Nummer eingeleitet. Nicht direkt über Interpol, wie es vorgesehen wäre."
„Was gibt's für eine andere Möglichkeit?"
Hasler räusperte sich, zwirbelte die Enden seines Bartes auf und beobachtete Erhard, der gierig trank. „Iris kennt

da einen deutschen Kollegen von einer Fortbildungsveranstaltung. Dem hat sie die Nummer gemailt. Geht sicher schneller."
Weninger lächelte, und Schirmer war nun zum ersten Mal dazu genötigt, ihr ins Gesicht zu sehen.
„Und du meinst, wir haben die Info dann früher?"
„Mir wurde zugesagt, dass wir noch heute Abend den Inhaber mitgeteilt bekommen."
„Ein wahrer Zauberer, dein Kollege. Lassen wir uns überraschen." Schirmer zündete sich eine Zigarette an und sog gierig den blauen Qualm ein. „Und deswegen so ein Theater?" Er schickte drei Rauchkringel zu Hasler und war der Meinung, dass er jetzt einen Schluck gebrauchen konnte. In einer Lade seines Schreibtischs lagerte eine Flasche Metaxa, keine zehn Schritte von ihm entfernt.
„Den Rest muss dir Kropek mitteilen. Er und die Alte warten schon im Besprechungsraum auf uns", wischte Hasler die Aussicht auf ein wenig hochprozentige Entspannung zur Seite.
Marisch und Kropek erwarteten sie bereits. So wie sich seine Kollegen benahmen, ärgerte sich Schirmer, dass er die Neuigkeiten als Letzter erfuhr. Er kam sich in diesem Augenblick wie ein Kind vor, das hinter der verschlossenen Tür auf die Bescherung, das Anzünden des Baumes und das helle Läuten einer Glocke warten musste. Alle wussten schon Bescheid und taten recht wissend, nur er nicht.
Leo Kropek hatte in der Tat bemerkenswerte Nachrichten. „Wir konnten die in Fred Spergels Wagen gesicherten Fingerabdrücke einem Jochen Kukal zuordnen. Heuer dreißig geworden, mehrfach vorbestraft wegen Suchtmitteldelikten und Diebstählen. Ein Kleinkriminel-

ler, der sich mit krummen Dingern seine Sucht finanziert", schloss Kropek und verteilte Auszüge aus Kukals Akte an jeden der Anwesenden.
Schirmer sah sich Kukals Foto an. Er blickte in müde Augen ohne Ausdruck. Über dem durch Akne verunstalteten Gesicht hing ein blonder Schopf wirr in die Stirn. Jochen Kukal sah weit älter aus, als er war. Die Sucht hatte bereits begonnen, ihren Tribut zu fordern. Diese ausgemergelte Gestalt sollte Fred Spergel aufgelauert, ihn entführt und dann grausam ermordet haben?
„Wo hätten wir ein Motiv? Kann er denn nicht nach der Tat im Auto gewesen sein? Ich meine, nachdem es wieder abgestellt worden ist? Ich habe es doch selbst gefunden, die Türen waren nur angelehnt."
„Nein, nein, nein." Marisch sprang plötzlich auf und warf beinahe die Wasserflasche vor sich um. „Das passt doch alles genau ins Bild. Ein unterhaltloser Kleinkrimineller, der sich seine Drogensucht finanzieren muss! Vielleicht hat auch eine Beziehung zwischen Täter und Opfer bestanden. Diese Süchtigen gehen ja manchmal sogar auf den Strich, nur um an Geld zu kommen!"
Sie hob belehrend den Zeigefinger, um ihren letzten Worten Nachdruck zu verleihen. „Am Ende wurde Kukal vielleicht sogar vom Bruder angesetzt – und wir haben es mit einem Auftragsmord zu tun. Holt mir Kukal und Dieter Spergel her. Morgen will ich zwei Geständnisse haben. Gute Arbeit, Kollege Kropek. Sie müssen mich jetzt entschuldigen. Ich habe heute Abend noch einen Termin im Innenministerium", beendete Marisch die Besprechung, indem sie das letzte Wort dramatisch betonte.
Nachdem sie den Raum verlassen hatte, versuchte Schirmer wieder, die Zügel in die Hand zu bekommen. „Na

schön. Arno, ruf in Wien an. Die sollen einen Wagen zu Dieter Spergel schicken und ihn anhalten, bis wir dort sind. Wissen wir, wo dieser Kukal wohnt?" Er rieb sich die Schläfen.

„Für ihn besteht eine Meldung in der Ferdinand-Buchberger-Gasse. Das ist gleich ..."

„Hinter dem Krankenhaus, ich weiß", unterbrach er Weninger. „Ihr beiden wartet schon mal unten im Auto auf mich", wies er Arno und Iris an. „Ich muss noch einen Sprung in mein Büro ..."

Als er allein war, nahm er einen kräftigen Schluck Metaxa und überlegte kurz, ob er seine Waffe mitnehmen sollte. Er trug seit Jahren keine Dienstwaffe mehr, das Ding war ihm einfach zu schwer. Außerdem hatte er sowieso seinen Kampfhund mit. „Komm, Dicker. Wir machen eine sinnlose Ausfahrt." Erhard sprang bellend auf und folgte Schirmer schwanzwedelnd.

15

„Oh Herr, da bekannte ich dir meine Sünden und verhehlte meine Missetaten nicht mehr. Ich sprach: Ich will dem Herrn meine Verfehlung bekennen, da vergabst du mir meine Schuld ..."

Immer und immer wieder stöhnte er die Worte in die Nacht hinaus. Mit jeder Wiederholung fiel es ihm schwerer, den Schmerz zu unterdrücken und mit der Strafe fortzufahren. Seiner Strafe. Er hatte es wieder getan, hatte Rache geübt und sich dabei abermals versündigt. Wann würde der Kreislauf aufhören? Er musste es doch tun, niemand anderer würde es beenden, und er konnte erst in Frieden leben, wenn alle ihren Preis bezahlt hatten.

Die Verse verwandelten sich in monotonen Gesang, wurden zu einem Wimmern und endeten schließlich in verzweifeltem Schluchzen, währenddessen sich die Enden der Geißel mit jedem Schlag tiefer in das wunde Fleisch gruben. Wie damals der Gürtel. Am Ende verschwammen Worte und Gefühle miteinander. Er konnte nicht mehr unterscheiden, ob er sprach, schlug oder Schmerz empfand.
Die Verse wurden wieder lauter, die Hiebe stärker, die Erregung wuchs, bis er sich mit einem kehligen Schrei seiner Lust hingab. Der Schall durchschnitt die Schwärze und verlor sich in den Hügeln um ihn.
Schweißgebadet stand er nackt auf der Veranda und wartete, bis seine Erregung abgeklungen war. Behutsam legte er sich den seidenen Morgenrock um die Schultern und spürte ein Prickeln an jenen Stellen, wo der Stoff an den blutenden Wunden kleben blieb. Er hasste sich für die Nachlässigkeit, sie so lange verschont zu haben. Am Ende würden ihm alle dankbar sein. Er hatte sie gereinigt und der Vergebung ein großes Stück näher gebracht. Anstatt ihn zu jagen, sollte man seine Taten respektieren.
Während er über den Hof humpelte, malten die Enden der Geißel fünf rote Linien auf die Steinfliesen hinter ihm. Wie hatte er sich einst vor dem Gürtel gefürchtet. Wie vertraut war ihm dieses Werkzeug mittlerweile geworden. Ein treuer Begleiter, geführt von seiner eigenen Hand.
Der zweite Akt war vollbracht.

16

Schirmer kam als Letzter zum Wagen. Zu seiner Verwunderung saß Iris Weninger bereits am Steuer, der Motor

lief. ‚Ich muss hier einmal mit dem eisernen Besen kehren. Die nimmt sich ein bisschen viel heraus. Sogar den Arno hat sie schon eingekocht.'
Erhard hielt es nicht länger an der Seite seines Herrchens. Die Promenadenmischung watschelte wie eine Ente auf den Wagen zu und bettelte lautstark bei der Spenderin der leckeren Knackwurst um Zugabe. ‚Hier werden alle verrückt, selbst mein Hund dreht schon durch.'
Hasler lehnte am Heck des Wagens und telefonierte. „Liebes, so wie es aussieht, wird es auch heute ein bisschen länger dauern. Wir haben da vielleicht schon einen Verdächtigen, den wir gleich überprüfen müssen." Schirmer schloss aus der Miene seines Assistenten, dass Silvia Hasler ihrem Mann zuerst etwas Besorgtes und dann etwas Unanständiges ins telefonierende Ohr geflüstert hatte.
„Ja, sicher passe ich auf ... nein, Harald ist ja auch dabei ... und eine neue Kollegin auch ... mach dir keine Sorgen, Liebes ... ja, auf das freue ich mich schon ... das würde ich jetzt auch lieber tun, anstatt in der Hitze herumzufahren", wurde Schirmer durch die immer süßlicher werdende Stimme seines Assistenten bestätigt. Hasler merkte, dass jemand mithörte. Er sah Schirmer an und nickte kurz.
Erhard bellte, Weninger suchte in ihrer Handtasche nach Leckerlis, und Hasler flirtete mit seiner Frau. Schirmer stand neben dem Wagen wie ein Fremder. Mit einem Mal war der Wunsch da, auch mit jemandem zu reden, einer Stimme am anderen Ende der Leitung zu versichern, dass sie sich keine Sorgen machen müsse. Zu vermitteln, dass er sich schon auf den Abend freue, auf ein gemeinsames Essen, ein gutes Glas Rotwein und ein geistreiches Gespräch, das vielleicht bis in den frühen Morgen dauern

würde. Er nahm das Handy aus seiner Tasche und rief Katja an. Nachdem es nur einmal geläutet hatte, wurde er in die Sprachbox umgeleitet.
Bei normaler Verkehrslage waren es vom Bezirkspolizeikommando bis in die Ferdinand-Buchberger-Gasse bloß zehn Minuten mit dem Wagen. Die drei Kriminalbeamten hatten aber das Pech, in den einsetzenden Berufsverkehr zu geraten. Ab dem Punkt, an dem die Hauptstraße über die Geleise der Bahn führte, ging dann gar nichts mehr. Ein Lastwagen war auf das Fahrzeug vor ihm aufgefahren. Die beiden Lenker kamen auf die geistreiche Idee, die Unfalldaten an Ort und Stelle, also mitten auf der Brücke, aufzunehmen. Binnen Minuten verwandelten sich die Fahrspuren stadtauswärts in ein unüberwindbares Nadelöhr.
„Jetzt, Mensch! Für was habt ihr zwei Experten da vorn ein Blaulicht. Verwendet den Dreck gefälligst." Schirmer hatte zum ersten Mal seit Jahren auf der Rückbank Platz genommen und ärgerte sich nun über die kampflose Aufgabe des Platzes hinter dem Lenkrad. Der Hunger meldete sich knurrend, und ihm fiel ein, dass er außer zwei Dosen Bier und einem ordentlichen Schluck Metaxa noch nichts im Magen hatte.
Hasler versuchte umständlich, das Blaulicht aus seiner Verankerung in der Mittelkonsole zu heben, derweilen Weninger den Wagen über den Gehsteig lenkte und den Stau umfuhr.
Die Gemeindebauten in der Ferdinand-Buchberger-Gasse lagen im Schatten, den das Mödlinger Krankenhaus gegenüber von ihnen warf. Die Siedlung war jedem Mödlinger Polizisten aus der einen oder anderen Amtshandlung bekannt. Vornehmlich an Wochenenden schlugen hier frustrierte Arbeitslose ihre Frauen, beschwerte sich

jemand anonym über den Lärm der Kinder im Hof oder mussten Streifenbeamte anrücken, weil aus irgendeiner der vielen Wohnungen Verwesungsgeruch drang. Hier hatte das Miteinander urbane Züge angenommen und war zu einem Nebeneinander geworden.
Als die drei an einer Sandkiste im Hof vorbeigingen, wurden sie von neugierigen Kinderaugen und zwei Frauen, die auf einer Bank saßen, argwöhnisch beobachtet. „Stiege siebzehn, Tür drei", las Hasler vom Auszug aus dem Melderegister vor und ließ der Information einen Blick auf den Eingang vor ihnen folgen. „Na bitte, wir sind da."
Schirmers Magen rebellierte unaufhörlich. Seine Knie zitterten, kalter Schweiß stand ihm auf der Stirn. „Leute, ich glaube, dass wir hier am falschen Dampfer sind. Wenn der Kukal auf Drogen ist, dann haben wir gleich einen Riesenwickel mit dem Arsch da oben. Und das nur, weil er, und da bin ich mir sicher, in Fred Spergels Auto herumgewühlt hat. Der wird voll drauf sein und sich nicht einmal daran erinnern, wer er ist."
„Wieso bist du so unwillig?", fragte Weninger. Mit jeder Stunde, die sie gemeinsam Dienst versahen, wurde dieser Emporkömmling widerspenstiger.
Wenn du nicht Rückendeckung von der Alten hättest, würde ich dir hier an Ort und Stelle von Arno eine Kugel ins Knie schießen lassen und dann dabei zusehen, wie du nach Hause hinkst. „Dein Ton gefällt mir nicht. Denk dran, du bist noch kein Offizier, sondern eine dienstzugeteilte Streifenbeamtin. Aber ich werde dir das nicht nachtragen." – ‚Sonst habe ich am Ende noch die Gleichbehandlungsbeauftragte am Hals.'
„Von Unwillen kann man hier nicht sprechen", fuhr er fort. „Mir stößt es nur sauer auf, dass uns die Alte … die

Marisch hier raushetzt, weil sie so geil auf einen Kopf ist. Wirst sehen, wir sind hier auf der falschen Baustelle." – ‚Das Beste wäre, wenn ich bei Erhard im Wagen bliebe.' Da konnte sie ihm erzählen, was sie wollte. Er war der routinierte Kriminalbeamte. Seine Nase hatte ihn noch selten getäuscht; hier roch es nach nichts, außer nach verrottender Hundescheiße.

„Soll ich das Einsatzkommando anfordern? Würde es dir damit besser gehen, Chef?"

Er war nicht ihr Chef. Höchstens ihr temporärer Aufpasser – und ihr Mörder, wenn das hier nicht gleich ein Ende finden sollte. „Lass mal, danke für deine Rücksicht. Ich werde mich in Wien nicht lächerlich machen wegen dir."

„Hört zu, ihr Streithähne. Was haltet ihr davon, wenn wir einfach mal da reingehen?" Hasler faltete den Zettel zusammen und steckte ihn in die Gesäßtasche seiner Hose.

Schirmer wollte sich das Heft nicht vollends aus der Hand nehmen lassen und knurrte: „Also los, ihr beiden geht hinter mir. Ich klopfe an, und ich rede." – ‚Einsatzkommando. Die denkt, sie ist im Wilden Westen.' Unter den neugierigen Blicken der Sandkastenbelegschaft verschwand das Trio im Stiegenhaus.

Die Wohnung Jochen Kukals befand sich im ersten Stock. Die drei gingen hintereinander die Treppen nach oben und bemühten sich, leise zu sein. Nach den ersten vier Stufen pfiff Schirmer schon wie die Lokomotive der Semmeringbergbahn. Im Haus roch es nach Frittieröl, Zigarettendunst und Obst, das in einem Plastiksack vor einer Tür vor sich hinfaulte.

Die Tür hob sich von den anderen beiden am Stock dadurch ab, dass sie nahezu vollständig mit Aufklebern zugepflastert war. Schirmer sah das Vereinswappen der

Mödlinger Eintracht neben einer Aufforderung in grellstem Gelb, auf Atomstrom zu verzichten. „Ich bremse auch für Tiere“ stand neben „Ausländervolksbegehren“ und „Bitte kein Werbematerial.“ Das Türblatt spiegelte das Leben all derer wider, die hier jemals gewohnt hatten. Jochen Kukal selbst war hier erst seit Kurzem gemeldet. Rund um den Türknopf waren ältere Beschädigungen sichtbar, die Tür war nur angelehnt. In dieser Gegend ließ man Türen nicht unversperrt.
„Herr Kukal? Chefinspektor Schirmer von der Mödlinger Kriminalpolizei! Sind Sie daheim?“ Noch ehe Harald den zweiten Satz beendet hatte, schoben sich er und seine Kollegen in das Vorzimmer. Die Wohnung eines Müllmenschen erwartete sie. Leere Pizzakartons, zerdrückte Bierdosen und Schmutzwäsche machten einen Blick auf den Fußboden unmöglich. Der Geruch von verbotenen Substanzen, die vorzugsweise geraucht eingenommen werden, lag in der Luft. Lautlos wie eine Katze drängte sich Weninger an Schirmer vorbei. Zu seinem Schrecken musste er feststellen, dass sie ihre Dienstwaffe in Anschlag gebracht hatte. Hinter ihm fingerte auch Hasler bereits an seinem Holster herum. Die Sache begann unangenehm zu werden.
Mit einem Ruck riss Weninger eine der beiden vorhandenen Türen auf und stand in einem winzigen Bad, in dem es nach Urin stank. Das Licht brannte.
Hinter der zweiten Tür hören sie Geräusche. Blickkontakte zwischen ihnen. Eine Frau stöhnt, oder ist es ein Kind? Schmerzerfülltes Weinen. Jemand lacht zufrieden. Metallisches Summen. Schirmer tritt zurück, lässt den Bewaffneten den Vortritt. Ein Nicken. Die Tür fliegt auf.
„Nichts. Der Vogel ist ausgeflogen.“ Hasler holsterte seine Pistole und beobachtete Weninger, die sich am DVD-

Rekorder zu schaffen machte. Ein billiger Horrorfilm kam anscheinend in die entscheidende Phase. Ein blondes Mädchen hing kopfüber an ein Eisengestell gebunden und wurde gerade von einer Gestalt im Clownkostüm zersägt.

„Hier ist nichts von Interesse. Nichts, was aus Fred Spergels Wagen stammen könnte. Der Typ hat ja nicht einmal einen Sessel oder einen Tisch." Schirmer zeigte auf das Bett, das neben dem Fernsehgerät und dem Rekorder das einzige Möbelstück im Zimmer war. Auf dem schmutzigen Bettzeug lagen die Utensilien, von denen sie erwartet hatten, sie hier zu finden: eine Spritze, eine abgebrannte Kerze und ein verrußter Löffel.

Schirmer hielt einen Knöchel seines Fingers an das Besteck. „Der Löffel ist noch warm. Der muss sich gerade einen Schuss gesetzt haben." So müde, hungrig, verkatert und übel gelaunt er auch war, die Zahnräder begannen sich zu drehen.

„Wo kann er hin sein?", fragte Arno.

„Er wäre uns doch im Stiegenhaus entgegengekommen. Wir hätten ihn bemerken müssen." Weninger warf die Fernbedienung achtlos auf das Bett, nachdem die Frau gestorben und der Bildschirm dunkel geworden war.

Schirmer trat ans Fenster und blickte durch verrauchte Vorhänge in den Hof. Die Sandkastenbelegschaft hatte Zulauf bekommen. Fünf oder sechs Personen standen nun dort unten und blickten neugierig zu ihnen nach oben. Die Menschen, die hier wohnten, erkannten Polizeibeamte am Geruch und wussten, dass hier etwas im Gang war.

„Der Keller. Sehen wir im Keller nach", folgte Schirmer einer plötzlichen Eingebung.

17

Als der Intercity ein letztes Mal mit aller Kraft anfuhr, erwachte er aus einem unruhigen Schlaf. Der nächste Halt würde der Wiener Westbahnhof sein. Ein dünner Speichelfaden rann aus seinem Mundwinkel. Er machte sich verlegen sauber und blickte sich um. Wie er an dem Verhalten der anderen Fahrgäste feststellen konnte, hatte ihn niemand erkannt. Niemand flüsterte mit seinem Sitznachbarn und schaute dabei in seine Richtung. Kein Mensch, der ihn freundlich oder – was ja auch nicht selten vorkam – unfreundlich musterte. Hier in Österreich war die Gefahr, erkannt zu werden, ohnehin geringer.
Aber hätte er ein Flugzeug benutzt, wer weiß? Diese Dinger waren immer voll von Geschäftsleuten, Journalisten oder Menschen seines Standes. Eines dieser unbedeutenden Gespräche über den Gang des Flugzeugs hinweg, die üblichen Floskeln und die abschließende Frage, zu welchem Zweck er denn nach Wien fliege. Auf so etwas konnte er selbst unter normalen Umständen gern verzichten.
Er war mit dem Wagen bis nach Salzburg gefahren, hatte am Hauptbahnhof ein Ticket für den nächsten Zug erstanden und war kurz darauf in einem gut gepolsterten Sitz hinter einer aufgeschlagenen Zeitung verschwunden. Teile davon lagen nun ungeordnet vor ihm auf dem Boden, während der erste Abschnitt, der sich mit innenpolitischen Themen befasste, noch auf seinen Beinen ruhte. Irgendwo zwischen Salzburg und Wien-Hütteldorf war er eingeschlafen, da hatten die vergangenen Nächte ihren Tribut gefordert.
Dunkle Stunden, in denen er selten in die Tiefschlafphase gelangt war. Und wenn doch, hatte ihn der durch die

Luft sausende Gürtel geweckt. Im Keller hatte es nach Schweiß, Angst und Kalk gerochen. Der strenge Geruch nach Tabak und Wein, wenn er den Mund geöffnet und ihm mitgeteilt hatte, warum er es tun müsste. Als er angefangen hatte, vor den Schlägen in Deckung zu gehen oder die Hände schützend über den Kopf zu halten, hatte er begonnen ihn festzubinden. „Mutter sieht dir von oben zu. Sie ist sehr traurig über deine Verfehlungen." Wenn das Gespräch so begonnen hatte, war ihm sofort bewusst gewesen, was folgen würde. Die behaarte Hand, die wie ein Schraubstock zupacken würde. Der Weg in den Keller. Die Furcht, die sich um sein Herz wickeln würde, wenn er ihn die Stufen hinunterzerrte.

Eigenartigerweise war es noch viel schlimmer für ihn, wenn er zusehen musste. „Siehst du, auch sie ist nicht frei von Lastern. Sie ist wie alle anderen. So, wie es der Herr beschrieben hat. Deswegen muss ich ihre Fehltritte ebenso bestrafen. Sie hat die Sünde in die Menschheit gebracht."

Die Abende, in denen sie es war, die am Werktisch angebunden wurde und nicht er, nahmen mit den Jahren zu. Je älter sie beide wurden, desto interessanter wurde sie für ihn. Einmal, er war gerade von irgendeiner Veranstaltung nach Hause gekommen und roch besonders stark nach Wein, legte er den Gürtel auch in seine Hand. „Du musst lernen, Gehorsam und Disziplin einzufordern. Die Frau ist nur ein unvollkommener Mann. Das haben schon die alten Griechen gesagt. Geboren, um zu dienen. Heute wirst du sie für ihre lüsternen Blicke züchtigen."

Unter Tränen schlug er auf sie ein. Zuerst so leicht, dass das eingefettete Leder ihren Körper kaum berührte. Bis er immer und immer wieder angeschrien wurde, es wie ein richtiger Mann zu tun. „Wenn du mir nicht gehorchst, können wir die Plätze auch wieder tauschen", sagte er zwischen zwei kräftigen Zügen aus der Weinflasche. Er gehorchte.

Als er an diesem Abend wieder nach oben gehen durfte, musste sie noch im Keller bleiben.

Die Albträume waren zurückgekehrt. Jahrzehntelang hatte er sie im hintersten Winkel seiner Seele vergraben, hinter einer dicken Kellertür mit drei Schlössern sicher verstaut. Mit den Jahren musste er jedoch zur Einsicht kommen, dass die Behandlung, die ihm in seiner Kindheit und Jugend zuteil worden war, auch ihr Gutes gehabt hatte.

Etwas musste drangewesen sein. Ohne Grund wäre er nicht so oft geschlagen worden, das wusste er heute. Und vor allen Dingen hatte es ihn hart gemacht. Hart genug, um in diesem Haifischbecken zu überleben, immer derjenige zu sein, der im richtigen Moment zubiss. Seine Karriere war nicht zuletzt wegen der eisern antrainierten Disziplin und den geerbten Seilschaften bislang mehr als zufriedenstellend verlaufen. Er würde sich all das nicht zerstören lassen von Menschen, die den Hals nicht vollkriegen konnten.

Er hatte auch mit dem anderen einige Male telefoniert. „Von mir aus wäre alles erledigt gewesen, Junge. Wenn du aber nicht aufhörst, hier jeden Tag anzurufen, komme ich gar noch in Versuchung und verkaufe die Geschichte an ein Revolverblatt. Was meinst du, wie würde sich das machen? Bei dem Erfolgslauf, den du gerade hast."

Nein, auch der andere war nicht Manns genug, um einzugestehen, was sie planten. Wenigstens hatten sie sich nun in die Haare gekriegt, gierig darum gestritten, wie man ihn am besten ausquetschen könnte. Dabei musste

etwas schiefgelaufen sein. – Rings um ihn erhoben sich Fahrgäste, holten ihre Gepäckstücke aus den Fächern und machten sich zum Aussteigen bereit. Irgendwo weinte ein Kind. Eine Durchsage kam schnarrend aus den Lautsprechern. Der Zug fuhr ein.
Er wühlte in seiner Reisetasche. Mehr als ein oder zwei Tage würde er nicht bleiben. Dementsprechend wenig an Gepäck hatte er mit. Drei Garnituren Unterwäsche, zwei Hemden, Rasierzeug. Die Pistole. Ein altes Erbstück und, wie ihm Vater immer wieder versichert hatte, nicht registriert. Er würde die Dinge mit Disziplin und eiserner Härte wieder in geordnete Bahnen lenken. Als er kurz darauf am Bahnsteig stand, läutete sein Handy.

18

Schirmers Instinkt hatte ihn nicht getäuscht, obwohl es nicht Jochen Kukal war, den sie fanden. Hinter einer unversperrten Holztür befand sich etwas anderes, als man in einem Kellerabteil wie diesem erwartet hätte.
Anstatt mit Schi, Winterreifen und eingemotteter Kleidung vollgeräumt zu sein, befand sich der Verschlag in einem äußerst ordentlichen Zustand. Im Unterschied zu seiner Wohnung legte Jochen Kukal hier offenbar größten Wert auf Sauberkeit. Der Boden war penibel gefegt, auf zwei schlichten Regalen, an der rechten Wand des Abteils, brannten rote Kerzen. Auf der linken Seite teilte ein Wandschrank den Raum in einen vorderen und in einen vom Eingang nicht einsehbaren, hinteren Bereich. Getrockneter Lavendel verströmte aus einer Duftschale am Boden sein typisches Aroma.
„Das müsst ihr euch ansehen." Hasler befand sich hinter dem Schrank und winkte aufgeregt.

Wie Ministranten standen die drei dann vor einem Tapeziertisch, über den sich dunkelrote Stoffbahnen erstreckten. Ein Heer von Kerzen in unzähligen Rottönen bildeten das Fundament für ein Meer aus Lichtern. Flammen tanzten auf Kaminrot, Zinnoberrot, Hellrot, Dunkelrot, Orangerot und vor allem auf Feuerrot.
Schirmer lief ein kalter Schauer über den Rücken. Er konnte nicht abschätzen, ob es an der niedrigen Temperatur lag, die in dem feuchten Gewölbe herrschte, oder an dem, was er sah. Jochen Kukal hatte es geschafft, einem stinknormalen, alten Kellerabteil die Atmosphäre eines heiligen Ortes zu geben, und keinen Zweifel darüber gelassen, was hier verehrt wurde.
An der Wand über dem Tisch hingen drei Bilder, die Schirmers Meinung nach beängstigende Fantasien eines Verrückten zum Ausdruck brachten. So fremd ihm diese Art von Kunst auch war, er hatte die Abbildungen schon einmal gesehen. Das größte der drei Werke hing in der Mitte und sollte anscheinend den Hauptakt in diesem Theater des Wahnsinns darstellen. Vor einem Hintergrund aus Flammen, blutenden Wolken und rotem Himmel reckten bizarr gemalte Menschen ihre Arme beschwörend, vielleicht betend in die Höhe. Manche dieser Gestalten waren grob gezeichnet und erinnerten eher an reißende Bestien. Andere dagegen waren auffallend fein dargestellt, jede Kontur wirkte liebevoll ausgemalt. Die Groben, riesig und dunkel gekleidet, schienen sich über den eigenen Flammentod zu freuen, während die Feinen, klein von Gestalt, offensichtlich Schmerzen erleiden mussten. Ihre Augen waren geschlossen, die Münder zu verzweifelten Schreien der Qual weit aufgerissen.
Schirmer glaubte, in den groben Figuren Priester, Ordensmänner oder Mönche erkennen zu können. Die Fei-

nen wirkten auf ihn weniger wie zu klein gezeichnete Menschen, eher wie Kinder. Schirmer hatte für Kunst nichts übrig. Die Eindrücke, die er hier im Keller eines Gemeindebaus sammelte, änderten daran auch nichts. Eines musste er dem unbekannten Maler dieses Bildes aber lassen. Es lebte. Er konnte förmlich die Hitze spüren, die ihnen aus dem Bild entgegenschlug, die Schreie der kleinen Menschen hören. „Was für ein krankes Gehirn denkt sich so einen Schwachsinn aus?" Er selbst war es, der die andächtige Stille durchbrach.
Die zwei etwas kleineren Bilder hingen links und rechts von dem, was anscheinend der Hauptteil dieser Anordnung sein sollte. Im Gegensatz zum Zentrum, wirkten sie aber sehr trostlos. Links ein Kopf, der zu Boden sah. Schatten fielen auf den Scheitel. Schatten, die wie die Krallen eines Tieres aussahen und das Haupt in seine Lage zwangen. Das Bild war nicht größer als eine kleinformatige Zeitung und spielte mit Schwarz und Grau in verschiedenen Nuancen. Keine Buntheit, keine Wärme, kein Feuer. Rechts vom Hauptteil der gleiche Kopf. Doch einige Züge waren anders, sie gaben dem Gesicht etwas von Zufriedenheit, vielleicht Glück?
Für Schirmer bedeuteten die drei Bilder nicht mehr als ein spanisches Dorf, obwohl sogar er erkannte, dass auf dem rechten Bild die Grautöne eine Spur freundlicher wirkten und der Kopf Anstalten machte, nach oben zu blicken. Im oberen Teil dieses Bildes war ein Hauch von Gelb erkennbar. Die Sonne?
„Mach Fotos von hier, Arno. Ich will wissen, was der Scheiß hier bedeuten soll. Dann lass uns sehen, dass wir hier wegkommen. Wir haben Kukal scheinbar knapp verpasst." Schirmer zündete sich an einer der Kerzen eine

Zigarette an und beobachtete Hasler, der mit seinem Handy gerade die Bilder abfotografieren wollte.
„Der Zyklus der Seele."
Die Männer drehten sich zu Iris Weninger um, die sich so nah über den Tisch beugte, wie es die Kerzen erlaubten.
„Du kennst diesen Schmarrn?" Schirmers Augen weiteten sich ungläubig.
„Seht ihr beide keine Nachrichten? Tristan Toblers Zyklus der Seele ist doch derzeit der Aufreger schlechthin. Die katholische Kirche läuft Sturm gegen die – ihrer Meinung nach – perverse Darstellung von Priestern und Engeln." Sie zeigte dabei auf das mittlere Bild, ehe sie fortfuhr. „Das in der Mitte nennt sich Reinigung. Ich glaube, das auf der linken Seite heißt Verleugnung und das rechte Transformation, oder so ähnlich."
‚Engel, keine Kinder. Ich werde nie etwas von diesem Kram verstehen.'
„Und was will dieser … Tobler mit seinen Bildern ausdrücken?" Haslers Frage wirkte ehrlich interessiert.
„Das kann ich dir leider nicht sagen, Arno", erwiderte Iris Weninger. „Gestern ist der Zyklus zum letzten Mal öffentlich ausgestellt worden. Ein paar Hardliner wollten die Galerie stürmen und Farbbeutel werfen. Sie wurden alle festgenommen. Drei Kollegen sind dabei verletzt worden. Sagt, habt ihr da wirklich nichts darüber gehört?"
„Arno interessiert sich nur für Lachyoga, Tantra und vegetarisches Essen. Ich für meinen Teil schaue mir nur die Sportnachrichten an. Und auch nur dann, wenn die Mödlinger Eintracht gespielt hat. So Frau G'scheit, weißt du auch, was mit den Bildern jetzt geschieht?"
„Die wurden an einen Sammler in Südamerika verkauft. Man sagt, dass er über fünf Millionen Dollar dafür be-

zahlt hat." Weninger ignorierte Schirmers Untergriff und bemühte sich, den Leiter der Mödlinger Kriminalpolizei besonders freundlich anzusehen. Nur am Zucken ihrer Mundwinkel bemerkte Hasler, dass sie sich große Mühe gab, nicht zu explodieren.
Hasler presste einen anerkennenden Pfiff zwischen seinen schneeweißen Zahnreihen hervor. „Tristan Tobler wäre ich auch gern. Fünf Millionen Dollar. Aber andererseits, so skandalös finde ich die Bilder gar nicht. Mich würde interessieren, was der Künstler damit ausdrücken wollte. Ich werde mir …"
„Genug jetzt!", fuhr Schirmer ungeduldig dazwischen, dämpfte die Zigarette am Boden aus und blies den letzten Zug heftig aus den Lungen. „Uns hat in erster Linie zu interessieren, was der Dreck hier mit Kukal zu tun hat, wo dieser verdammte Junkie abgeblieben ist und ob die Kollegen in Wien Dieter Spergel anhalten konnten. Die Alte hat es ja so treffend auf den Punkt gebracht: Sie will morgen früh zwei Geständnisse auf dem Tisch liegen haben. Bitte sehr!" Zornig beugte er sich über den Tisch und riss das mittlere Bild von der Wand. „Für den Moment muss ihr das reichen. Raus aus diesem Loch, wir fahren nach Wien und veranlassen in der Zwischenzeit eine Fahndung nach Kukal."
Iris Weninger war die Erste, die das Knacken im Schrank bemerkte. Schirmer stand vor dem Möbel und fuchtelte wie wild mit dem Bild in seiner Hand herum, während er seinen Kollegen mitteilte, was als Nächstes zu geschehen habe. Er nahm die Bewegung hinter sich nicht wahr. Ein warnendes Stöhnen von Arno, Iris Weninger zog ihre Pistole. Im nächsten Augenblick erfüllte sich der Schrank mit Leben. Die Doppeltür flog auf und traf Schirmer krachend am Rücken. Das Letzte, was er mit-

bekam, bevor er mit der Stirn an die Wand schlug, waren Haslers Schreie.
„Halt, bleiben Sie stehen!“
Dann Schritte. Jemand lief.

19

Aus dem Nichts heraus wurden die Umrisse wieder deutlicher. Er fand sich dort wieder, wo er das Bewusstsein verloren hatte, und schmeckte Staub auf seinen Lippen. Schirmer lag quer über dem Boden, wobei der Kopf in einer unnatürlichen Verrenkung die Wand des Kellerabteils berührte. Wie lange war er weggewesen? Es hatte sich hoffentlich nur um wenige Momente gehandelt. Er blickte nach hinten, sah die Kerzen am Altar. Sie waren nicht wesentlich kleiner als vorhin. Nein, er war wohl nur für einige Sekunden außer Gefecht gewesen. Schirmer nahm seine ganze Kraft zusammen und setzte sich auf. Der Rücken schmerzte heftig, in seinem Kopf wurde Tango getanzt. Er griff dorthin, wo normalerweise die Pistole hing. ‚Mir Idiot war ein Schluck Schnaps wichtiger als die Pistole.‘
Wie im Vollrausch torkelte er die Kellertreppe nach oben. Draußen verschwand die Sonne bereits hinter den Dächern. Rund um den Sandkasten hatte sich eine ansehnliche Menschentraube gebildet, die immer noch größer wurde.
„Wo …? Wo …?“, stammelte er. Sie mussten denken, er wäre auf Drogen. Endlich verstand einer, hob den Arm und zeigte zum Ausgang der Siedlung, vor dem der Dienstwagen abgestellt war. Erhard sah sein Herrchen kommen und hüpfte immer wieder gegen die Scheibe. ‚Depperter Hund, du kannst mir auch nicht weiterhelfen.‘ Endlich

erreichte er die Beifahrertür. Verdammt, der Schlüssel. Weninger war gefahren. ‚Dieses Weib, jetzt brauch' ich einmal dringend den Wagen und habe keinen Schlüssel dazu.' Er krümmte sich über die Motorhaube und holte sein Telefon aus der Hosentasche. Hasler anrufen.

•

„Hast du das gesehen? Der ist gelaufen wie der Teufel, das kann es doch nicht geben." Hasler beugte sich vornüber und drückte eine Hand in seine rechte Hüfte. Die Person, die möglicherweise Jochen Kukal war, hatte bei der Flucht Fahrt aufgenommen wie ein abgeschossener Torpedo. Ziellos war er vor ihnen davongelaufen und hatte es zumindest geschafft, dass sich die beiden Kriminalbeamten auf der Flucht trennen mussten. Im Gewirr der Gassen und Gässchen hinter dem Mödlinger Krankenhaus hatte er sie schließlich abschütteln können. Wie wenn sie es abgemacht gehabt hätten, trafen Weninger und Hasler am Rand des Viertels, in der Passauer Gasse, wieder aufeinander.

„Nein, ... zum Schluss war er ... habe ich ihn vor dem Altersheim aus den Augen verloren. Kukal ist weg." Iris Weninger war fünfundzwanzig Jahre jünger als Hasler und überdies trainiert, wie man an ihrer sehnigen Figur erkennen konnte. Jetzt hatte aber auch sie passen müssen. Sie band sich ihr schwarzes Haar mit einem Gummiband im Nacken zusammen. Ihr Hals glänzte schweißnass. „Was ist mit Harald? Wir müssen nach ihm sehen." Sie wandte sich bereits zum Gehen.

„Gut, machen wir das", pflichtete ihr Hasler bei. „Die Polizeiinspektion müssen wir auch verständigen. Die sollen einen Helikopter anfordern. Der kann doch nicht vom Erdboden verschluckt worden sein." Er spuckte auf den Boden und hustete mehrmals.

Während sie zurück in die Ferdinand-Buchberger-Gasse gingen, leitete Weninger über ihr Handy die Sofortmaßnahmen ein. Sie gab den Kollegen die Beschreibung von Jochen Kukal durch und wies die anrückenden Kräfte ein. Kurze Zeit später waren die ersten Sirenen zu hören.
Auf halbem Weg geschah es. Keine fünfzig Meter vor ihnen sprang eine Gestalt über die Mauer eines Grundstücks, landete unsanft auf dem Asphalt und blickte sich überrascht zu ihnen um.
„Da, das ist er … er hat sich im Garten versteckt." Ächzend nahmen die beiden Ermittler wieder Tempo auf und folgten Kukal, der in Richtung Krankenhaus lief.

•

Er hatte heute noch nichts gegessen, und die wenige Flüssigkeit, die sich in seinem Körper befand, war hochprozentig. Der Kopf dröhnte immer noch vom Sturz, sein Rücken schmerzte, als hätte man ihm ein Brandzeichen verpasst. Am anderen Ende der Leitung hörte er es läuten.
„Harald … du … okay … wir … Kukal flüchtet!" Hasler schnappte gierig nach Luft.
„Arno, … wo seid ihr?" – ‚Gott, mein Kopf platzt gleich.'
„Nansengasse … laufen Richtung Krankenhaus … unterstütze …"
„Hör zu! Ich kann mit dem Wagen nicht weg. Die blöde Kuh hat den Schlüssel eingesteckt … gib mir laufend euren Standort durch."
„Krankenhaus … Parkplatz … ich … ich kann nicht mehr … Iris …"
Ein Streifenwagen bog um die Ecke und bremste sich mit quietschenden Reifen ein. Schirmer wankte auf die Fahrbahn und riss eine der Türen auf. „Los, los Jungs, Kollege Hasler hat eben durchgegeben, dass Kukal irgendwo

beim Krankenhaus ist." Die Beamten waren besser informiert, wussten von den Fahndungsmaßnahmen und waren immerhin im Besitz der dürftigen Beschreibung, die Weninger durchgegeben hatte.

„... überqueren Straße ... Parkhaus ... Bahnhof ..." Schirmers Handy befand sich mittlerweile im Freisprechmodus. Der Beifahrer gab über Funk Haslers Informationen weiter. Das Netz zog sich zusammen. Immer mehr Sirenen waren hörbar, immer lauter. Ein Hubschrauber kreiste über der Gegend.

Jochen Kukal rannte um sein Leben, doch Iris Weninger holte auf. Bevor er die Wiener Straße überquerte und in Richtung Bahngelände lief, blickte er sich einmal kurz um. Sein Vorsprung war fast aufgebraucht. Weningers tägliche Laufeinheiten machten sich nun bemerkbar. In ihrem Windschatten bekam auch Hasler das, was Profisportler die „zweite Luft" nennen. Er rannte und rannte und wusste gar nicht mehr, wie er es schaffte, dranzubleiben. In seinen Lungen brannte es, alles vermengte sich vor ihm. Passanten, die stehen blieben und ihnen neugierig nachsahen, ein blauer Van, der ihn auf der Hauptstraße um ein Haar überfahren hätte, Schirmers Stimme am Telefon. Der Schuss.

Jemand hatte geschossen. Weninger lief vor ihm und hielt die Mündung der Pistole in die Luft. Weiter durfte sie hier, im abendlichen Berufsverkehr, nicht gehen. Kukal reagierte auf den Warnschuss wie ein Hundertmeterläufer und wurde wieder schneller.

„Das Parkhaus ... er ist ins Parkhaus ...", war die letzte Durchsage, die Schirmer auf dem Handy empfangen konnte. Dann brach die Verbindung ab.

Jochen Kukal lehnte im untersten Stockwerk des Parkhauses kraftlos an einem Betonpfeiler. Lautes Rasseln

begleitete jeden seiner unregelmäßigen Atemzüge. Die beiden Bullen hatten den letzten Meter aus ihm herausgeholt. Da kamen sie. Die Frau ging voran, hielt ihre Waffe im Anschlag. Dahinter der Ältere. Wie der das Tempo mithalten konnte, war ihm unerklärlich. Jochen Kukal schloss die Augen und begann zu beten.
„Ich will deine Hände sehen!" Iris Weninger schritt in Schusshaltung auf die Person zu, die keuchend an einem der Pfeiler lehnte. „Die Hände!", verlieh sie ihrer Forderung Nachdruck, indem sie den Lauf der Pistole entschlossen auf ihr Ziel hielt. Er reagierte nicht auf die Beamtin, murmelte nur unverständliche Worte vor sich hin. Weninger blieb stehen. „Was machen wir jetzt?", flüsterte sie zu Hasler, der nun neben ihr stand und mindestens genauso fertig war wie Jochen Kukal.
„Lass mal", versuchte Hasler zwischen zwei tiefen Atemzügen seine ganze Routine und Ruhe auf Weninger wirken zu lassen. Er trat vor seine Kollegin. „Junge!" Hasler hob seine Hände und ging langsam auf Jochen Kukal zu. „Komm, lassen wir es gut sein. Eigentlich wissen wir ja gar nicht, warum wir hintereinander herlaufen. Sollten wir nicht erst miteinander reden?" Fünf Schritte.
„Reden? Mit euch hab' ich nichts zu reden. Der Racheengel ist gekommen." Ein dünnes Rinnsal Blut trocknete auf seinem Kinn, die Augen wanderten ruhelos umher.
„Na siehst du, wir haben einen Anfang gemacht", versuchte Arno den Faden aufzunehmen. Vier Schritte.
„Komm nicht näher, Bullenschwein!"
Weninger senkte die Waffe. Warum tat Hasler das? Er stand mitten in der Schusslinie.
Schirmer schälte sich aus dem Wagen und gab monoton Kommandos über ein Handfunkgerät. „Ich kann euch da hinten sehen. Bleibt, wo ihr seid, und sperrt den hinteren

Teil des Parkhauses ab", wies er die Kollegen an, die sich an der Rückseite des Gebäudes befanden. „Und ihr sperrt hier vorn die Bahngasse", wandte er sich an die Beamten, die ihn hergebracht hatten. Er lenkte die eintreffenden Kräfte an alle wichtigen Positionen rund um das Parkhaus. Jetzt gab es für Jochen Kukal keinen Ausweg mehr. Er würde sich wohl oder übel ergeben müssen, wenn ihn Hasler nicht schon gestellt hatte. Unbewaffnet betrat er hinter drei weiteren Kollegen die Garage.

„Leg dich nieder und streck die Hände zu beiden Seiten aus. Wir regeln das alles. Dir geht es nicht gut, das kann ich sehen." Drei Schritte.

„Ich habe gesagt, du sollst dich verpissen!", schrie Kukal. Er richtete sich auf und spannte jeden Muskel seines Körpers. „Und der Racheengel ist über euch gekommen. Er wird über jene richten, die ihre Sünden nicht bekennen."

Zwei Schritte.

Weninger versuchte ihre Position zu ändern, um freie Schussbahn auf den Wahnsinnigen zu erlangen. „Arno, Mist, geh zur Seite." Es war zu spät. Arno Hasler befand sich bereits so nahe bei Jochen Kukal, dass ein Schuss auch ihn gefährdet hätte.

„Und er tötete die ganze Nacht, und er tötete den ganzen Tag. Als sein Werk vollendet war, spannte er seine Flügel und sagte: Seht, was ich geschaffen habe." Jochen Kukal sackte plötzlich in sich zusammen und begann hemmungslos zu weinen. Ein Schritt.

„Ja, ist ja gut, wir werden dir helfen. Du musst mir aber vertrauen. Gib die Hand wieder aus der Tasche."

Der Schall des Schusses multiplizierte sich im Labyrinth aus Beton und Stahl in Bruchteilen einer Sekunde und traf Schirmers Gehörgänge wie schneidende Klingen.

Iris Weninger hielt den Kopf ihres am Boden liegenden Kollegen in beiden Händen und weinte stumm, als Schirmer bei ihnen eintraf. Unter Arnos Körper hatte sich ein dunkler Fleck gebildet, das Blut war im ganzen Stockwerk zu riechen. Keine Armlänge von den beiden entfernt, lehnte Jochen Kukal immer noch am Betonpfeiler. Er hielt sich eine Hand vor den Bauch, um die Blutung zu stoppen.
„Harald, es ging alles so schnell, ich konnte nicht … ich konnte erst, nachdem Arno gefallen war … das Messer … ich konnte nicht früher …" Iris' Versuch einer Erklärung wurde mit jedem Wort leiser und brach schließlich ab.
Das Heft eines Messers ragte schräg aus Haslers Bauch und bewegte sich bei jedem Atemzug des Körpers unwirklich auf und ab.

20

„Okay. Wie du dir vorstellen kannst, werden spätestens morgen früh die Vögel vom Büro für Interne Angelegenheiten hier auftauchen und uns eine Menge Fragen stellen. Ich muss haargenau wissen, was da in der Tiefgarage passiert ist."
Schirmer hatte die Tür von innen verschlossen, das Kabel des Tischtelefons aus der Buchse gezogen und sein Diensthandy auf lautlos gestellt. Er wollte sich von Weninger jedes Detail der Verfolgungsjagd schildern lassen. Zu seiner Überraschung war sie nach den schrecklichen Ereignissen nicht in Tränen ausgebrochen, hatte keinen Nervenzusammenbruch erlitten und auch sein Angebot, jemanden vom psychologischen Dienst zu verständigen, mit Bestimmtheit abgelehnt.

Stumm hatte sie das Eintreffen der Rettungswagen verfolgt, die hektischen Handgriffe der Notärzte, die um das Leben der beiden Schwerverletzten kämpften, das kollegiale Kopfschütteln der Mediziner, bevor sich die Türen schlossen und die Fahrzeuge mit Blaulicht und Sirene losfuhren. Das Anrücken von Kropek und seiner Mannschaft. Die Blitzlichter hinter den Absperrbändern.
„Soll ich dir einen Kaffee holen? Einen Schnaps vielleicht?"
‚Die hat einen Schock. Ich werde wohl besser doch einen Arzt holen.'
„Ich habe nichts falsch gemacht, Harald." Weninger sah vom Boden auf und blickte Schirmer fest in die Augen.
„Erzähl mir alles."
„Ich habe nichts falsch gemacht", wiederholte sie. „Arno hat den Abstand zwischen sich und Kukal immer mehr verringert. Er ist einfach auf ihn zugegangen. Ich hab' ihn angeschrien. Er soll die Schussbahn freimachen, hab' ich gerufen …" Sie sah ihn immer noch an. Er hielt nicht stand, er war es nun, der zu Boden blickte und keine Worte fand, die passend gewesen wären.
Er hätte ihr am liebsten etwas Verletzendes gesagt, ihr die Schuld an der schrecklichen Sache in die Schuhe geschoben. Aufgezeigt, dass sie falsch reagiert hätte, und sie bei Marisch im Büro abgeliefert. Vermerk: Unbrauchbar. Was erlaubte sie sich eigentlich? Keine Reue, keine Spur von Selbstzweifel? Kein „Es tut mir so leid!". Keine Tränen. Stattdessen saß diese zugeteilte Kollegin und angehende Offizierin keine Armlänge von ihm entfernt in einem Drehstuhl und begann den Waffengebrauch sachlich zu analysieren. Er hätte ihr viel lieber gesagt, dass sie dort hingehen solle, wo sie hergekommen war. Zurück auf ihre kleine Polizeiinspektion, in der das Vertei-

len von Strafzetteln das höchste der Gefühle darstellte. Er wäre so gern untergriffig geworden.
Doch dafür kannte er Arno zu gut.
Weningers Ausführungen klangen plausibel und besser noch, auch Schirmer hatte Situationen wie diese schon oft erlebt. Situationen, die kurz vor einer Eskalation standen und von Hasler mit den richtigen Worten, oft reichte sogar nur ein einziges davon, entschärft worden waren.
„Du hättest Pfarrer oder Sozialarbeiter werden sollen", hatte Schirmer seinem Assistenten einmal die verfehlte Berufswahl vorgeworfen, nachdem dieser einen Lebensmüden nach stundenlangen Gesprächen dazu bewegen hatte können, vom Sprung aus dem fünften Stock eines Wohnhauses abzusehen.
„Wer hätte sich dann um dich gekümmert?" Haslers unerschütterlicher Glaube an das Gute im Menschen und seine Einstellung, dass in jedem Täter auch ein hilfsbedürftiges Opfer steckte, trugen nun die Schuld daran, dass er in einem Bett der Intensivstation um sein Überleben kämpfte.
„Du ... du hättest wenigstens ..." Schirmer begrub sein Gesicht in den Händen und atmete schwer durch. „Lass gut sein, Iris."
Jemand versuchte mehrmals die Tür zu öffnen. Gemurmelten Worten folgten schließlich Schritte, die sich ungefähr dort verloren, wo sich Marischs Büro befand.
„Du solltest ihr aufmachen", flüsterte Weninger.
„Kommst du auch klar?"
Weningers Augen wurden wässrig, ihr Adamsapfel verriet, dass sie heftig schluckte. „Geht schon! Mach der Frau Oberst besser auf. Die wird auch was wissen wollen."
Schirmer erwartete ein Donnerwetter – und wurde mit Sonnenschein empfangen. Oberst Marisch drückte den

beiden Beamten ihr Mitgefühl aus, und Schirmer spürte, dass sie es ernst meinte. Sie hatte sogar schon im Krankenhaus angerufen, um sich nach Haslers Zustand zu erkundigen. Die Stationsschwester hatte ihr mitgeteilt, dass Hasler und auch Kukal bereits operiert würden und Auskünfte über deren Gesundheitszustand nur der diensthabende Arzt erteilen dürfe.
„Ohne die tragischen Vorfälle außer Acht lassen zu wollen, muss ich doch feststellen, dass Abteilungsinspektor Haslers beherztes Vorgehen mitentscheidend war, was die Lösung des Falls angeht."
„Hast du gerade Lösung gesagt, Frau Oberst?" Schirmer spürte plötzlich sein Magengeschwür.
„Ja, sehr richtig. Selbst ein Laie kann hier eins und eins zusammenzählen. Die Indizien sind doch bitte sehr erdrückend." Sie stand auf, umrundete den schweren Kirschholztisch und stellte sich unmittelbar vor die beiden Ermittler, wobei sie den süßlichen Geruch ihres Parfums vor sich her trug.
Schirmers Blicke wanderten durch den Raum, während er sein Geschwür anflehte, jetzt bloß nicht zu platzen. Ein Bücherregal, die österreichische Flagge in einer Ecke des Raums, das Fenster hinter dem Schreibtisch, noch ein Bücherregal, ein Bild des Bundespräsidenten. Nachdem der visuelle Rundflug durch Marischs geräumiges Büro zu Ende war, fasste er sich. „Ich kann dir das so nicht unterschreiben. Ich meine, ein Großteil der Auswertungen ist noch nicht einmal abgeschlossen. Wir haben nichts, außer einem Junkie, der auf Drogen wirres Zeug dahergeredet hat und wahrscheinlich nicht einmal selbst weiß, warum er davongelaufen ist. Wie seine Fingerabdrücke in Fred Spergels Auto gekommen sind, hat er uns zwar noch nicht erklären können, aber das alles reicht

doch nicht. Arno kämpft um sein Leben, und da redest du schon von einer Lösung?" Schirmer fiel ein, dass sie auf Dieter Spergel vergessen hatten, der vermutlich in diesem Augenblick auf irgendeiner Polizeiinspektion in Wien saß und wusste, dass er Erklärungsbedarf hatte.
„Ja, Herr Chefinspektor. Jetzt holst du mir noch diesen Spergel her und bringst ihn zu einer Aussage. Kukal und er hatten ein Motiv, und ich wette, er wird es dir ganz schnell verraten, wenn du ihn mit den Fakten konfrontierst und erzählst, was mit seinem Komplizen geschehen ist. Die Presse rennt mir zwar schon die Tür ein, aber ich halte euch den Rücken frei, bis wir mit Spergels Geständnis an die Öffentlichkeit gehen können", endete sie mit einer weit ausholenden Handbewegung, die gütig wirken, und einem Augenaufschlag, der dramatisch aussehen sollte. „Ihr habt Dieter Spergel doch schon?", setzte sie zögerlich nach.
„Ja, wir, ich … wir … Arno hat in Wien angerufen. Die haben ihn mittlerweile sicher auf einer Inspektion sitzen. Wir kümmern uns darum." Er blickte Weninger an, die sich dankbar mit einem Kopfnicken entfernte.
Marisch schaute ihr nach. „Die Kollegin hat ein aufregendes Praktikum hier bei uns. Da wird sie einiges zu erzählen haben im Offizierskurs."

21

Nachdem Schirmer das Telefonkabel wieder in die Buchse gesteckt hatte, vergingen keine zehn Sekunden, bis der Apparat schrill und bedrohlich zu läuten begann. Er nahm sich vor, den Rufton bei nächster Gelegenheit zu ändern. Der Wachhabende nannte stotternd seinen Namen und bat, ein Gespräch durchstellen zu dürfen.

Während leise klassische Musik aus dem Hörer drang, überlegte Schirmer, ob er den Kollegen kannte. Sicher einer von diesen Grünschnäbeln, mit denen sie derzeit die Dienststellen des Landes vollstopften. Hätten die Eierköpfe in Wien ein vorausschauendes Personalkonzept, wäre nicht alle fünf Jahre Feuer am Dach und man müsste Polizeianwärter nicht mit dem Lasso einfangen.
Ein Husten am anderen Ende der Leitung brachte Schirmer zurück in sein Büro. Offenbar hatte der Gesprächspartner schon etwas gesagt und keine Antwort erhalten.
„Äh … ja. Chefinspektor Schirmer hier."
„Dir telefoniere ich schon seit Stunden hinterher. Hier spricht Chefinspektor Fürst vom LKA Wien, Referat für Gewaltverbrechen."
Schirmer verbesserte seine Haltung und war wieder bei der Sache. „Was kann ich für dich tun, Kollege?", versuchte er behilflich zu klingen und spürte, wie seine Kopfschmerzen zurückkehrten, um es sich in seinem Gehirn bequem zu machen.
„Du kannst mir verraten, was bei euch los ist." Schirmer war an einen Beamten geraten, der es in Sachen Griesgrämigkeit locker mit ihm aufnehmen konnte. „Den Jungen, den ihr da als Wachhabenden verheizt, musste ich viermal anrufen, bis er mich zu dir durchgestellt hat. Ist ein Flugzeug über eurer Stadt abgestürzt oder wurde in Mödling der Notstand ausgerufen?"
Schirmer sah Haslers Bauch vor sich, der sich langsam auf und ab bewegte. Das Messer darin wippte im Takt dazu.
„Ja, so … so kann man es sagen. Komm zur Sache, was brauchst du?"
„Ich rufe wegen Dieter Spergel an", überging Fürst die Zurechtweisung.

Schirmer rieb mit Zeigefinger und Daumen an seinen Schläfen und schloss die Augen. „Ah, sehr gut. Meine Partnerin versucht gerade herauszufinden, wo der jetzt ist. Wir haben um eure Unterstützung ersucht, weil wir ihn dringend einvernehmen müssen. Wo können wir ihn abholen?"

Vielleicht hatte Marisch ja doch recht, und die Lösung war einfach. Viel zu einfach für seine verstrickten Gehirnwindungen, die nach einer Flasche Bier verlangten. Und oft waren die einfachsten Ansätze die richtigen. Dieter Spergel hatte seinen Bruder mit Hilfe dieses drogensüchtigen Junkies aus dem Weg geräumt, um an sein Erbe zu gelangen. Und die Fantasien Kukals. Von wegen Racheengel! Schirmer sah auch dann und wann Menschen und Dinge, die gar nicht da waren. Besonders in den Fällen, in denen er zu viel von Alis Raki intus hatte.

„Deshalb rufe ich dich ja an. Wenn du ihn abholen willst, vergiss die Kneifzange nicht."

Die Wände bewegten sich plötzlich auf Schirmer zu. „Wie darf ich das verstehen?"

„Der Gute wurde an seinen Schreibtisch genagelt. So ein Riesending von einem Nagel habe ich noch nicht gesehen. Kollege Schirmer, kannst du mit dem Wort Sünde etwas anfangen?"

Die Verbindungstür flog auf, und kurz darauf stand Schirmer im Raum. Iris Weninger brütete über einem Blatt Papier. ‚Habe ich sie eben am Telefon als meine Partnerin bezeichnet?' – „Du brauchst nicht anzufangen nach Dieter Spergel zu suchen. Ich habe ihn gefunden." Er berichtete mit wenigen Worten, was in Wien vorgefallen war. Eine Streife war über Arnos Ersuchen zu Dieter Spergels Musikwelt geschickt worden, wo den Beamten sofort die offen stehende Tür aufgefallen war. Dieter

Spergel war mit etwas an seinen Tisch genagelt worden, von dem Schirmer jetzt schon zu wissen glaubte, dass es sich um einen Zimmermannsnagel handelte. Der Stahlstift ragte eine Handbreit aus Spergels Rücken und trug zudem noch ein Blatt Papier, auf dem eine unmissverständliche Botschaft hinterlassen worden war: Sünde.
„Kukal?"
„Ich weiß nicht." Er rieb sich abermals die Schläfen und hoffte, die rasenden Schmerzen damit verdrängen zu können. Was er dringend brauchte, war Ordnung in seinem Kopf. Ein klares Erkennen von Zusammenhängen, das sie weiterbringen und die Ermittlungen in die richtige Bahn lenken würde. „Im Moment gibt es sowieso nicht viel mehr Möglichkeiten. Kümmern wir uns um Jochen Kukal. Morgen. Marisch werde ich mir heute auch nicht mehr antun. Es reicht, wenn die Alte morgen früh davon erfährt, dass einer ihrer Verdächtigen die Frechheit besessen hat, einfach zu versterben."
Weninger griff schweigend in ihre Schreibtischlade und holte drei Müsliriegel hervor. „Hier, Harald. Du hast heute noch nichts gegessen. Du schaust scheiße aus."
Schirmer setzte sich, verblüfft über so viel Aufmerksamkeit, auf einen der Tische. Erst danach erkannte er, dass es sich dabei um Arnos Arbeitsplatz handelte. Er spürte dessen Anwesenheit, sah das gedankenverlorene Aufzwirbeln der Bartenden vor sich, die kahle Stelle auf Haslers Hinterkopf, die im Sommer immer rot war.
„Wann wirst du zu ihm fahren?", las Weninger seine Gedanken.
Schirmer verschlang die Riegel gierig. „Hab' es mir für heute Abend vorgenommen. Muss noch auf Kropek warten, der hat allerhand für mich." Er blickte auf die Wanduhr. Arno hatte sie vor Jahren auf einem Flohmarkt er-

standen, weil die Behörde für die Anschaffung einer neuen nicht aufkommen wollte. „Es ist schon bald neun. Fahr jetzt erst einmal nach Hause, Iris. Wir sehen uns dann morgen Vormittag."
„Soll ich auf Erhard schauen? Ich habe mitbekommen, dass du für ihn im Moment niemanden hast."
Erhard. Wo war der verdammte Hund abgeblieben? Schirmer atmete nach dem letzten Bissen erleichtert auf. Er erinnerte sich, dass er Erhard im Aufenthaltsraum der Polizeiinspektion geparkt hatte. „Ja, das wäre nett. Für heute Abend zumindest. Macht dir das keine Umstände?"
„Im Gegenteil. Dann bin ich wenigstens nicht allein." Völlig unerwartet begann Iris Weninger zu weinen. Ohne jede weitere Regung ließ sie die Tränen ihre Wangen hinunterlaufen.
Schirmer sprang auf, als würde er sie vor dem Fallen retten wollen. Als er hinter ihr stand, hätte er sie gern umarmt, wünschte sich, der väterliche Freund zu sein, mit dem sie über alles reden konnte. „Ist schon okay. Nimm ihn mit. Wir sehen uns dann morgen."
Er gab ihr einen Klaps auf die Schulter, der ein wenig zu kräftig ausfiel, und hasste sich im selben Augenblick dafür, steif wie ein Stock zu sein.

22

Am nächsten Morgen zog sich der Sommer zurück. Sonne und Himmel verschwanden hinter dichtem Dunst, der die Stadt in herbstliches Grau tauchte. Selbst die Menschen wurden von der trübsinnigen Stimmung erfasst, als würden sie sich alle Sorgen um Arno Hasler machen. Das unausweichliche Gewitter war förmlich spürbar. Harald Schirmer und Iris Weninger kamen den ganzen Vormittag über kaum dazu, miteinander zu sprechen. Eigentlich hätten beide in einem Doppelmord ermitteln sollen, die Mühlen der Bürokratie machten ihnen aber einen Strich durch die Rechnung. Noch ehe Schirmer den morgendlichen Kaffee mit Schuss ausgetrunken hatte, klopfte es an seiner Tür. Ohne auf ein „Herein" zu warten, betrat Oberst Marisch mit zwei Männern Schirmers Büro, denen er ihre Zugehörigkeit zum Büro für Interne Angelegenheiten an der Nasenspitze ansah.

Die „Maulwürfe", wie er die Kollegen nannte, waren für Ermittlungen in den eigenen Reihen zuständig und in Polizeikreisen wenig beliebt. Auch Schirmer konnte seine Vorurteile über das BIA nur schwer verbergen.

Marischs mehrmals wiederholte Zusage, mit dem BIA in allen Bereichen kooperieren zu wollen, war mit einem Unterton versehen, der Schirmer sagen sollte: Sorg hier bloß nicht für einen Eklat.

Zu Schirmers Überraschung waren die Maulwürfe fair und freundlich, und er hatte in keiner Phase der Befragung das Gefühl, dass sie es darauf anlegten, ihm oder Weninger aus den Ereignissen des Vortags einen Strick zu drehen. Schirmer und Weninger erzählten, die Maulwürfe hörten zu, brummten mehrmals kopfnickend und machten sich hie und da Notizen. Nach zwei Stunden war die Angelegenheit vorüber.

Am Gang vor Marischs Büro verabschiedeten sie sich voneinander. Der größere der beiden drückte Schirmers Hand länger als üblich. „Herr Chefinspektor, wir können verstehen, dass es Ihnen allen hier im Moment nicht gutgeht, und hoffen, dass Kollege Hasler bald wieder auf dem Weg der Besserung ist. Wir schicken das Protokoll über Ihre Einvernahmen an die Staatsanwaltschaft. Ich denke, das wird es dann gewesen sein."

Oberst Marisch war danach weniger entgegenkommend. Schirmer musste einen Sturm der Entrüstung über sich ergehen lassen. Dieter Spergel war ermordet worden, und sie, die Leiterin der Ermittlungen, hatte erst am nächsten Morgen davon erfahren. Auf diesbezügliche Anfragen aus dem LKA Niederösterreich und dem Innenministerium hatte sie erst antworten können, nachdem ihre Beamten durch das BIA einvernommen worden waren und sie Schirmer zum Rapport befohlen hatte. „Wir haben jetzt einen Doppelmord, und du findest es nicht der Rede wert, mich darüber zu informieren?" Ihre Mundwinkel und die Lider zuckten nervös im gleichen Intervall.
„Hör mal, Frau Oberst. Es war gestern schon spät, dein Büro zu, und ich hab' mir gedacht, da du nicht mehr im Dienst bist …"
„Ich bin immer im Dienst, immer! Ich lasse mir die Ermittlungen von dir nicht zusammenhauen. Im Innenministerium beobachtet man uns. Die Frau Bundesminister persönlich hat mir letztens ihr Vertrauen in dieser Angelegenheit ausgesprochen."
‚So läuft der Hase. Du rechnest dir wirklich Chancen auf den Posten des Landespolizeikommandanten aus!'
„Die vom LKA klopfen auch schon an und würden den Fall sofort übernehmen", fuhr sie fort und wurde mit jedem Wort lauter. „Nur weil man im Ministerium über meine Kompetenz im Bild ist, habe ich denen eine Abfuhr erteilen können. Chefinspektor Schirmer ist erfahren genug, habe ich gesagt. Er führt die Ermittlungen weiterhin." Sie versuchte, die Stimme zu senken und Schirmer mit verschwörerischem Blickkontakt ins Boot zu holen. „Das würde denen so passen." Marisch ging hinter ihren Tisch und nahm auf dem Ohrensesel Platz. Schirmer bemerkte erst jetzt, wie müde und abgekämpft sei-

ne Chefin aussah. „Wir haben einen hohen Preis bezahlt; nur mehr die Einvernahme von Kukal trennt uns von der Klärung. Ich bin sicher, er gesteht, dass er die beiden umgebracht hat. Du warst doch gestern beim Kollegen Hasler im Krankenhaus. Wie geht es ihm? Hast du auch erfahren, wann Kukal einvernommen werden kann?"
Schirmer hatte am Vorabend eine geschlagene Stunde im Wagen gesessen und auf die Eingangstür des Krankenhauses gestarrt. Gegen elf Uhr hatte er sich schließlich eingestehen müssen, nicht in der Lage zu sein, Hasler gegenüberzutreten. Sein Partner würde sicher an einer Vielzahl medizinischer Geräte angeschlossen sein, die sein Überleben garantierten. Dort, wo vor wenigen Stunden noch das Messer aus dem Bauch geragt hatte, würde sich jetzt ein dicker Verband befinden und Schläuche, die in seinen Körper und aus seinem Mund ragen.
Nein, Schirmer konnte das nicht tun. Er hatte panische Angst davor, Emotionen zu zeigen. Wer weiß, vielleicht hätte er nachgeben müssen. Weinen. Gefühle zeigen. Sich eingestehen, dass er diesen Körper, der um sein Leben rang, mehr liebte als einen Bruder.
Eine Stunde vor Mitternacht. Man hätte ihn sowieso nicht mehr vorgelassen. Die Stationsschwester hatte ihm nach einigem Zögern telefonisch Auskunft erteilt. Der Kriminalbeamte hätte Glück im Unglück gehabt. Die Klinge hatte die Milz verletzt, sonst aber wie durch ein Wunder keine weiteren Organe getroffen. Sollte keine Entzündung dazukommen, würde er es wohl schaffen. In ein oder zwei Tagen könnte man Näheres sagen.
Der Kriminalbeamte. Schirmer hätte gern in die Leitung geschrien, dass er Arno hieß. Abteilungsinspektor Arno Hasler, der seit eineinhalb Jahrzehnten sein Partner war, sein Assistent, sein bester Freund. Der einzige Freund.

Der Verbrecher, sie nannte Jochen Kukal tatsächlich so, würde es wohl nicht schaffen. Das Projektil hatte Leber und Darm verletzt. Außerdem seien schwere innere Blutungen dazugekommen. Die Ärzte würden ihn immer noch operieren. Ohne sich zu bedanken, hatte Schirmer am Ende aufgelegt.
„Hasler wird es schaffen, Frau Oberst", antwortete er. „Dein Mordverdächtiger möglicherweise nicht. An dem haben sie stundenlang herumgeschnipselt. Sieht so aus, als würdest du den Fall ohne sein Geständnis lösen müssen." Schirmer schlug die Tür hinter sich zu und ließ Marisch mit offenem Mund zurück. Am Gang wartete er noch einige Augenblicke, ob sich die Tür wieder öffnen, eine empörte Sigrid Marisch auf ihn zustürzen und ihm die Augen auskratzen würde. Nichts geschah. Stattdessen begann sein Handy zu vibrieren.
Leo Kropek entschuldigte sich, dass er es gestern nicht mehr geschafft hatte. Er sei auf dem Weg ins Büro und würde gern sofort mit Schirmer und Weninger sprechen.
„Kein Problem, Leo. Das BIA war gerade da, und die Alte hat mir den Kopf gewaschen. Vielleicht kannst du diesem beschissenen Tag einen bunten Anstrich geben."
Bis Kropek eingetroffen war, hatte er mit Weninger grünen Tee getrunken und Haferkekse gegessen. Er konnte sich nicht daran erinnern, wann er das letzte Mal so etwas Gesundes zu sich genommen hatte. Iris Weninger wirkte nach ein paar Stunden Schlaf etwas frischer und verströmte wieder ihre besondere Art von Souveränität, die bereits jetzt die künftige Führungskraft erkennen ließ. Selbst die Nachricht, dass Kukals Überlebenschancen gering waren, quittierte Weninger bloß mit einem kaum merkbaren Kopfnicken und erkundigte sich gleich darauf nach Hasler.

Schirmer versuchte, sich gegen die aufkommende Sympathie für diese junge Kollegin zur Wehr zu setzen. „Iris, ich möchte dir wegen gestern … ich meine … du. Naja, ich weiß nicht, wie ich es sagen soll.“
„Ich weiß, Harald. Danke. Schöne Grüße von Erhard.“ Sie schenkte ihm ein Lächeln und trank aus ihrer Tasse.
Zu Schirmers Erleichterung beendete Leo Kropek die für ihn peinliche Situation. Ohne anzuklopfen trat er ein und entschuldigte sich dafür, als er die beiden sah.
„Scheiß dich nicht an, Leo. Hier klopft anscheinend sowieso niemand mehr an. Möchtest du eine Tasse Tee?“

23

Leopold Kropek legte seine dicke Hornbrille vor sich auf den Tisch, rieb an der geröteten Nasenwurzel und seufzte. Auch ihm hatten die letzten Tage alles abverlangt, wie man an den dicken Schlafringen und den rot unterlaufenen Augen erkennen konnte. Nachdem er dankbar eine Tasse Tee aus Iris Weningers Händen empfangen hatte, begann er zu erzählen. „Wenn das so weitergeht, bekomme ich zu Hause bald den blauen Brief. Ich habe meine Frau seit Montag ganze drei Mal gesehen. Und da nur beim Wäschewechseln und Duschen. Gestern hätte ich mit meiner Jüngsten zum Zahnarzt fahren sollen, weil sie möglicherweise eine Spange braucht. Ihr könnt euch nicht vorstellen, wie sauer meine bessere Hälfte geworden ist, als ich absagen musste.“
„Das tut mir leid, Leo“, brummte Schirmer. „Ich werde Arno ausrichten, dass er sich beim nächsten Bauchstich nach deinen Terminkalender richten soll.“
„Harald, Kollege Kropek hat es doch nicht so gemeint. Er wollte sich nur mitteilen, wenn ich ihn richtig ver-

standen habe. Das tut uns Menschen manchmal gut, einfach reden." Weninger stand Kropek bei, während sie ihre E-Mails sichtete.

Schirmer zuckte mit den Schultern und blickte missmutig in die Gesichter seiner Kollegen. Weninger und Kropek sahen derzeit genauso müde und abgekämpft aus, wie er sich fühlte. Einzig Iris Weninger schien an der Situation zu wachsen. Es kam Schirmer vor, als würden sich die Rollen der Akteure langsam ändern und Iris Weninger nach und nach ins Zentrum rücken. So weit wollte er es bei aller Liebe, Tee und Kekse hin oder her, aber dann doch nicht kommen lassen. Er wankte kurz, überlegte, ob er etwas von Katja erzählen sollte oder darüber, wie froh er war, dass Erhard eine vorübergehende Bleibe gefunden hatte, verwarf dieses Vorhaben aber gleich wieder. Es war Zeit, wieder das Wesentliche zum Thema zu machen. Rucksäcke privater Natur hatte jeder von ihnen zu tragen, da konnte er auf eine blöde Zahnspange oder eine frustrierte Ehefrau keine Rücksicht nehmen. „Jetzt komm auf den Punkt, Leo. Wie läuft es mit den Spuren, haben wir schon Ergebnisse? So wie es aussieht, stirbt Marisch ihr zweiter Verdächtiger in den nächsten Tagen ebenfalls weg. Da wäre es von Vorteil, wenn wenigstens Fingerabdrücke oder DNA übereinstimmen würden." Ohne Rücksicht auf die anderen zu nehmen, zündete er sich eine Zigarette an und schickte kleine Rauchwölkchen auf die Reise durch den Raum.

Leopold Kropek war Spurensicherer. Dieser Gattung von Kriminalbeamten war eigen, dass sie sorgfältig, penibel und mit geschultem Blick für jedes noch so unwichtig scheinende Detail ans Werk gingen, wenn sie einen Tatort aufarbeiteten. Dementsprechend ausführlich gestaltete sich dann auch der Bericht, in dem genauestens ge-

schildert wurde, welche Untersuchungsmethode an welchem Spurenträger von welchen Kriminalbeamten durchgeführt worden waren und wie aufwendig die Arbeit auf der Lichtung und an Fred Spergels Wagen gewesen war. Schirmer zeigte sich erleichtert darüber, dass nicht auch noch die Untersuchung an Dieter Spergel zur Sprache kam. Der Tatort in Wien gehörte den dortigen Kollegen, die nach Abschluss der Arbeiten einen umfangreichen Bericht schicken würden, versicherte Kropek.
Schirmer trommelte unbewusst die Marseillaise auf die Lehnen seines Stuhls. Zwar in einem furchtbar falschen Takt, für Kropek war die französische Nationalhymne aber das Zeichen, endlich auf den Punkt zu kommen, wie der Leiter der Mödlinger Kriminalpolizei gern kurz gefasste Berichte einforderte.
„Wir konnten Fingerabdrücke auf dem Blatt mit der Aufschrift sichern. Die sind identisch mit jenen von …"
„… Jochen Kukal", beendete Schirmer den Satz im Wissen, die Pointe vorweggenommen zu haben.
„Korrekt!" Kropek klatschte einmal laut in die Hände. „Im Wagen von Fred Spergel, auf dem Papier, überall Jochen Kukals Abdrücke."
„Schön, du siehst aber so aus, als hättest du noch etwas in deiner Wundertüte, Leo. Was ist es?"
Kropek spitze die Lippen und wirkte dabei wie ein kleiner Junge, der dabei war, ein Geheimnis auszuplaudern. „Auf diesem Zimmermannsnagel war Blut."
„Das hat ein Nagel so an sich, wenn er durch Stirnbein und Gehirn eines lebenden Menschen getrieben wird." Schirmer wurde ungeduldig und bemühte wieder die Stuhllehnen.
„Ja, nur handelt es sich um das Blut von Fred Spergel und einer weiteren Person."

„Hat sich Kukal beim Einschlagen des Nagels verletzt?" Iris Weninger biss in ein Haferkeks und blickte in die Runde.
„Das Blut stammt nicht von Jochen Kukal. Die DNA, die daraus gewonnen werden konnte, stammt von einer unbekannten weiblichen Person."
Durch das offene Bürofenster drang Donnergrollen in den Raum. Irgendwo hinter dem Anninger formierte sich eine Gewitterfront, um Richtung Mödling zu wandern. Ein Luftzug wirbelte ins Büro und verteilte die kalte Asche von Schirmers Zigaretten über den ganzen Tisch. Der Ermittler ignorierte die umherfliegende Glut.
„Bravo, Kottan", quittierte er Kropeks Bericht und hatte dabei das Gefühl, wieder nichts zu wissen. Der Drucker neben ihm begann zu rattern. ‚Ich bin der Mittelpunkt. Von mir wird erwartet, die Zügel in der Hand zu halten.'
Nachdem die Walze des Druckers wieder stillstand, griff sich Weninger die ausgedruckten Blätter und hielt sie Schirmer vor die Nase. „Mein deutscher Kollege hat mir geschrieben. Die Nummer, von der die beiden Spergels so oft angerufen wurden, gehört Alois Walzer. Junior, wohlgemerkt."
„Der Sohn von Alois Walzer?" Im Gegensatz zu Schirmer erkannte Kropek sofort die Bedeutung dieses Namens.
Weninger nickte.
Schirmer blickte fragend.
„Alois Walzer, Harald!" Kropek setzte sich die Hornbrille auf und wirkte beinahe verärgert über Schirmers nicht vorhandene Kenntnis der Mödlinger Stadtgeschichte. „Alois Walzer war Ende der Siebzigerjahre Bürgermeister. In seine Amtszeit fielen eine Reihe von Modernisierungsmaßnahmen und die Schaffung vieler Arbeitsplät-

ze. Nebenbei war er auch Präsident des FC Eintracht Mödling, zumindest das solltest du wissen."
„Dieses korrupte Pack interessiert mich nicht. Ich gehe seit zwanzig Jahren nicht mehr zu den Wahlen."
„Dann sollten dir aber zumindest der Alois-Walzer-Platz und die Alois-Walzer-Straße etwas sagen."
In Schirmer dämmerte es langsam. Die beiden Adressen kannte er natürlich. Er hatte sich nur noch nie die Frage gestellt, nach welcher Person sie benannt worden waren. Die Marseillaise.
„Der Walzerhausbrand, Harald!" Kropek war empört. „Dritter August 1982. Alois Walzer stirbt beim Brand seiner Villa. Mödlinger Stadtgeschichte." Kropek schüttelte den Kopf. „Die Stadt veranstaltet jedes Jahr an seinem Todestag Trauerfeierlichkeiten. Noch nie dort eingeteilt gewesen? Auch nicht als junger Streifenbeamter?"
„Ich bin in Wien Streife gefahren."
„Auf jeden Fall beneide ich euch vom Ermittlungsdienst jetzt noch weniger. Die Walzers sind Heilige in dieser Stadt. Der Assistenzdienst verabschiedet sich nun. Ich muss mich mit den Kollegen in Wien kurzschließen."
Kropek ging. Von der anderen Seite des Korridors waren kurz darauf ein Klopfen und das Öffnen einer Tür zu hören. Kropek würde Oberst Marisch jetzt sämtliche neuen Facetten der Nagelmorde servieren, was Schirmer keineswegs störte. An seiner Vorgesetzten hatte er heute keinen Bedarf mehr.
Iris Weninger bekam von ihm den Auftrag, den restlichen Tag mit der Suche nach Informationen über die Walzers, die Spergels und Jochen Kukal zu verbringen. Natürlich würde ihr eine Mittagspause zustehen, doch am Abend wollte er Handfestes auf seinem Schreibtisch liegen haben. Er selbst würde zu diesem Maler fahren und

versuchen herauszufinden, was ihn für Kukal so anbetungswürdig machte.
Da er von Grünem Tee und Haferkeksen nur schwer leben konnte, genehmigte er sich bei Ali einen Iskender Kebap und zwei Dosen Bier, ließ sich weitere zwei Dosen in ein blickdichtes Säckchen einpacken und bestieg den Wagen.

24

Während Schirmer die A2 verließ und am Knoten Guntramsdorf nach Süden abbog, verlor sich die Landschaft hinter ihm in einem dichten Band aus grauschwarzen Wolken. Im Rückspiegel konnte er Blitze sehen, die sich hell vom Dunst abhoben. Ein Wolkenbruch; wie letzten Montag. Mit dem Unterschied, dass Hasler jetzt nicht ängstlich am Beifahrersitz saß, sondern auf der Intensivstation des Mödlinger Krankenhauses lag. Auf dem Platz seines Assistenten lagen die eingerissene Kopie des Bildes, die er aus Jochen Kukals Keller mitgenommen hatte, eine ausgedruckte Wegbeschreibung und ein Zettel, auf dem er mit Faserstift etwas notiert hatte: Niederrat, Haus 29.
Sein Fahrziel lag im Burgenland, er würde noch eine Weile zu fahren haben. Während hinter ihm die Welt unterging, erwarteten ihn auf der A3 Sonnenschein und blauer Himmel. Schirmer war froh, dem Gewitter entkommen zu sein, und stellte einen Sender am Autoradio ein, der vorwiegend Musik aus den Siebzigern und Achtzigern spielte.

Just a small town girl, livin' in a lonely world
She took the midnight train goin' anywhere

Er beschleunigte den Wagen auf hundertsechzig, überholte mehrere Fahrzeuge und schälte mit einer Hand umständlich ein Bier aus dem Säckchen, das zwischen seinen Beinen eingeklemmt war.

Just a city boy, born an raised in south detroit
He took the midnight train, goin' anywhere

Während er trank, versuchte er sich an den Titel des Liedes zu erinnern. Er konnte aus seinem Gehirn nur hervorkramen, dass er genau zu diesen Zeilen auf der Rückbank seines ersten Wagens einmal ein Mädchen geküsst hatte. Wie lange war das wohl her? Es kam ihm vor, als wäre es in einem anderen Leben gewesen.

Warum er zu diesem durchgeknallten Maler mit seinen abartigen Werken fuhr, hätte er nicht erklären können. Die Bilder in Kukals Keller und der Bericht über die Ausstellung in den Abendnachrichten waren auf einmal da gewesen, während er Iris Weninger mit Arbeit eingedeckt hatte, die sie für den Rest des Tages an ihren Schreibtisch fesseln würde. Vielleicht wollte er eine Erklärung dafür finden, warum jemand wie Jochen Kukal in seinem Keller einen Altar aufbaute, der es mit jedem dieser Dinger in den Kirchen aufnehmen konnte. In Kukals Wohnung hatte man keine Anzeichen für besonderes Interesse an Kunst oder Kultur gefunden. Die Droge bestimmte das Leben des jungen Mannes, der Arno um ein Haar umgebracht hätte.

Vielleicht erwartete sich Schirmer von Tristan Tobler einen Impuls, der sie weiterbringen würde. Tat sich nicht bald eine Tür auf, müsste Schirmer wohl seiner Vorgesetzten folgen, die den Fall am liebsten schon als geklärt zu den Akten legen wollte.

Jochen Kukal als Erfüllungsgehilfe für Dieter Spergel. Aus ungeklärten Gründen geraten sich dann Mörder und Auftraggeber in die Haare, was einen zweiten Mord zur Folge hat. Warum und weshalb das alles, wird man nie genau erfahren, weil Jochen Kukal leider an der Kugel verstirbt, die ihm Iris Weninger in den Bauch geschossen hat. Marisch schreibt das Buch „Ich jagte den Nagelmörder", wird befördert, und alle sind froh. Akt zu, nächster Fall.

Nein, Kropek war schließlich mit dieser weiblichen DNA aufgetaucht, und Schirmer wusste, dass es nicht so einfach werden würde. Aber wo weitermachen? Während er mit seiner Zunge den Schaum aus den Mundwinkeln leckte, begannen im Radio die Nachrichten. Der Sprecher berichtete gleich nach einer Schilderung der Lage aufgrund eines Erdbebens in einem Land, von dem Schirmer noch nie gehört hatte, über die Nagelmorde und über den Verdächtigen, der sich noch im künstlichen Tiefschlaf befinde. Für die späte Nacht wurde eine Diskussionsrunde angekündigt, die sich mit der Psyche von Mördern beschäftigen würde. Schirmer machte das Radio aus, ehe der Bericht zu Ende ging.

Während er die zweite Dose Bier öffnete, fiel ihm eine Nachlässigkeit ein, über die er sich ärgerte. Wie hatte er bloß darauf vergessen können? Iris Weninger hob sofort ab. Sie war also im Büro und arbeitete. An ihrer Stimme konnte er hören, dass sie unter Stress stand. „Iris, wir haben etwas vergessen. Sorg dafür, dass die Zimmer von Hasler und Kukal überwacht werden. Nein ... nur so ein Gefühl ... ja, erledige das gleich ... die sollen zwei Uniformierte vor die Türen stellen ... wenn es sein muss auf Überstunden." Er erkundigte sich noch beiläufig nach ihren Fortschritten und begann wegzuhören, als sie ihm von den Bergen an Ausdrucken erzählte, die sich auf ihrem Tisch häuften.

Alles über die Walzers, alles über die Spergels, alles über Kukal, hatte er gesagt.

„Jaja, sehr gut. Mach nur, vielleicht sehen wir uns am Abend noch. Wenn es länger dauert, gibt es auch für dich Überstunden." Er dachte kurz darüber nach, ob er sie daran erinnern sollte, etwas zu essen, beendete dann aber das Gespräch, ohne ein weiteres Wort zu sagen. ‚Sie ist alt genug.'
Nachdem Schirmer die Autobahn verlassen hatte, fuhr er durch einige Orte, von denen er noch nie zuvor gehört hatte und deren Namen in deutscher und ungarischer Sprache auf den Ortstafeln zu lesen waren. Felder breiteten sich zu beiden Seiten der Straße aus, hie und da war ein Hof zu sehen, das Korn stand hüfthoch und bewegte sich in einer sanften Brise. Schirmer hatte beide Fenster geöffnet und genoss den Fahrtwind. Als er Niederrat erreichte, las er auf einem Schild, dass es sich nur noch zwei Kilometer von der Staatsgrenze entfernt befand.
Tristan Toblers Haus war leicht zu finden. Das neunundzwanzigste Haus des Ortes schien das jüngste zu sein; es stand am Ende der Hauptstraße.
Rot. Die Fassade war zinnoberrot verputzt. Purpurrote Folien klebten an den Innenseiten der Fenster, die von kirschroten Rahmen umrandet waren. Über einer kirschrot lackierten, massiven Doppeltür prangte in einem Rotton, den Schirmer nicht kannte, ein Wort. Es hob sich nur unmerklich von der Außenwand des Hauses ab. Er hätte es beinahe übersehen, als er zum rubinroten Türklopfer griff: Freiheit.
Es dauerte einige Minuten, bis Schirmers Klopfen eine Reaktion hervorrief. Er wollte schon zu seinem Wagen gehen, sich über den unnötigen Ausflug in dieses gottverlassene Nest ärgern und danach bei der nächsten Tankstelle seinen Frust hinunterspülen, da hörte er Geräusche aus dem Inneren des Hauses.

Ein müdes Schlurfen, das Sperren einiger Schlösser und metallisches Knarren. Die Tür öffnete sich gerade so weit, dass ein eingefallenes Gesicht herausspähen konnte. Es gehörte zu einem jungen Mann, Schirmer glaubte im ersten Moment, Jochen Kukal vor sich zu haben. Müde Augen, dunkle Schlafringe, vorstehende Backenknochen, wirres Haar, das in die Stirn hing. Dieses Gesicht blickte Schirmer stumm an.
„Chefinspektor Schirmer, ich bin von der Kriminalpolizei." Er hielt seinen Dienstausweis in Augenhöhe und bemerkte nun erstmals so etwas wie eine Reaktion. Die Augen im Gesicht flackerten kurz auf. Dann schloss sich die Tür wieder. Das Schlurfen auf der anderen Seite war wieder zu hören, es wurde leiser und verschwand schließlich ganz, um festen Schritten zu weichen. Jemand anderer kam.
Wieder öffnete sich die Pforte, diesmal zur Gänze. Die Person, die nun vor Schirmer stand, stellte einen Kontrast zum Gesicht ohne Regung dar. Ein Mann, Schirmer schätzte ihn auf Ende vierzig, lächelte ihn freundlich an. Er war leger gekleidet, trug eine weite Leinenhose und ein schwarzes Leinenhemd. Das lange blonde Haar war zu einem Zopf zusammengebunden. Dieser Esoterikheini würde Katja sicher auch gefallen.
Schirmer wiederholte seine Vorstellung und hielt wieder den Dienstausweis hoch.
„Kriminalpolizei? Was können wir für Sie tun?", fragte der blonde Engel freundlich. Er lächelte und gab zwei perlweiße Zahnreihen frei.
„Und Sie sind?", war Schirmer wieder ganz er selbst.
„Nennen Sie mich Ares. Ich bin der persönliche Assistent von Herrn Tristan Tobler. Wenn Sie wegen der unschönen Sache von vorgestern kommen, so können wir

Ihnen leider auch nicht weiterhelfen. Wir haben die Bilder noch vor diesem Skandal verkauft. Sollten sie beschädigt worden sein, müssen Sie sich bitte an den nunmehrigen Besitzer des Zyklus wenden." Der Blick blieb freundlich, wurde aber bestimmter. Ares war es anscheinend gewohnt, Standpunkte zu vertreten.
„Welche Sache meinen Sie?" Schirmer dachte intensiv nach und schämte sich für seine schlechte Vorbereitung. Er wusste nicht einmal, wie dieser Tristan Tobler aussah, geschweige denn, ob er bereits in den polizeilichen Datenbanken einlag oder sonst auffällig geworden war. ‚Was mache ich hier eigentlich?'
„Also, Herr Chefinspektor, wenn es nicht um den Zyklus der Seele geht, worum dann?"
Schirmer fiel Kukals Keller ein und das, was Weninger über die Bilder wusste. Dann erinnerte er sich an die Abendnachrichten von neulich. „Nein, äh … wegen der Ausstellung bin ich nicht gekommen. Eher wegen dem hier." Er holte das Foto von Jochen Kukal aus der Tasche und hielt es seinem Gegenüber ins Gesicht.
„Wer ist dieser Mann?"
„Ich würde nun gern mit Herrn Tobler sprechen."
Schirmer konnte den schnellen Schritten seines Vordermanns nur mit Mühe folgen. Die Gestalt vor ihm bewegte sich grazil, fast zu feminin für einen Mann. Geht wie eine Tunte. Wer weiß, was die hier treiben. Diese Künstler sind ja sowieso alle durchgeknallt. Bei was der dem Tobler assistiert, will ich gar nicht wissen.
Das Haus hatte von außen viel kleiner gewirkt, als es tatsächlich war, es verfügte über einen großen Innenhof mit einem Belag aus hellen Natursteinplatten. Säulen aus rötlichem Stein standen rund um den Platz. In der Mitte des Hofs befand sich ein Springbrunnen, auf dem die Sta-

tuen zweier nackter Männer miteinander rangen oder sonst was taten. So genau konnte er das nicht erkennen. Aus dem Mund einer der beiden plätscherte unablässig Wasser in das Auffangbecken. Schirmer spürte Augen, die durch blickdichte Vorhänge zu ihm sahen. Er wurde beobachtet, das stand für ihn fest, und er erwartete, dass jeden Moment eine Gestalt in einer Tunika oder ein römischer Legionär auftauchen würde, so unecht wirkte das alles auf ihn. Das Ende des Platzes war erreicht.
Ares deutete auf eine aus Stein gehauene Bank. „Warten Sie bitte hier. Tristan wird gleich erscheinen." Er verschwand hinter einer Tür, die mindestens ebenso massiv war wie die, durch die er das Anwesen betreten hatte. Flüchtig konnte Schirmer den Geruch von Farben und Lacken wahrnehmen. Er erschrak und kam mit einem Schrei zu sich, als er eine Hand auf seinem Gesicht spürte.
Neben ihm saß Tristan Tobler. „Sie sind wohl eingeschlafen." Tristan Tobler war wie sein Assistent in leichtes Leinen gekleidet. Die weiße Hose und das weiße Hemd waren mit Farbe beschmutzt. Anscheinend war Tobler gerade bei der Arbeit gewesen.
Schirmer sprang auf und ging ein paar Schritte zurück. ‚Ich muss wohl kurz eingenickt sein.' – „Tut mir leid, ich bin ..."
„Chefinspektor bei der Mödlinger Kriminalpolizei. Das hat mir Ares gesagt. Er war doch freundlich zu Ihnen?"
„Ja, ich ... ja ... er ... ich komme wegen Jochen Kukal."
„Tut mir leid, Herr Chefinspektor. Der Name sagt mir gar nichts."
Schirmer spürte eine angenehme Wärme, die von Tristan Tobler ausging, ärgerte sich aber gleich darauf über dieses Empfinden. Er zeigte Tobler das Foto.

„Ja, jetzt wo ich das Gesicht sehe, habe ich wieder den Menschen vor mir."
Schirmer merkte, dass Tobler sich das Bild nur für Bruchteile einer Sekunde angesehen hatte. „Also kennen Sie Jochen Kukal doch. Lassen Sie sich nicht alles aus der Nase ziehen."
„Bei uns hatte er noch keinen Namen." Tobler ging auf die rüde Feststellung nicht ein.
„Was soll das heißen?"
„Er kam rein und nackt zu uns und wollte einer meiner Gefährten werden."
„Gefährten?" Schirmer wurde schwindlig.
„Herr Chefinspektor, setzen Sie sich doch wieder. Sie sind ganz blass um die Nase."
Schirmer wusste nicht warum, aber er gehorchte und fand sich auf der Bank neben Tobler wieder. Ares war auf einmal da und reichte ihm ein Glas Wasser.
Tobler erklärte ihm die Regeln, nach denen er und seine Gefährten hier lebten. Sie sollten mit ihrem Meister, Tobler, leben und für seine Inspiration sorgen. Das Wort Inspiration betonte Tobler dermaßen, dass sich Schirmer nicht sicher war, was damit gemeint war.
„Deswegen Freiheit. Wir bilden eine Gemeinschaft, die sich in einem ständigen Gedankenaustausch befindet", ergänzte Ares, der immer noch hinter Schirmer stand.
Tobler stimmte lächelnd zu. „Allerdings wird bei uns niemand gezwungen, etwas gegen seinen Willen zu tun. Jeder kann gehen, wann immer er möchte. Kennen Sie diese Freiheiten auch aus Ihrem Beruf?"
„Und was haben Ihre, äh … Gefährten von dem Ganzen … von der Sache?" Das Wasser schmeckte köstlich. Er konnte sich gar nicht mehr erinnern, wann ihm etwas Alkoholfreies so zugesagt hatte.

„Verwechseln Sie uns nicht mit einer Sekte, Herr Chefinspektor." Tobler lächelte und lächelte. Seine Hand berührte flüchtig die von Schirmer, der zusammenzuckte und ein Stück wegrückte. „Ich unterrichte diese jungen Männer natürlich in meiner Kunst. Wir geben und nehmen zu gleichen Teilen."
„Was ist mit Jochen Kukal passiert?"
„Jochen, wie Sie ihn nennen, hat sich als ungeeignet erwiesen."
„Haben Sie ihn rausgeworfen?"
„Er hat von selbst gespürt, dass er nicht in den Strom passt. Wir werfen niemanden raus, Herr Schirmer. Das hier ist kein Hotel."
„Wann war das?"
Tobler drehte den Kopf zu Ares. „Letzten Herbst", ergänzte dieser mit einem unpassenden Zittern in der Stimme.
„Wie haben Sie Kukal kennengelernt?"
Ares antwortete wieder anstatt Tobler. „Die Menschen, die sich selbst erfahren wollen, kommen auf uns zu."
‚Ich kann mit dem ganzen Scheißgequatsche nichts anfangen.' Die weitere Befragung verlief für Schirmer unbefriedigend. Wenn er den Ausführungen der beiden Glauben schenken wollte, dann kannten sie von Jochen Kukal nicht einmal seinen ganzen Namen, wussten nicht, wo er hergekommen oder hingegangen war. Er passte nicht in den Strom. Hier kam er nicht weiter.
Tobler bat Ares, ihren Gast zum Ausgang zu führen. Schirmer versuchte kompetent zu wirken, während er sich bemühte, mit Ares Schritt zu halten. „Die Bilder, dieser Zyklus, das hat eine Menge Geld abgeworfen, wie ich gelesen habe."
Ares blieb für einen Moment stehen und drehte sich zu Schirmer um. Kurz hatte es den Anschein, als würde

hinter dem ewig gütigen Lächeln etwas anderes, etwas Dunkles lauern. So schnell wie der Schatten über Ares' Gesicht gewandert war, so schnell zogen sich die Lippen wieder nach oben. „Herr Chefinspektor, Geld kann niemals eine Triebfeder für die Kunst sein."

Schirmer saß im Wagen vor dem Haus und zündete sich eine Zigarette an. Er fühlte die Augen, die hinter den Fenstern lauerten und ihn beobachteten. Etwas nahm er mit von hier. Etwas, von dem er spürte, dass es da war. Er konnte es nur noch nicht formen und abrufbar machen. Er dachte über das Gespräch nach. Wieso hatte Tobler gewusst, dass er von der Mödlinger Kripo war? So genau hatte er es diesem Assistenten nicht gesagt.

Gedankenverloren spielten seine Finger mit der Visitenkarte, die ihm Ares bei der Verabschiedung mit der Bitte überreicht hatte, bei eventuellem weiterem Bedarf an einem Gespräch vorher anzurufen. Auf der Rückseite standen zwei Worte, die Schirmer noch aus seiner Schulzeit kannte: panta rhei.

25

Schirmer parkte den Wagen vor dem Bezirkspolizeikommando. In Mödling roch es immer noch nach dem Gewitter, das über der Stadt niedergegangen war. Die Sonne hatte sich bereits hinter dem Anninger verkrochen, überall standen Pfützen. Der Sommer begann an Kraft zu verlieren, bald schon würden die Abende deutlich kühler werden. Schirmer liebte den Herbst und den Winter besonders. In diesen Jahreszeiten begegnete man nicht an jeder Ecke der Stadt Bekannten oder Kollegen, mit denen man plaudern musste. Er entsorgte die leeren Bierdosen unter dem Wagen und überlegte kurz, ob er

noch hinauf in sein Büro gehen sollte, verwarf den Gedanken aber sofort, als ihm der Geruch von gebratenem Fleisch in die Nase stieg.
Bei Ali stand die Tür offen. Der stämmige Ägypter genoss den Luftzug, der durch sein Lokal wehte. Er hatte die Augen geschlossen und lehnte hinter der Theke.
„He, Kameltreiber! Schlafen kannst du, wenn du in Pension bist!“, riss Schirmer ihn aus seinen Tagträumen. Ali lachte, kratzte sich am Rücken und nickte in Richtung eines Tischs, der im hinteren Bereich des Lokals stand.
„Fesche Frau da hinten, ist sie auch von Polizei?“, fragte Ali neugierig.
Und ob sie das war. Es überraschte Schirmer, Iris Weninger hier anzutreffen. Vor ihr stand ein Teller, auf dem die Reste einer Gemüseplatte kalt wurden. Mit einer Hand hielt sie ein Glas fest, das noch zur Hälfte mit Ayran gefüllt war.
„Was machst denn du hier?“ Schirmer setzte sich zu ihr, ehe Iris Weninger ihn bemerkt hatte. Sie blickte von einem Schnellhefter auf und war offensichtlich nicht überrascht über sein Erscheinen.
„Arno hat mir erzählt, dass er dich hier findet, wenn du nicht im Büro bist, es aber sein solltest.“ Wie es aussah, hatte sie Schirmers Anweisungen befolgt und den ganzen Nachmittag gearbeitet. Es war unschwer zu bemerken, dass ihr eine Pause guttun würde.
„Wollte nicht mehr raufgehen. Habe mir gedacht, ich lass' meinen Tag hier ausklingen“, antwortete er. Es klang wie eine Rechtfertigung, weswegen er nachsetzte. „Außerdem kann ich hier bei Ali besser denken als dort drüben, wo sich all die wichtigen Eierköpfe im Weg stehen.“
Und besser trinken.
Er erntete ein zustimmendes Nicken.

Schirmer sah die Ordner, die vor Weninger auf dem Tisch lagen, und wechselte das Thema. „Was ist das? Hast du dir Arbeit zum Abendessen mitgenommen?"
„Ich war eben noch bei Arno im Krankenhaus."
Schirmer schluckte.
„Harald, ich dachte, du bist auch dort gewesen?"
„Wieso fragst du?"
„Ich habe seine Frau getroffen. Silvia Hasler sitzt ohne Pause an seinem Bett. Sie hat mir gesagt, dass du dich noch nicht blicken hast lassen."
Er rutschte auf dem Plastikstuhl hin und her und war froh, dass Ali mit einem Bier kam. Mit einem langen Zug trank er mehr als die Hälfte davon und blickte Iris Weninger in die Augen. „Es ist so, dass ich das nicht schaffe. Wenn ich dort reingehe und das arme Schwein vor mir liegen sehe, werde ich mich schuldig fühlen. Das kann ich nicht brauchen, nicht jetzt."
„Du hast gesagt, dass wir nichts falsch gemacht haben! Sogar die Kollegen vom BIA haben uns das bestätigt."
„Ja, es ist … ich kann halt mit Emotionen nicht so … Ali!"
Schirmer bestellte einen Döner und spürte, dass er von Weninger weiterhin angesehen wurde. „Schau, das verstehst du nicht. Arno weiß sicher, dass ich an ihn denke. Ob ich das jetzt vor dem Bett oder hier bei Ali oder auf dem Klo mache, wird wohl egal sein."
„Du hast mich gar nicht gefragt, wie es ihm geht."
Schirmer zündete sich eine Zigarette an und nickte. Weninger sah, dass seine Augen wässrig wurden. Er schloss die Lider und wischte mit einer Hand über sein Gesicht. Silvia Hasler hatte Weninger erzählt, dass die Ärzte am nächsten Morgen beginnen würden, Arno aus dem künstlichen Tiefschlaf zu holen. Er hatte die gefährlichste Phase wohl hinter sich und würde wieder gesund werden.

„Silvia Hasler lässt dir ausrichten, dass sie dich gut genug kennt, um zu wissen, dass auch dir das Ganze nahegeht. Ich soll dir sagen, dass sie dein Verhalten versteht."
„Danke."
Weningers Hand legte sich auf seine. Er wollte sie wegziehen, merkte aber schnell, dass ihm die Berührung guttat und bewegte sich nicht. Schweigend saßen sie einander gegenüber, bis Schirmer das Bier leer getrunken hatte. Er erzählte ihr von Tristan Toblers Befragung und versuchte das unbestimmbare Gefühl zu beschreiben, das sich bereits beim Betreten des Anwesens in Niederrat in ihm eingenistet hatte. Er konnte die Ursache dafür nicht finden.
„Du bist ein erfahrener Kriminalbeamter. Da wird schon was dran sein. Lass es reifen. So wie ich dich und deine bisherigen Fälle studiert habe, wird es genau im richtigen Moment zum Vorschein kommen."
„Meine Fälle? Mich?" Er winkte Ali, der kurz darauf eine weitere Dose brachte.
„Ja. Ich war ja heute im Archiv des Bezirkskommandos und hab' dort auch ein paar alte Fälle von Arno und dir durchgesehen."
„Als angehende Offizierin musst du das wohl. Was könntest du sonst von deinem Praktikum bei uns berichten?" Er schnaufte.
„Der Fall hier wäre Stoff genug. Aber ich muss ja auch meine Mitarbeiter beschreiben, und da ist es hilfreich, einiges über ihre bisherige Arbeit zu erfahren."
„Tu, was du nicht lassen kannst. Da unten wirst du keine Geheimnisse finden." In Schirmer kam Spannung auf. ‚Wieso schaffe ich es nicht, der einfach das Gestell zu putzen? So wie die mit mir redet?'

„Wo du davon sprichst, Harald. Ich habe in den Archiven nichts über den Walzerhausbrand finden können. Die Berichte und Protokolle aus dieser Zeit sind längst vernichtet."
„Habe ich mir fast gedacht. Und sonst?"
„Alois Walzer Senior wird in vielen Berichten, die ich im Internet über ihn finden konnte, als einer der größten Söhne der Stadt bezeichnet. Er war anscheinend äußerst beliebt, während seiner Amtszeit als Bürgermeister ist es den Menschen hier sehr gut gegangen."
„Damals ging es allen gut. Dieses Politikerpack hatte daran keinen Anteil. In den Siebzigern gab es eine florierende Wirtschaft, die Menschen konnten sich alles selbst erarbeiten. Diese Verbrecher haben uns damals wie heute nur ausgesaugt."
„Wenn du meinst. Auf jeden Fall saß in Walzers Amtszeit ein gewisser Justus Spergel im Gemeinderat. Beide gehörten derselben Partei an, und anhand der Artikel, die ich finden konnte, waren sie auch privat befreundet."
„Spergel?" Schirmers Augen forschten.
„Ja, der Vater der Mordopfer." Weninger hielt Kopien der Geburtsurkunden von Dieter und Fred Spergel hoch und lächelte. „Kurz vor dem Walzerhausbrand ist Justus Spergel plötzlich zurückgetreten und hat sich nur mehr auf seine eigentliche Arbeit konzentriert. Er besaß eine Spedition mit über vierzig Mitarbeitern."
„Da hätten wir sie schon, unsere Verbindung." Schirmer zündete sich die nächste Zigarette an, obwohl die vorherige noch im Aschenbecher gloste. „Und Alois Walzer Junior?"
„Wurde drei Tage vor dem Brand vom Wohnsitz abgemeldet und ist zu einem Onkel nach Bayern gezogen. Soweit ich es aus den Melderegistern herauslesen konn-

te, ist er nie wieder zurückgekehrt. Alois Walzer Junior ist heute Abgeordneter zum Bayerischen Landtag."
„Nichts über den Brand?" Er kratzte sich sein stoppeliges Kinn.
„Nein, nur ein paar kurze Zeitungsartikel aus dieser Zeit. Auf jeden Fall konnte die Ursache für das Feuer nie eindeutig geklärt werden. Man ging aber von einem Defekt an einer elektrischen Leitung aus. Walzers zweite Frau, Johanna Walzer, geborene Brunner, ist damals ebenfalls verbrannt. Sie hatte eine ledige Tochter, Lisa Brunner, adoptierte Walzer, die den Brand knapp überlebt hat und anschließend in eine psychiatrische Anstalt eingewiesen werden musste. Das arme Ding hat anscheinend über Nacht alles verloren, auch ihren Verstand."
„Treib mir die auf. Ich muss mit ihr reden. Hier beginnt es ganz gewaltig zu stinken. Und frag deinen deutschen Kollegen, was er über Alois Walzer Junior herausfinden kann. Die Alte wird zwar hüpfen, aber dem werden wir auch noch die eine oder andere Frage stellen."
Iris Weninger war zufrieden. Sie erwartete sich kein Lob, dafür kannte sie Harald Schirmer bereits gut genug, merkte aber an dessen aufgekratztem Verhalten, dass sie alles richtig gemacht hatte. Den Trumpf hob sie sich aber bis zum Schluss auf. „Ich konnte, wie schon gesagt, nichts mehr über den Brand finden, aber hier ..." Sie durchsuchte ihre Unterlagen. „Hier habe ich ein Personalverzeichnis aus dieser Zeit. Da, ganz unten sind die Mitarbeiter des Kriminaldienstes verzeichnet." Weninger reichte Schirmer einen A4-Bogen, auf dem sich die Namen sämtlicher Mitarbeiter befanden, die zur Zeit des Walzerhausbrandes Dienst in Mödling verrichteten. Am Ende des Blattes waren acht Namen gelb markiert. Schirmer sagten drei, vielleicht vier von ihnen etwas. Die an-

deren kannte er nur aus Erzählungen oder gar nicht. Neben einem der Namen befanden sich drei Rufezeichen: Karl Meister.
Eine der Personen, die Schirmer nicht kannte. „Was ist mit diesem Revierinspektor Meister? Warum stehen da drei Rufzeichen?“
„Das, lieber Harald, ist der Kollege, der damals den Brand zu bearbeiten hatte.“
Schirmer sah auf und pfiff anerkennend. „An den müssen wir herankommen. Vielleicht kann der uns weiterbringen.“
„Er hätte heute Abend Zeit und wartet auf deinen Anruf.“ Sie schob einen Klebezettel über die Tischplatte.

26

Karl Meister hätte keinen besseren Treffpunkt für das Gespräch finden können. Der „Ausblick“, ein beliebtes Panoramarestaurant, lag an der Bundesstraße nach Gumpoldskirchen. Vor seinem Eingang stehend, konnte man die Zufahrtsstraße sehen, die zum Eichkogel führte.
Die Terrasse bot eine atemberaubende Sicht auf Wien und die daran grenzenden Städte, die im Lauf von Jahrzehnten zu einem riesigen Ballungsgebiet zusammengewachsen waren. Durch den vorangegangenen Regen war es bedeutend kühler als an den Abenden davor, der Gastgarten war aber trotzdem gut besucht.
Auf Schirmers Armbanduhr trafen sich die zwei Zeiger gerade auf der Neun. Er war fünfzehn Minuten zu früh dran, suchte die Tische aber dennoch schon nach Karl Meister ab.
„Ich bin der Kleine mit den grauen Haaren“, hatte ihm der pensionierte Kollege am Telefon kurz und bündig

erklärt, Zeit und Ort ihres Treffens bestimmt und danach aufgelegt. Er war es dann auch, der Schirmer an seinem auffälligen Verhalten erkannte und zu sich an einen kleinen Tisch am Rand der Terrasse winkte.

Schirmers Kopfrechnung zufolge, musste Karl Meister zweiundachtzig Jahre alt sein. Er wünschte sich, in diesem Alter auch in so einem Zustand zu sein wie sein Gegenüber. Ein eng anliegendes Polohemd spannte sich über Meisters schlanken Körper. Schirmer hätte wetten können, dass diese Figur das Ergebnis von viel Bewegung und gesundem Essen war. Als er sich setzte, störten ihn die Speckrollen an seinen Hüften stärker als normalerweise. Wache Augen beobachteten ihn in seinem Versuch, auf dem harten Holzsessel eine einigermaßen bequeme Sitzposition zu finden.

„Danke, dass du dir Zeit für mich genommen hast, Kollege", leitete Schirmer die Begrüßung ein, während er den Kellner an ihren Tisch winkte.

„Du solltest dir ein Glaserl Weißburgunder bestellen, der ist ausgezeichnet", erwiderte Meister und reichte Schirmer dabei die Hand.

„Wartest du schon lange auf mich?", fragte Schirmer mit einem Blick auf die Uhr.

„Aber nein, du bist ja sowieso zu früh. Ich komme beinah jeden Abend hier rauf, wenn das Wetter stimmt und ich nicht verreist bin." Während er freundlich lächelte, umspielten Falten seine Augen. Ein fröhlicher Mensch. Zufrieden mit sich und der Welt.

Der Kellner brachte zwei Gläser, räumte ein leeres ab und ging kommentarlos zu einem anderen Tisch. Schirmer rechnete im Kopf nach, wie viel Bier er an diesem Tag schon getrunken hatte, verglich sie mit der Zahl seiner Mahlzeiten und trank danach ohne schlechtes Ge-

wissen vom Wein. Der Weißburgunder prickelte leicht säuerlich auf seiner Zunge.
Meister sah in sein Gesicht und schüttelte dann resignierend den Kopf. „Ich kann mich leider nicht an dich erinnern, Junge."
„Wie denn auch? Ich bin bis einundneunzig in Wien Streife gefahren und erst nach dem Kriminalbeamtenkurs nach Mödling gekommen."
„Gott sei Dank! Ich dachte schon, mein Hirn beginnt mich im Stich zu lassen. Ein Gesicht vergesse ich normalerweise nämlich niemals." Meister trank nun auch, ließ Schirmer dabei aber nicht aus den Augen. „Wäre sich von der Zeit her auch gar nicht ausgegangen. Ich wurde siebundachtzig in den Ruhestand geschickt. Ausgemustert wie ein altes Paar Schuhe."
Bevor Schirmer den Grund des Treffens ansprechen konnte, war er schon in einem Monolog gefangen. Karl Meister, Revierinspektor im Ruhestand, war einer jener alten Haudegen, die von sich behaupteten, die „gute alte Zeit" noch erlebt zu haben. Sie endete, wenn es nach den Alten ging, als die Respektsperson des Gendarmen von der Straße verschwand und durch anonymisierte, in Streifenwagen eingesperrte Beamte ersetzt wurde. Nach der ausführlichen Schilderung einer Ermittlung, an deren Ende die Festnahme einer Bande von Einbrechern gestanden war, merkte Meister, dass nur er in den letzten Minuten gesprochen hatte. „Aber, ich vergesse ganz, dass du von mir etwas willst. Was genau kann ich für dich tun?"
„Sagt dir der Walzerhausbrand noch was?"
Meister lachte laut auf. Der Kellner brachte zwei neue Gläser. „Und ob mir der was sagt! Der Birnstingl und ich, wir haben damals ja versucht zu ermitteln."

„Warum versucht?"
„Meine Güte, der Birnstingl Hans. Auch schon da oben." Er blickte in Richtung Himmel, ohne dabei den Kopf zu heben. „Was weißt du denn darüber, Kollege Schirmer?" Schirmer referierte über das, was ihm Iris Weninger und Leo Kropek berichtet hatten. Seine Ausführungen gestalteten sich sehr kurz und endeten mit dem Hinweis, dass die Akten darüber nicht mehr vorhanden waren.
„Ja, ihr mit euren Akten, Computern und Handys. Ich habe alles noch hier drinnen, da ist alles abgespeichert." Meister tippte sich auf die Stirn und lachte dabei schelmisch. „Ich werde dir etwas verraten: Alois Walzer Senior war die größte Sau, die mir in meinen vierzig Dienstjahren untergekommen ist."
Unter ihm funkelte ein Lichtermeer. Schirmer blickte über Mödling, Wien und noch weiter, ohne die Atmosphäre dieser sternenklaren Nacht genießen zu können. Er war der letzte Gast und spürte die Blicke des Kellners, der auf keine weitere Bestellung, sondern auf das Zeichen zum Zahlen wartete.
Karl Meister war bald nach dem Ende seines Berichts gegangen und hatte einen nachdenklichen Schirmer zurückgelassen. Er hatte noch weitere Hilfe angeboten, für den Fall, dass dies notwendig sein sollte, und sich gleichzeitig mit der Information verabschiedet, dass er die kommenden drei Wochen auf Kreta verbringen würde.
Schirmer bezahlte sechs Gläser Weißburgunder und wankte auf den Parkplatz hinaus. Während er in eine Rosenhecke urinierte, nahm er sich vor, am nächsten Tag früher als sonst ins Büro zu gehen. Karl Meisters Befragung hatte keine der offenen Türen geschlossen, sondern viele weitere aufgemacht.

27

Beide lagen im selben Bett. Er drehte den Kopf zu ihr und bemerkte dabei anhand der Einrichtung, dass es sich um ein Bett in einem Krankenhaus handeln musste. Rings um sie Monitore, Geräte zur Überwachung der Herzfrequenz und Metallgalgen, an denen Infusionsbeutel hingen. Er beobachtete Katja und sich; von der Decke aus sah er sich in erfolglosen Versuchen aufzustehen.
Von hier oben hatte die Szenerie etwas Gespenstisches an sich. Ihre Körper lagen seltsam verdreht nebeneinander, als wären sie an der Seite zusammengewachsen.
Alle waren sie da. Sigrid Marisch, Arno Hasler und Iris Weninger standen am Fuß des Bettes und waren mit weißen Ärztekitteln bekleidet. Stumm betrachteten sie die Notizen auf der schwarzen Tafel, die am Bettgestell hing. Obwohl sie kaum mehr als zwei Meter unter ihm standen, schienen sie ihn aber nicht zu bemerken. Schirmer wollte sich aufsetzen, um Hilfe rufen, nur weg von hier, doch Katja hielt ihn zurück. Ihr Teil des Körpers blieb regungslos liegen, ihr Kopf bewegte sich nicht, sie starrte ins Leere.
Marisch nahm die Tafel ab und las etwas vor. Ihre Lippen bewegten sich, Hasler und Weninger hörten aufmerksam zu, während kein Wort des Gesagten zu verstehen war.
Hasler nickte, als würde er einen Befehl erhalten, und ging zu einer der Maschinen, drückte mehrere Knöpfe und hantierte an einigen Rädchen, worauf die Lichter ausgingen. Zuerst schwand nach und nach die Helligkeit der Deckenbeleuchtung, dann verloschen die Lämpchen an den Apparaten. Am Ende schloss Schirmer seine Augen und starb.

Er fror. Kleidung und Laken waren durchgeschwitzt, im Schlafzimmer roch es nach Schweiß und Hund. Nachdem er sich aufgesetzt hatte, war er sicher, dass seine Augen gleich aus den Höhlen treten würden. Der schale Geschmack in seinem Mund und die Kopfschmerzen erinnerten ihn daran, wie der vorige Abend geendet hatte. Er wankte schlaftrunken und entkräftet zum Fenster und blickte durch die halb geschlossene Jalousie auf die Straße. Der Dienstwagen war vorschriftsmäßig vor seinem Grundstück geparkt und sah unbeschädigt aus. Er drückte sein Kreuz durch und hustete mehrmals, bis es in ihm dämmerte.

Halb zwölf zeigte seine Armbanduhr an. ‚Scheiße, ich habe verschlafen.' Kurz überlegte er, was er zuerst tun sollte. Nachdem er die Prioritäten festgelegt hatte, begann er, Erhards Futterschüssel zu suchen. Nach einer erfolglosen Streife durch das Haus fiel Schirmer wieder ein, dass Erhard derzeit bei Weninger wohnte. Er war froh, diesen Punkt streichen zu können. Nach einer heißen Dusche, einem halben Liter schwarzen Kaffee und der hastigen, erfolglosen Suche nach frischer Unterwäsche verließ er das Haus. Sein Handy lag auf dem Beifahrersitz und zeigte sieben unbeantwortete Anrufe. Für einen Moment wünschte er sich, dass einer davon Katja zugeordnet werden konnte. Nachdem er die Liste durchgegangen war, stand es fünf zu zwei für Weninger gegen Marisch. ‚Sollen sich nicht alle ins Hemd machen. Ist ja nicht das erste Mal, dass ich ein bisschen später komme.'

Der Wachhabende empfing ihn mit einem Stapel Notizzettel, auf denen die Nummern verschiedener Anrufer vermerkt waren.

„Was soll ich mit dem?", fragte er harsch, ohne seinen Kollegen anzublicken.

„Diese Leute haben im Verlauf der letzten zwölf Stunden hier angerufen, wollten alle den Chefermittler der Nagelmorde sprechen. Meiner Meinung nach ist da nichts Wichtiges dabei. Lauter Spinner, du kennst das ja."
„Und warum müllst du mich dann damit zu?"
„Eine Dienstanweisung, du kennst dich da sicher besser aus als ich. Jeder Hinweis in einer Ermittlung muss protokolliert und bei den Akten abgelegt werden."
Schirmer nickte dem Uniformierten zu und hätte fast entgegnet, dass sich Hasler um den Kram kümmern wird. Auf dem Weg zu seinem Büro beschloss er, dass Weninger die Anrufe bearbeiten sollte. Als er eintrat, fand er die Räumlichkeiten leer vor. Alle ausgeflogen. Er wählte Weningers Nummer und fluchte leise, als er sofort in die Sprachbox umgeleitet wurde.
Hinter ihm steckte Marischs Assistentin den Kopf durch die Tür. „Morgen, äh … Mahlzeit … zur Chefin … jetzt", flüsterte sie mit einem bitteren Lächeln, das drohendes Unheil ankündigte.
„Ich fasse es nicht! Du bist nicht erreichbar, kommst vier Stunden zu spät zum Dienst und besitzt dann auch noch die Frechheit, das alles als Lappalie zu bezeichnen?" Sigrid Marisch trug zur Abwechslung Privatkleidung. Schirmer stellte fest, dass seiner Vorgesetzten der eng anliegende Hosenanzug besser stand als die nichtssagende Uniform, in der sie sonst steckte. Wie sie so vor ihm stand, mit hochrotem Kopf und einer Stimme, die dabei war, sich zu überschlagen, fand er sie direkt weiblich und attraktiv. Zum ersten Mal zeigte seine Chefin wirklich ihre Krallen.
„Mensch, ich habe ja nur gemeint … gestern war ich länger unterwegs, dienstlich natürlich …"

„Für so etwas gibt es Dienstpläne, Schirmer! Es kann hier nicht jeder machen, was er will. Du hast eindeutig eine Dienstpflicht verletzt. Wenn ich dich so anschaue, dann denke ich lieber nicht darüber nach, ob wir einen Alkotest machen."
„Jetzt mach mal halblang, Frau Oberst. Es ist ja nichts passiert."
„Nichts passiert?" Marisch schrie so laut, dass Schirmer befürchtete, sein Kopf würde platzen. Ihre Assistentin schloss leise die Tür zum Korridor, damit nicht noch mehr des verbalen Donnerwetters nach draußen drang.
„Du bist alkoholisiert mit einem Dienstfahrzeug gefahren, und das auch noch in deiner Freizeit. Oder wie würdest du das sonst nennen?"
„Na, Dienst. Du hast ja in unseren Dienstplänen gestöbert und bemerkt, dass ich seit acht im Dienst bin. Und wegen gestern, da schreib' ich einen Aktenvermerk und lasse mir Überstunden eintragen. Habe mich mit einem pensionierten Kollegen getroffen. Der hat damals …"
„Aus." Marisch setzte sich kraftlos auf die Tischkante und schaute nach unten. „Aus, jetzt. Du kostest mich den letzten Nerv. Morgen früh, punkt neun Uhr, habe ich einen detaillierten Bericht auf meinem Tisch." Marischs Fingerknöchel trommelten auf das edle Möbelstück unter ihrem Gesäß. „Sollte ich zu der Ansicht gelangen, dass du mit dem Fall überfordert bist, werde ich doch noch das LKA verständigen. Die schicken mir zwei Ermittler auf Dienstzuteilung, die den Job hier erledigen und nicht so beratungsresistent sind, wie du es bist."
„Der Fall beginnt eine Dimension anzunehmen, die …"
„Die deine Fähigkeiten übersteigt. Ich weiß. Soll ich dir im Vertrauen etwas sagen?" Sie kam auf Schirmer zu und baute sich so nah vor ihm auf, dass er ihren Atem

wahrnehmen konnte. „Ich habe Mödling satt. Die ganze Stadt riecht nach Provinz. Mein Platz ist woanders. Und die Klärung dieses Falles wird mir dabei helfen, dorthin zu gelangen."

‚Und dann Gnade mir Gott, wenn du mal Landespolizeikommandantin bist!' Schirmer spürte, dass sein Magen wieder einmal weh tat. Der Raum begann sich zu drehen. „Na schön, sollst du deinen Zwischenbericht haben, wenn du meinst. Wenn Kukal tot ist, soll's meinetwegen auch ein Abschlussbericht sein. Nichts und niemand, nicht einmal du, können mich aber davon abhalten, die Ermittlungen zu führen, so wie ich es für richtig halte. Und wenn du glaubst, die Heinis vom LKA holen zu müssen, dann bitte. Tu dir keinen Zwang an. Ich werde dann im Krankenstand sein."

„Chefinspektor, du stinkst nach Wein. Geh mir aus den Augen."

Schirmer wartete in seinem Büro. Er nahm drei Schmerztabletten, aß einen trockenen Haferkeks und trank die halbe Wasserleitung leer. Nachdem er Marischs Tür zufallen gehört hatte, wählte er die Klappe ihrer Assistentin.

Sie war immer für Tratsch gut und erzählte ihm, dass der Druck aus Wien, wie sie es ehrfürchtig bezeichnete, zunahm. Beinahe stündlich rufe jemand aus dem Ministerium an und erkundige sich nach dem Stand der Dinge im Nagelmordfall. Für heute Nachmittag sei sie ins Innenministerium bestellt worden, was aber anscheinend nichts mit dem Fall zu tun habe, deswegen die elegante Kleidung. Schirmer müsse verstehen, dass auch bei der Chefin einmal die Sicherungen durchbrennen können.

Das alles kränkte den Ermittler nicht einmal besonders. Vielmehr ärgerte ihn der Umstand, dass Marisch seiner

Meinung nach nicht bereit war, auch nur einmal richtig zuzuhören und eine andere Meinung als die ihre gelten zu lassen. Hasler ging in solchen Augenblicken ab. Arno war immer der Schutzschild gewesen und hatte dafür gesorgt, dass Schirmer seine Arbeit erledigen konnte. ‚Beratungsresistent. So ein blöder Trampel!'
„Nadine, können Sie mir auch verraten, wo meine Kollegin ist?" Er bemühte sich so freundlich zu klingen, wie ihm das in Anbetracht seiner Kopfschmerzen und der Kreislaufprobleme möglich war.
„Heute Morgen um sieben waren Sie noch nicht da, Herr Chefinspektor", platzierte Nadine Reiter geschickt einen Seitenhieb, der offene Wunden traf. Ganz ihre Chefin. „Jemand von der Gerichtsmedizin hat wegen der Obduktion der zweiten Leiche angerufen. Die Chefin hat gemeint, wenn Sie schon nicht rechtzeitig zum Dienst erscheinen, soll Abteilungsinspektor Kropek doch mit der Frau Weninger hinfahren. Das wäre eine gute Gelegenheit, Erfahrungen zu sammeln."
Er bedankte sich und stellte als Dank eine Einladung zum Mittagessen in Aussicht. Nachdem Schirmer aufgelegt hatte, versuchte er die Zettel zu sortieren, die ihm der Wachhabende überreicht hatte. Ohne sie wirklich zu lesen, ging er einmal die Nummern durch, dann ein weiteres Mal und schmiss vor dem dritten Anlauf den Stapel vor sich auf den Tisch. Er versperrte die Tür von innen, brachte seinen Stuhl in die Waagrechte und war keine Minute später eingeschlafen.

28

Wo hatte er einen Fehler begangen? Während das Blut warm über seinen Rücken lief, ging er die letzten Tage noch einmal durch. Von da, wo es endlich begonnen hatte, bis jetzt, wo er stumm auf der Veranda kniete und den Schmerz hinnahm, wie es von ihm erwartet wurde. Stumm und ohne einen Laut von sich zu geben. „Ertrage es aufrecht und sei dir bewusst, dass von dir mehr erwartet wird als von allen anderen." Die Worte hatten sich in seinen Geist gegraben und weigerten sich seit Jahrzehnten zu verschwinden. Sie würden immer da sein, wenn er es nicht zu einem Ende bringen würde. So knapp davor stand er nun, da durften diese primitiven Geschöpfe einfach keinen Schaden anrichten.

„Herr, ich werde nicht zulassen, dass mein Werk verhindert wird", keuchte er und blickte dabei ehrfürchtig auf das Kreuz, das an der Wand hing. Das Kreuz eines Leidenden sollte es werden, ganz seiner Bestimmung nach. Kaum hatten die Worte seine Lippen verlassen, schämte er sich, die Stille durchbrochen zu haben.

Stumm sein, kein Ton.

Die Besuche hatten ihn verwirrt. Er sollte es sein, der sich auf den Weg machte, er sollte über sie kommen, mit Feuer und Schwert. Wie traurig hatte der eine ausgesehen mit seinen blutunterlaufenen Augen, den schlaffen Wangen und der Hoffnungslosigkeit, die ihm anzusehen war. Zu viele Jahre, ohne den Sinn des Großen, des Ganzen zu erkennen. Schwarze Seele.

Wie gefährlich dann der andere. Unter der teigigen Haut und hinter dem trüben Blick lauerte eine Kreatur, wie er selbst eine war. Verdorben und sündig wirkte er auf ihn. Dennoch ein Krieger. Jemand, den man nicht unterschätzen durfte. Trat hier ein ernstzunehmender Gegner auf den Plan? Wo war Gott in dieser Person zu finden?

Gott ist tot, hatte jemand geschrieben. In dieser Person erkannte er, dass der Schöpfer zumindest in manchen

Menschen gestorben war. Es hatte keine Minute gedauert, da hatte er bemerkt, dass dieser Teufel ebenso das Schwert spüren müsse, sollte er sich ihm in den Weg stellen. Was hatten sie geglaubt? Sie konnten doch nicht einfach hierher kommen und all das gefährden, was noch vor ihm lag.
„Ertrage es aufrecht und sei dir dessen bewusst, dass von dir mehr erwartet wird als von allen anderen."
Er war bereit dazu. Sie konnten sich ihm nicht in den Weg stellen, dafür waren sie zu unbedeutend.
Das feuchte Leder grub sich in seinen Rücken wie die Krallen eines Dämons, die Erregung in seinen Lenden wuchs.
Die Tür hinter ihm ging auf, ein Körper zeichnete sich im Licht der untergehenden Sonne ab.
„Musst du wirklich gehen?"

29

„Post aus Wien." Iris Weninger warf einen dicken A4-Ordner auf den Schreibtisch und beantwortete damit Schirmers Frage, wo sie denn so lange gewesen sei. Er rührte langsam in einer Tasse Kaffee und blickte zur Wanduhr. Kurz nach vier, er hatte tatsächlich mehr als drei Stunden geschlafen.
„Die Kollegen in Wien haben super gearbeitet." Leo Kropek nahm die Brille ab und reinigte mit einem Taschentuch die dicken Gläser. „In dem Ordner findest du alles, was du brauchst. Wir hätten uns den Weg in die GMI sparen können. Übrigens richtet dir Doktor Helfgott schöne Grüße aus; sie bedauert, dass du nicht anwesend gewesen bist."

‚Die hätte mir heute noch gefehlt, mit ihrer affektierten Art. – ‚Mir wäre sehr recht, wenn Sie mich Doktor Helfgott oder einfach Frau Helfgott nennen würden.' – „Ja, danke. Ich sehe mal nach der Frustbuchtel, wenn Zeit dafür ist. Wie schaut es damit aus?" Schirmer klappte den Ordner auf, überflog den seitenlangen Tatortbericht und sah sich die Bilder von Dieter Spergel dafür umso genauer an. Ihm schien, als hätte er das Gewebeband, mit dem die Hände des Toten hinter der Stuhllehne zusammengebunden waren, bei seinem Besuch in Spergels Büro herumliegen sehen. In einer unnatürlichen Verrenkung war der Oberkörper so positioniert, dass er nach vorn gebeugt auf dem Tisch lag. „Wieder ein Zimmermannsnagel", kommentierte Schirmer eines der Bilder, auf dem der aus Spergels Rücken ragende Stift besonders gut erkennbar war.
„Laut den chemischen Analysen stammt der Nagel aus derselben Serie wie jener, den wir bei Fred Spergel … äh … in Fred Spergel gefunden haben", ergänzte Weninger und setzte nach einem Räuspern fort. „Wenn du das genau nachlesen willst, schlag Seite dreiundneunzig auf."
Schirmer brummte und zündete sich eine Zigarette an.
„Der Nagel hat von hinten das Herz durchbohrt. Doktor Helfgott meint, dass er noch gelebt haben muss, als er am Stuhl festgebunden wurde. Dieter Spergel weist ein Schädeltrauma auf, offenbar wurde er von hinten bewusstlos geschlagen", setzte Kropek die Zusammenfassung über den Tatortbericht und die Obduktion der Leiche fort.
„Wurde in das Geschäft eingebrochen?"
„Nein, Harald. Die Tür zum Laden stand offen, man darf davon ausgehen, dass Dieter Spergel seinen Mörder hineingelassen hat."

„Hat er ihn gekannt? Jochen Kukal kann es ja nicht gewesen sein“, sagte Schirmer zu sich selbst.
Weninger stand auf. „Laut Doktor Helfgott war Dieter Spergel zum Zeitpunkt, als wir Kukal durch Mödling gejagt haben, mit Sicherheit schon tot …“
„Aber? Mein Gott, Iris. Mach es nicht so spannend. Mein Kopf brummt, die Schläfen tun mir weh, und ich muss zusehen, dass ich endlich etwas zu essen bekomme. Also raus damit!“ Schirmer schnippte die Zigarette aus dem Fenster.
„In Spergels Laden wurden keine Abdrücke oder Spuren gefunden, die zu Jochen Kukal passen“, hauchte Kropek auf die Gläser seiner Brille. „Neben einer Menge Fingerabdrücke einer unbekannten Person konnte weibliche DNA gesichert werden.“
„Und die ist ident mit der vom ersten Tatort“, vollendete Schirmer.
„Ein weiblicher Täter, Harald.“ Kropek setzte die Brille wieder auf.
Schirmer lehnte sich zurück und verstand plötzlich. Er dachte über das nach, was Karl Meister am Vorabend über Alois Walzer Senior erzählt hatte, und beschloss, nicht mehr länger damit hinter dem Berg zu halten. Zu gut passte alles zusammen.
Alois Walzer Senior heiratete kurz nach dem Krebstod seiner ersten Frau seine Sekretärin, eine gewisse Johanna Brunner, und adoptierte deren ledig geborene Tochter, Lisa Brunner. Kurz nach der Hochzeit tauchte das Gerücht auf, dass Walzer, der gern einmal mehr als ein Glas trank, seine Frau, die Stieftochter und auch den Sohn aus erster Ehe, Alois Walzer Junior, schlage. Die Anrufer und Briefschreiber blieben natürlich immer anonym, und kein Polizist im Bezirk traute sich, den Bürgermeister mit den

Vorwürfen zu konfrontieren. Weninger und Kropek hingen an Schirmers Lippen. Jetzt hatte er sie und gönnte sich eine Pause, um die Dramatik zu erhöhen. Er stand auf, streckte seinen Rücken durch und ging vor seinem Tisch einmal auf und ab, bevor er sich wieder setzte. „Siebenundzwanzigster Juli zweiundachtzig, also ungefähr eine Woche vor dem Walzerhausbrand, greift eine Streife um drei Uhr früh ein halbnacktes Mädchen auf, das auf dem Mödlinger Bahnhof umherirrt und wirres Zeug von sich gibt. Der Name des Mädchens?" Schirmer warf einen Bleistift in Kropeks Richtung, das Geschoss verfehlte aber sein Ziel. „Lisa Brunner", gab er sich selbst die Antwort.

„Was ist ihr zugestoßen?"

„Iris, das hätten die Beamten auch gern gewusst. Laut Karl Meister wurde sie zum Kriminaldienst gebracht, hat dort aber kein Wort mehr gesagt. Es vergeht keine halbe Stunde, da steht die Mutter der Kleinen in der Inspektion, bedauert die Umstände und nimmt die Tochter mit. Kein Schwein hat den Mumm und fragt nach. Angeblich ist Lisa stockbesoffen gewesen. So wurde es damals wenigstens im Tagesbericht der Polizeiinspektion vermerkt."

„Und weil es sich um die Stieftochter des Herrn Bürgermeisters handelte, wurde nicht weiter nachgefragt."

„Andere Zeiten eben, aber richtig, Leo! Du hättest das Zeug für den Ermittlungsdienst." Schirmer grinste und machte es seinem Kollegen schwer, die Worte richtig zu deuten. „Drei Tage vor dem Brand wird Walzers Sohn plötzlich aus seinem Umfeld gerissen und nach Deutschland zu einem Onkel geschickt. Dann, wir schreiben den dritten August, brennt der Schuppen ab." Schirmer zündete sich eine weitere Zigarette an und betrachtete die kleine Flamme des Feuerzeugs, während er über seine

weiteren Worte nachdachte. „Walzer und seine Frau kommen in den Flammen um, während Lisa Brunner nur deshalb überlebt, weil sie sich zum Zeitpunkt des Brandes außerhalb des Hauses im Garten befindet. Was sie dort mitten in der Nacht gemacht hat, ist auch jedermann egal. Die Kleine verliert angeblich den Verstand und wird daraufhin in eine psychiatrische Privatklinik eingewiesen."
„Das passt doch alles nicht zusammen", empörte sich Iris Weninger. „Wurde dem nicht nachgegangen? Wer hat den Walzerhausbrand untersucht?"
„Unser pensionierter Kollege Karl Meister. Nach drei Monaten hat der Staatsschutz den Fall an sich gezogen und ist ziemlich schnell zu dem Ergebnis gekommen, dass der Brand aufgrund eines Defekts an einer der elektrischen Leitungen ausbrach. Akt zu, Ende des Schauspiels."
„Und Meister?", fragte Weninger.
„Dem wurde von seinen damaligen Vorgesetzten dezent mitgeteilt, dass er die Sache besser auf sich beruhen lassen solle. Mödling versank in allgemeine Trauer, und die Stadt hat seit damals einen Ehrenbürger mehr. Karl Meister ist bald darauf in Pension gegangen."
„Wie passen die Spergels da hinein?"
„Wie du schon herausgefunden hast, waren Justus Spergel und Alois Walzer Senior für dieselbe Partei im Gemeinderat tätig. Wenn Meisters Aussage stimmt, sind sie auch privat ziemlich oft zusammen gesehen worden."
Weninger nickte, und man konnte ihr ansehen, dass nun auch sie begann, verschiedene Umstände miteinander zu verknüpfen. Schirmer ließ seinen Kollegen aber keine Zeit zum Nachdenken und steigerte die Spannung noch einmal. „Und wisst ihr, was das Beste ist?"

Stille.
„Lisa Brunner flieht im September zweiundachtzig aus der Nervenheilanstalt."
„Was ist mir ihr geschehen?" Kropek schaukelte ungeduldig auf seinem Sessel.
„Das kann ich dir nicht sagen, Leo. Sie ist seit damals abgängig." Schirmer setzte sich und sortierte die Zettel, die ihm vom Wachhabenden übergeben worden waren. Nachdem er fertig war, blickte er abwechselnd zu Weninger und Kropek.
Leo wird gleich aussteigen, etwas sagen wie „Das geht den Assistenzdienst nichts an." Weninger denkt, dass sie vielleicht auf dem richtigen Weg ist.
„Du bist der Meinung, die weibliche DNA stammt von Lisa Brunner? Und was ist mit Walzer Junior? Der hat doch die Spergels vor ihrem Tod mehrfach angerufen. Etwas aus der Vergangenheit verbindet die Spergels und die Stiefgeschwister. Etwas, das der Auslöser für all das hier war, meinst du das?"
Kluges Mädchen. „Iris, ich frage mich, warum Alois Walzer Junior niemals nach Österreich zurückgekehrt ist. Er hat nach einigen Jahren die deutsche Staatsbürgerschaft angenommen, und es gibt keine Anzeichen dafür, dass er danach jemals wieder in Mödling gewesen ist. Sogar beim Begräbnis seines Vaters hat er gefehlt."
Kropek stand plötzlich auf. „Also, das übersteigt jetzt meine ... Zuständigkeit. Ich lass' euch ermitteln. Muss noch die Tatortberichte zusammenführen und dann fahr' ich zu Arno. Viel Spaß und einen schönen Abend wünsche ich euch beiden noch."
„Hier, nimm diese Rufnummern bitte zu unserem Akt. Das sind lauter Bemerker, die mit irgendwelchem Scheiß dahergekommen sind und gemeint haben, dass er für un-

seren Fall von Belang sei. Laut dem Wachhabenden die üblichen Spinner. Wenn du das hast, schauen wir, dass wir Marisch auftreiben. Dann werden wir versuchen, in der Nervenheilanstalt etwas über Lisa Brunner herauszufinden. Und wegen Walzer müssen wir uns auch etwas überlegen. Die Alte wird an die Decke gehen, wenn sie das hört. Da mischen plötzlich prominente Personen in ihrem Fall mit, das wird ihr gar nicht passen."
Weninger machte sich gleich ans Werk. Schirmer nutzte den unbeobachteten Moment und griff zur Flasche in seiner Lade. Der Hochprozentige brannte ihm noch in der Kehle, als Iris Weninger aufgeregt in sein Büro stürmte. Sie hielt einen der Zettel und den Ausdruck einer E-Mail in Händen. „Einer deiner Bemerker von gestern … die Nummer ist mir bekannt vorgekommen. Schau dir das an.
Als Schirmer die deutsche Vorwahl las, wurde ihm übel.

30

Sie wogen einige Minuten lang Für und Wider ab. Nachdem sie sich ausgetauscht hatten, war Schirmer überrascht, dass er eben mit Weninger offen über die weitere Vorgehensweise diskutiert und ihren Einwänden und Vorschlägen mit echtem Interesse zugehört hatte. Am Ende ging er sogar so weit, dass er den Rat seiner Kollegin befolgte und in Marischs Büro anrief. Durch die geschlossene Tür konnte er, ebenso wie durch den Hörer, das Klingeln aus dem Büro gegenüber hören. Niemand hob ab. Nadine Reiter genoss wohl den Feierabend, während Marisch weiß Gott wo steckte. Natürlich besaß die Leiterin des Bezirkspolizeikommandos Mödling ein Handy, mindestens eines, doch Schirmer ignorierte diese Tatsache, bevor er Weninger seine Entscheidung mitteilte.

„Okay, ich werde jetzt Alois Walzer anrufen." Er zog das auf seinem Tisch stehende Telefon am Kabel zu sich. „Wenn ich dich vorhin richtig verstanden habe, kannst du dir auch vorstellen, dass Walzer direkt mit den Morden zu tun hat."
„Sollten wir die Sache nicht anders angehen? Wie wär's, wenn wir eine Handypeilung versuchen würden?"
„Die wird uns nichts bringen, der ist ja in Deutschland. Der Idiot von einem Wachhabenden da unten hat mir nichts davon gesagt, dass Walzer angerufen hat."
„Kann sein, dass sich Walzer gar nicht mit seinem Namen vorgestellt hat. Vergiss nicht, der Mann ist Politiker. Der hat vielleicht Angst, dass etwas nach außen dringt."
„Iris, kannst du mir einen Menschen in diesem Haus nennen, der sich mit der bayerischen Politik auskennt? Walzer sitzt im bayerischen Landtag, den kennt kein Schwanz bei uns. Aber beim Namen Walzer hätte es doch bei mir geklingelt. Und den Wachhabenden werde ich mir bei Gelegenheit trotzdem vorknöpfen." Schirmer wählte Alois Walzers Telefonnummer und drückte die Lautsprechertaste.
Es wurde sofort abgehoben.
„Herr Walzer?"
„Mit wem spreche ich?"
„Herr Walzer, hier ist Chefinspektor Schirmer von der Mödlinger Kriminalpolizei. Sie haben gestern Abend bei der Polizeiinspektion Mödling angerufen und wollten angeblich etwas mitteilen, das mit den Vorfällen der letzten Tage in Verbindung steht."
Stille.
Walzer schnaufte. Es klang nach dem keuchenden Atmen eines gehetzten Tiers. „Ich habe meinen Namen nicht genannt und aufgelegt, nachdem mir mitgeteilt wurde,

dass Sie nicht im Haus sind. Wieso wissen Sie, dass ich das war und wie ich heiße? So schnell geht das doch nicht." Scheiße, ein Anfängerfehler.
Er konnte Walzer natürlich nicht sagen, dass sie schon seit Tagen von seinen Anrufen bei den Spergels wussten.
„Sie sind nicht von der Polizei, hören Sie? Mit mir könnt ihr das nicht mehr machen. Es ist genug!" Walzers Stimme überschlug sich. Weninger deutete Schirmer, weiterzusprechen. Hier war ein Mensch am anderen Ende der Leitung, der Gefahr lief, vor Angst den Verstand zu verlieren.
„Stopp, stopp, Herr Walzer!" Schirmer hob beschwichtigend die Hände, als wäre das Gerät vor ihm ein Bildtelefon, das die beruhigende Geste an Walzer übertragen könnte. „Wir sind die Polizei, die Guten, verstehen Sie? Und wir wissen einiges. Das gehört zu unserem Job."
Walzer begann zu weinen. Ein verzweifeltes Heulen, das den beiden Kriminalbeamten durch Mark und Bein ging.
„Es … es … die Dinge sind außer Kontrolle geraten. Ich weiß nicht mehr, was ich tun soll …"
„Herr Walzer, Sie müssen mir genau erzählen, was Sie mit …"
„Sie verstehen nicht! Es ist zu spät, der nächste bin ich …"
Weinen und Keuchen wechselten. Schirmer blickte gebannt auf das Telefon. Am liebsten hätte er durch die Leitung gegriffen und Walzer festgehalten. „Reißen Sie sich zusammen! Sie müssen mit uns reden!"
Weninger schüttelte den Kopf. Sie gab Schirmer zu verstehen, dass diese harsche Anrede ihrer Meinung nach das Gegenteil von dem bewirken würde, was er sich wohl erwartete. Und sie lag richtig.
„Ihr wisst doch gar nicht, was hier los ist. Ihr könnt … ihr könnt doch auch nicht …" Das Gespräch war zu Ende.

„Mist, Mist, Mist! Riesengroße Scheiße!“ Schirmer riss das Telefonkabel aus der Buchse und warf das ganze Gerät mit voller Kraft gegen die Wand.
„Du hast ihn nicht einmal zu Lisa Brunner befragen können“, stellte Weninger fest und schaute dabei auf die Teile des zerbrochenen Telefons am Boden vor ihr.
Schirmer konnte die neunmalkluge Aussage jetzt brauchen wie einen Kropf. „Danke für deine treffende Analyse, Frau Revierinspektor. Vergiss nicht, dass ich …“
„Jetzt langt es mir aber. In der einen Minute gibst du mir das Gefühl, dass du mich als vollwertige Mitarbeiterin akzeptierst, und im nächsten Moment benimmst du dich wie ein riesengroßes Arschloch! Ich arbeite jetzt seit einigen Tagen mit dir zusammen und frage mich, wie Arno es mit einem egoistischen, launischen und primitiven Kerl wie dir so lang ausgehalten hat.“
Schirmers Unterkiefer klappte nach unten. „Red nicht über Arno. Du hast kein Recht …“
„Du hast kein Recht!“, schnitt Weninger ihm den Satz ab. „Vor lauter Selbstmitleid hast du es noch nicht einmal fertiggebracht, deinen Partner zu besuchen. Deinen Partner, der wegen uns im Krankenhaus liegt.“
„Das habe ich dir schon erklärt …“
„Nein, du hast gar nichts. Ich höre von dir nur Beleidigungen. Und wenn es mal keine Beleidigungen sind, dann eben irgendwelche Ausflüchte.“ Weningers Adern traten am Hals hervor. „Du stinkst permanent nach Alk, und ich frage mich mittlerweile, ob du ohne dieses Zeug überhaupt noch leben könntest.“
Weninger ertappte sich in dem Gefühl, zu weit gegangen zu sein. Bevor sie über eine Entschuldigung nachdenken konnte, ergriff Schirmer die Initiative. Er stand auf, als wäre eben nichts geschehen. Kein Alois Walzer am Te-

lefon. Keine Konfrontation mit Dingen, die er ohnehin über sich wusste, die aber ganz tief unten vergraben waren. Bis jetzt. Er steckte Feuerzeug und Zigaretten ein, nahm sein Handy und verließ den Raum. Im Türrahmen blieb er stehen und drehte sich zu Weninger um. „Morgen früh stellen wir einen Antrag auf Haftbefehl gegen Alois Walzer und bitten die Deutschen, ihn festzunehmen." Die Wanduhr tickte neunmal, ohne dass ein weiteres Wort gesprochen wurde. Neun Sekunden, in denen Schirmer Weninger ohne jegliche Regung ansah. „Und bring mir meinen Hund mit."

Er war ein Einzelgänger, daran bestand kein Zweifel. Manchmal nannte er sich selbst im Scherz einen einsamen Wolf und verglich sich dabei immer mit Charles Bronson, dem er seiner Meinung nach ähnlich sah. Dieses Gefühl der Einsamkeit, das sich gerade durch seinen Leib grub, kannte er in dieser Form noch nicht. Die Empfindung tat selbst einem Wolf mehr weh, als er ertragen konnte. Er war heilfroh, einen halbwegs passablen Abgang aus dem Büro hingelegt zu haben.

Jetzt fuhr er mit dem Dienstwagen nach Hause und dachte über das nach, was ihm Iris Weninger an den Kopf geworfen hatte. Leider hatte sie völlig recht gehabt. Er war dabei, Katja zu verlieren, und tat nichts dagegen. Arno würde ihn vielleicht genau in diesem Moment brauchen, doch er war nicht bei ihm und tat nichts dagegen. Er ging jeden Abend betrunken schlafen und tat nichts dagegen. Er war ein Wrack und tat nichts dagegen. Er spürte die Tränen. Zuerst eine einzige, die eine dünne Bahn zog, dann immer mehr, bis er schließlich weinte, wie es Alois Walzer getan hatte. Vieles musste anders werden, das fühlte er jetzt.

Schirmer lenkte den Wagen zum Fahrbahnrand und hielt an. Er griff zum Telefon und wollte Weninger anrufen, bemerkte aber, dass er ein SMS erhalten hatte.
Bin in Mödling. Treffen um 22.00 Uhr, Stadion. Nur Sie und ich. A. W.

31

Der Mond stand prall über der Stadt. Schirmer streckte die Hand in den nachtschwarzen Himmel und stellte sich vor, er könnte die Sterne berühren.
Das Fußballstadion lag am Mödlingbach und war nur über einen Steg erreichbar, der über das Gewässer führte und das Sportgelände mit dem angrenzenden Stadtteil verband. Schirmer erinnerte sich an bessere Zeiten, in denen die Mödlinger Eintracht in der Bundesliga gespielt hatte. Die großen Mannschaften des Landes waren jedes zweite Wochenende hier zu Gast gewesen und hatten tausende Zuschauer angelockt, deren kreuz und quer geparkte Fahrzeuge regelmäßig für einen verkehrspolizeilichen Supergau gesorgt hatten. Kaum einer der Anrainer des Stadions vergoss dann auch nur eine Träne, als Mitte der Neunzigerjahre der Profibetrieb wegen finanzieller Schwierigkeiten eingestellt werden musste. Der Fußballclub Eintracht Mödling erlitt ein Schicksal, wie viele weitere Fußballvereine Österreichs zu dieser Zeit und wurde nach Jahren der Misswirtschaft unfähiger Funktionäre in den Konkurs und damit in die unterste Spielklasse Niederösterreichs geschickt.
Schirmer saß auf einer Bank vor dem Haupteingang und beobachtete den Steg, der sich links von ihm befand. Er würde Walzer sofort sehen, sollte dieser hier entlangkommen. Auf der anderen Seite des Mödlingbachs bil-

deten hüfthoch wachsende Sträucher einen natürlichen Sichtschutz. Er dachte kurz an die Möglichkeit, dass sich Walzer unbemerkt anschleichen könnte, verwarf den Gedanken an eine Eskalation der Situation aber gleich wieder. So wie Alois Walzer am Telefon geklungen hatte, passte er nicht in das Bild eines Verdächtigen. Panische Angst bestimmte sein Handeln und hatte anscheinend zum Entschluss geführt, sich mit Schirmer treffen zu wollen.

Der Ermittler hob Kieselsteine vom Boden auf und warf sie in den Bach, dessen Oberfläche im Mondlicht glänzte. Kurz vor zehn. Er war überzeugt, die Ursache für die schrecklichen Vorfälle der letzten Tage gefunden zu haben; er brauchte nur noch Walzers Aussage, die seine Schlussfolgerungen bestätigen würden.

Zehn Uhr. Er blickte auf das Display seines Telefons. Vom anderen Ufer drang ansteigender Motorenlärm über den Mödlingbach zu ihm.

Beinahe wäre sein Vorhaben gescheitert. Zwei Polizisten hatten ihn auf der Bundesstraße angehalten, weil er zu schnell gefahren war. Um jegliche Diskussion im Keim zu ersticken, ließen sie ihn selbst die gemessene Geschwindigkeit vom Lasergerät ablesen. Fünfundachtzig. „Das ist aber ein ganz schönes Stück zu schnell", hatte der Ältere der Beamten angemerkt und dabei wie ein alter Oberlehrer über den Rand seiner Lesebrille geschaut. Es hätte nur noch den erhobenen Zeigefinger gebraucht, dann wäre das Bild vollständig gewesen. Sie kontrollierten seinen Führerschein, die Profiltiefe der Reifen, das Verbandszeug, das Warndreieck, und am Ende musste er den Jüngeren auch noch anhauchen und mit geschlossenen Augen den rechten Zeigefinger zu seiner Nasenspitze führen.

Als der Oberlehrer den Block zückte und einen Strafzettel ausstellen wollte, wurde er vom Jüngeren zur Seite genommen. Sie sprachen so leise miteinander, dass er nichts verstehen konnte.
Er stellte sich darauf ein, beide zu töten. Das wäre kein Problem für ihn gewesen. Die Straße war leer, es war dunkel. Sie würden seinen Angriff nicht einmal bemerken. Er war ein Raubtier. Jede Faser in seinem Körper spannte sich, der Organismus machte sich zum Sprung bereit.
Am Ende ließen sie ihn fahren. „Das heißt zwar nicht, dass Sie einen Freibrief fürs Rasen haben, aber wir wollen noch einmal nachsichtig sein. Also, Tempo reduzieren und gute Fahrt."
Der Streifenwagen entfernte sich. Er blickte den Rücklichtern nach.
Einundzwanzig Uhr vierzig.
Das dicht bewachsene Ufer verbarg sein Erscheinen. Vor dem baufälligen Ungetüm aus Stahl, Beton und Holz saß eine Gestalt auf einer Bank, die ihn sehen würde, sobald er die schützenden Sträucher verließ und auf die kleine Brücke trat. Konnte er ausschließen, dass in den Moment, in dem er aus seinem Versteck hervorkam, eine schreiende Horde Maskierter über ihn herfallen würde? Er hatte schon oft im TV gesehen, wie so etwas ablief. Gänsehaut kroch an seinem Nacken empor. Und Angst.
Selbst wenn ihm am Ende nichts mehr blieb außer dem Leben, er musste es tun. Alles war ganz anders gekommen, als er sich das vorgestellt hatte. Sein Plan fiel nach und nach in sich zusammen, da konnten selbst Ordnung, Disziplin und die Pistole in seiner Hosentasche nicht mehr viel helfen. Die Schatten wuchsen, kamen näher, waren überall. Es spürte sie anfangs nur als zarten

Hauch, ein leiser Ruf aus der Vergangenheit. Jetzt, hier vor dem Stadion, in dieser Nacht, brüllten sie bereits nach ihm. Sie waren dabei, sich um ihn zu legen und seinen Leib langsam zu zerquetschen. Am Ende würde ein grausamer Tod stehen, das war gewiss.
Er trat aus den Büschen hervor und umklammerte die Pistole in seiner Hosentasche so fest, dass die Hand schmerzte. Ein Wagen näherte sich von hinten.
Zweiundzwanzig Uhr.
Schirmer war überzeugt, eben einen Schatten auf dem Steg gesehen zu haben. Kaum einen Atemzug lang, aber er war da. Selbst das Gestrüpp, rechts vom Übergang, bewegte sich, raschelte so laut, dass er es deutlich hören konnte. Er stand auf und ging einige Schritte auf das Ufer zu.
Die Lichter eines Wagens tauchten den Steg, die Büsche links und rechts davon und auch Schirmer in grelles Licht, Fernlicht. In der Helligkeit zeichnete sich die Silhouette einer Gestalt ab. Jemand kämpfte sich durch das dichte Geäst, weg von hier.
Das Fahrzeug war am Steg angekommen und hielt an. Auf der anderen Seite stand Schirmer und hob seine Arme. Der Kriminalbeamte konnte förmlich spüren, wie sein Blutdruck stieg. Kopfschmerzen setzten ein, etwas in ihm riet zu Vorsicht.
„Herr Walzer, sind Sie das?" Er betrat den Steg, blickte über das Fahrzeugdach, um nicht geblendet zu werden. „Stellen Sie den Motor ab, kommen Sie aus dem Wagen und reden Sie mit mir. Ich will Ihnen helfen."
‚Verdammt, wieso steigt er nicht aus? Was mache ich jetzt?' – Schirmers Dienstwaffe lag in der Lade seines Schreibtischs zwischen einer Flasche Metaxa und einer Stange Marlborough. Jetzt wünschte er sie sich an seinen

Gürtel oder, besser noch, in seine Hand. Er spürte Gefahr. Drei Schritte zurück.
Hinter ihm schlich ein Schatten über die Nordseite des Stadions.
„Herr Walzer, Sie haben um dieses Treffen gebeten. Ich denke, ich weiß warum. Wir brauchen Sie, beantworten Sie mir einige Fragen“, startete Schirmer einen weiteren Versuch, die Kontrolle über die Situation zu gewinnen.
Ein elektrischer Fensterheber summte leise, dann ging alles sehr schnell.
Knackende Äste. Geschnatter von Enten im Bach. Der Motor heulte auf. Schritte auf dem Asphalt. Schneller, immer schneller.
Jemand läuft.
Ein Geräusch hinter ihm. Reifen quietschen. Der Steg verengt sich. Lichter.
Eine Hand an seinem Kragen. Er fällt. Blech trifft auf Fleisch.

32

„... ist es so gesehen ein Wunder, dass Ihnen nichts Schlimmeres passiert ist, Herr Kommissar. Wir behalten Sie aber auf jeden Fall hier, weil wir noch einige Untersuchungsergebnisse abwarten wollen.“ Die Stimme des Arztes klang weich, wie durch einen Wattebausch gesprochen. Schirmer griff sich mehrmals in die Ohren, um sicherzugehen, dass sie nicht zugestöpselt waren.
Herr Kommissar. Idiot.
Der Lackaffe an seiner Bettkante hätte vom Alter her mit Leichtigkeit sein Sohn sein können. Ein junger, dynamischer Arzt. Erfolgreich, gutaussehend und mit einem dicken Bankkonto ausgestattet, war Schirmer überzeugt.

Soll er doch mit seinen Krankenschwestern herumkommandieren. Mit mir macht er das sicher nicht. „Keine Chance, Doc. Ich muss raus hier, hab' in einem Mordfall zu ermitteln."
„Herr Kommissar, Sie waren bewusstlos und haben eine gebrochene Rippe. Außerdem haben Sie nach dem Aufwachen über Kopfschmerzen geklagt. Sie haben eine Gehirnerschütterung, wenn nicht mehr", war der Mediziner empört über so viel Ungehorsam.
Schirmer erinnerte sich weder an das, was vorgefallen war, noch daran, mit diesem Halbgott in Weiß jemals gesprochen zu haben. Ja, sein Kopf tat weh, aber dieser Zustand begleitete ihn schon seit Tagen und hatte nichts mit der dicken Beule an seinem Hinterkopf zu tun, die er sich offenbar beim Sturz auf den Asphalt zugezogen hatte.
Der Sturz! Die anderen waren zu zweit gewesen. Schirmer sah wieder die Lichter des auf ihn zurasenden Autos vor sich und spürte abermals die feuchte Hand in seinem Nacken. Instinktiv griff er sich dabei ins Genick. War Walzer der Lockvogel gewesen? Mit wem machte er gemeinsame Sache? So wie die Dinge jetzt lagen, musste der Ermittler wieder einmal umdenken. Alois Walzer und dessen Stiefschwester, Lisa Brunner, hatten die beiden Spergels umgebracht.
War Schirmer erst davon ausgegangen, dass Lisa Brunner aus irgendeinem Grund hier in Mödling alte Rechnungen beglich und Walzer als Nummer drei auf ihrer Liste stand, lag für ihn nun klar auf der Hand, dass es sich bei den beiden nicht um Täter und Opfer, sondern um Komplizen handelte. Die Frage nach dem Motiv stand immer noch ungelöst im Weg herum und machte Fortschritte unmöglich.

Marisch war drauf und dran, den Akt an das LKA abzutreten. Die Kollegen dort würden wenig erfreut über die Mehrbelastung sein und dementsprechend ermitteln, zumal sich Jochen Kukal ja immer noch als Verdächtiger anbot. Am Ende würde ein angeklagter Junkie stehen, gegen den sich die Beweisführung vor Gericht auf Indizien, und nicht auf Beweise stützen würde. Nein, er musste raus hier. Die Phantome warteten auf ihn. Für einen Haftbefehl gegen Alois Walzer Junior würde es allemal reichen, dafür würde er schon sorgen.
„... verbiete ich Ihnen, uns zu verlassen, Herr Kommissar", beendete der Arzt seine Predigt mit einem Lächeln, das in einen Werbespot für Zahnpasta gepasst hätte. Der Kommissar hatte nichts davon mitbekommen.
Schirmer nahm seine ganze Kraft zusammen, setzte sich langsam auf und zog an der Nadel, die in seinem rechten Arm steckte. „Jetzt hör mal zu, du Kasper. Ich bin kein Kommissar, die gibt es nur im Fernsehen. Du Rotzlöffel könntest beinahe mein Sohn sein, also erspar mir das Dahergerede und die albernen Belehrungen. Ich geh' jetzt, lass mir meine Kleidung bringen."
Der Mediziner erhob sich vom Bett und blickte zu Schirmer hinab, der umständlich am Infusionsschlauch und den Knöpfen seines Nachthemds hantierte. „Na, ich muss sagen, Sie werden Ihrem Ruf gerecht. Lassen Sie den Schlauch, wo er ist. Ich schicke Ihnen eine Schwester, die Ihnen die Infusionsnadel entfernen wird. Sie wird Ihnen auch ein Formular bringen, das Sie bitte unterschreiben. Dann können Sie gehen. Übrigens wartet vor der Tür Besuch auf Sie. Was zwei so reizende Damen mit Ihnen zu schaffen haben, ist mir allerdings ein Rätsel." Ohne einen Gruß ging der Arzt. Die Tür blieb offen.

Sie sah ihm tief in die Augen. In ihrem Blick befand sich immer noch dieser feenhafte Glanz, der ihn vor siebenundzwanzig Jahren gefangen hatte. Er war damals Polizeischüler gewesen – und schon ganz Schirmer.
Aus diesem Grund hatte er es vorgezogen, an den Wochenenden ausgerechnet jene Lokale zu besuchen, die für Polizeianwärter verboten gewesen waren. In einem dieser Schuppen, dem „Tanzcafé Leopold", auf der Landstraßer Hauptstraße im dritten Wiener Gemeindebezirk hatte er in einer lauen Sommernacht Hölle und Himmel erlebt, und zwar in dieser Reihenfolge. Zuerst hatte er eine Tracht Prügel über sich ergehen lassen müssen. Zwei Rocker waren alles andere als erfreut gewesen über den Umstand, dass er mit seinem Polizeiausweis versucht hatte, bei den weiblichen Gästen Eindruck zu schinden. Anschließend war ihm die liebevolle Pflege der Kellnerin zuteil geworden, die seine Wunden ausgewaschen, ihm zweihundert Schilling Taxigeld zugesteckt und am Ende noch ihre Telefonnummer auf seinen Unterarm gekritzelt hatte.
Schirmer hatte das „Leopold" nie wieder betreten und nach einigen Treffen mit Katja dafür gesorgt, dass sie den Job dort aufgab und sich ihr Studium fortan mit kleinen Aushilfsjobs bei der Post finanzierte.
Ihm schien es, als würde die Zeit zurückgedreht. Er, wieder ganz der Polizeianwärter mit zahlreichen Verletzungen und weichen Knien, sie die schönste Frau, die er je zu Gesicht bekommen hatte.
Katja lächelte aber nicht verliebt wie damals. In ihrem Gesicht zeigte sich überhaupt keine Regung. Sie zitterte.
Hinter Katja Schirmer erschien für Sekundenbruchteile Iris Weningers Gesicht in der Tür, nur um gleich wieder zu verschwinden.

„Du bist gekommen?“ Eine schlechtere Eröffnung hätte Schirmer nicht wählen können. Er setzte sich wieder auf das Bett und blickte an sich hinab. Der weiße Kittel war unten offen. Er fühlte sich in dieser Aufmachung nackt und verletzlich.
„Ja, deine Chefin hat angerufen und mir erzählt, was geschehen ist. Wie geht es dir, Harald.“ Katja presste den letzten Satz hervor, ohne ihn als Frage zu formulieren.
„Na wenigstens bei der Alten gehst du ans Telefon. Mit mir redest du ja seit Tagen nicht.“
„Reden, Harald. Weißt du, wie oft ich in den letzten Jahren gern mit dir gesprochen hätte? Bist du einmal darauf eingegangen?“
„Verdammt noch mal, ich bin eben, wie ich bin. Und wenn das jetzt wieder darauf hinausläuft, dass ich weniger arbeiten, weniger trinken und weniger bla bla bla soll, dann habe ich dieses Gespräch schon satt, bevor es noch richtig angefangen hat. Sind ja ohnehin nur Beschwerdeeinheiten deinerseits.“
Katja reagierte. Die Augen füllten sich mit Wasser. Zwei Lidschläge lang konnte sie ihre Tränen zurückhalten. Sie weinte still. Nur die Lippen zitterten, während sie ihren Mann musterte. „Ich nehme dir nichts mehr übel, nicht einmal das, was du mir neulich auf der Sprachbox hinterlassen hast. Ich bezweifle allerdings, dass du dich daran erinnern kannst.“
Er hatte sie vor einigen Tagen öfter angerufen, immer wieder auf ihre Box gesprochen und am Ende vermutlich Dinge gesagt, die er sich lieber nicht ins Gedächtnis rufen wollte. Katjas Reaktion nach musste es etwas sehr Verletzendes gewesen sein. „Hör zu, das mit den Anrufen … ich war sauer. Du bist meine Frau und haust einfach ab. Ich lass' mich doch nicht zum Affen machen …“

„Wann hast du aufgehört, dich zu lieben?“
„Mich?“
„Du liebst dich nicht, Harald. Und ohne Selbstliebe hast du auch keine Wärme für andere Menschen übrig. Sieh dich doch mal an, sieh uns an. Du gehst rücksichtslos durch unser beider Leben und zertrampelst alles, was uns als Paar ausgemacht hat.“
„Hat dir dein Lebensberater diesen Schwachsinn eingeimpft? Was ist so schlecht an mir?“
Katja schluckte. „Du ... du weißt es wirklich nicht besser ... es ... tut mir leid für dich.“ Sie drehte ihrem Mann den Rücken zu und lief davon. Er konnte das Geräusch ihrer Absätze am Gang noch lange hören.
Nachdem er von den Schläuchen und der Krankenhauskleidung befreit worden war, hielt ihm die wartende Schwester Papier und Stift unter die Nase. Schirmer unterschrieb, ohne gelesen zu haben, und betrachtete sich danach im Spiegel. Seine Hosen waren an den Knien zerrissen, auf seinem Polohemd befanden sich mehrere dunkelbraune Flecken. Eingetrocknetes Blut, wettete er und suchte in seinen Taschen vergeblich nach Zigaretten. Nur weg von hier, Ali war nicht weit.
„Nicht so gut gelaufen eben, hm?“ Iris Weninger wartete auf dem Korridor und stellte die nächste Barriere dar, die es zu überwinden galt, sollte ein kühles Glas Bier am Ende dieses Vormittags stehen.
„Wird schon wieder. Alles ein bisschen viel im Moment.“
An Weningers Miene erkannte er, dass er eben besonders schlecht gelogen hatte. „Harald, wenn du etwas brauchst, dann gib einfach Bescheid, ja?“
Er nickte und war sicher, das Angebot niemals anzunehmen. Er brauchte niemanden. „Hör zu, Iris. Unser kleiner Disput gestern. Ich weiß, dass ich manchmal ...“

„Ist schon in Ordnung. Vergiss es einfach. Respektiere mich, wie ich bin, mehr verlange ich nicht von dir. Und was ich dir wegen dem Alkohol vorgeworfen habe …"
„Ist meine Sache. Wolltest du das eben sagen?"
„Naja, das nicht gerade. Aber du bist erwachsen und musst das selbst abschätzen. Ich werde dir in der kurzen Zeit, die ich hier sein werde, daraus sicher keinen Strick drehen."
„Ich kann das steuern, hab' mich im Griff", stellte Schirmer fest, ehe er fortfuhr. „Was hast du da?" Er hatte schon die längste Zeit auf den Ordner unter Weningers Arm geblickt und wollte dem Gespräch ein anderes Thema geben.
„Mit besten Grüßen aus dem Archiv des Mödlinger Krankenhauses. Lisa Brunners Spitalsakte. Du wirst staunen, Herr Chefinspektor. Die haben hier eine gute Cafeteria, ich lade dich ein."
Auf dem Weg in die Cafeteria spürte er die gebrochene Rippe und die Kopfschmerzen, die ihn seit Tagen begleiteten, als wären sie ein alter Freund.
Nachdem er unter großer Anstrengung auf einem orangefarbenen Plastikstuhl nahe an einem Fenster Platz genommen hatte, wartete er auf Weninger, die kurz darauf mit einem Tablett von der Theke zurückkam. Sie stellte zwei Becher Cappuccino und zwei Teller mit belegten Broten auf den Tisch und setzte sich.
Schirmer schlang sein Brötchen gierig hinunter und verbrannte sich am heißen Kaffee die Zunge, ehe er zu sprechen begann. „Also, das Ding heute Nacht. Walzer und Brunner, sage ich dir. Etwas anderes passt nicht."
Weninger unterbrach ihn und erklärte, dass er ihr das alles schon nach seiner Einlieferung ins Krankenhaus erzählt hatte. Er hatte sie damit beauftragt, einen Haftbe-

fehl und eine Handypeilung gegen Alois Walzer zu beantragen und danach die Archive der umliegenden Krankenhäuser zu durchforsten. Anschließend hatte er sich umgedreht, etwas Unverständliches über Marisch gesagt und sei eingeschlafen.
„Wie habt ihr mich denn gefunden? Es wusste ja niemand, dass ich mich mit Walzer treffen würde."
„Einige Bewohner haben sich wegen Motorenlärm beschwert. Als eine Streife dann durch die Gegend gefahren ist, haben sie dich am Stadionsteg liegen gesehen. Was die Kollegen und auch ich davon halten, dass du niemanden über das Treffen informiert hast, brauche ich dir ja nicht zu sagen. Marisch tobt wieder einmal."
Schirmer konnte sich an all das nicht mehr erinnern. Er überlegte, ob er über die Worte des Arztes nicht doch noch einmal ernsthaft nachdenken sollte. Als er sich dann aber zwei Kollegen des LKA vorstellte, die es sich in seinem Büro bequem machten und in seinen Schreibtischladen wühlten, kam er zur Ansicht, dass es eigentlich nicht so schlimm um ihn stand. Sein Körper musste eben noch einige Tage durchhalten. „Jaja, ich kann mich eh dumpf erinnern", log er. „Du weißt ja, wie das ist, wenn man eins auf die Birne bekommt. Egal jetzt, was hast du herausgefunden?"
„Bis du aufgewacht bist, habe ich mit deiner Frau gesprochen."
„Was? Hast du der etwa die Spitalsakte gezeigt? Die ist Lehrerin, keine Ärztin!"
„Nein, ich wollte dir nur noch sagen, dass sie eine äußerst nette Person ist."
„Ja, danke. Wir laden dich mal zum Grillen ein, also raus damit. Was steht da drinnen?"

Weninger entnahm dem Ordner einige Blätter und reichte sie über den Tisch. Schirmer beugte sich vor, um danach zu greifen. Im selben Moment schoss ein stechender Schmerz ein. Er begann dort, wo er die gebrochene Rippe vermutete, und breitete sich über seinen gesamten Oberkörper aus. „Oh, verdammte Scheiße“, fluchte er durch geschlossene Zahnreihen hindurch.
„Und dass die Rippen nur geprellt sind, kannst du Erhard erzählen. Übrigens passt meine Mutter auf ihn auf und ist ganz begeistert von dem Kleinen.“
Schirmer nickte dankbar, während er versuchte, eine halbwegs schmerzfreie Sitzposition einzunehmen.
„Das hier ist Lisa Brunners Blutbild“, erklärte sie. „Es wurde nach dem Walzerhausbrand angefertigt. Lisa Brunner wurde damals hier im Krankenhaus Mödling erstversorgt, bevor man sie wenige Tage später nach Wien verlegt hat.“
Schirmer konnte sich auf die Zahlenwerte und die medizinischen Bezeichnungen keinen Reim machen. Er erkannte nur, dass einige der Rubriken mit gelbem Marker angezeichnet waren. „Wer hat das hier angezeichnet? Um was geht's da?“
„Nachdem es schnell gehen musste, habe ich die Gerichtsmedizinerin, Doktor Helfgott, ersucht, mir den Befund zu erläutern. Weißt du, dass sie sehr nett und kooperativ ist?“
„Wieso hast du nicht gleich hier im Archiv gefragt?“
„So einfach ist es auch wieder nicht, Krankengeschichten mitzunehmen.“ Weninger zwinkerte verschwörerisch mit den Augen. Ihr war bewusst, entgegen den Vorschriften, jedoch in Schirmers Sinn gehandelt zu haben.
„Du stehst kurz vor dem Offizierskurs! Glaubst du nicht, dass du dich da ein bisschen zu viel getraut hast?“

„Du wirst mich sicher nicht verraten." Sie grinste ihn frech an.
„Also, was soll das markierte Zeugs da?" Schirmers Finger tippten auf den letzten Abschnitt des Befunds und las laut vor: „Es wurde im Blut der Patientin ein erhöhter Wert an humanem Choriongonadotropin festgestellt. Ansonsten unauffälliger Befund."
Der Ermittler kratzte sich nachdenklich am Kinn. „Was ist ein Choriongonadotropin? Mein Gott, ich kann den Schmarrn nicht einmal richtig aussprechen. Ein Bier täte mir gut."
Eine Servierkraft kam vorbei und nahm das leere Tablett mit.
„Das, was du gerade – übrigens fehlerfrei – ausgesprochen hast, nennt man in Kurzform hCG-Hormon. Es wird in der menschlichen Plazenta gebildet. Lisa Brunner war zum Zeitpunkt der stationären Aufnahme in Mödling schwanger."

33

Im Büro von Sigrid Marisch roch es nach frisch gekochtem Kaffee und dem herben Aroma einer Duftkerze. Obwohl Schirmer und Weninger so aussahen, als könnten sie eine Tasse vertragen, wurde ihnen von ihrer Vorgesetzten keiner angeboten. Mit einer ausladenden Handbewegung forderte sie ihre Mitarbeiter auf, Platz zu nehmen. Viel lieber hätte sie beide einfach vor dem Tisch stehen lassen. Der von ihr selbst immer wieder eingeforderte höfliche Umgang in der Kollegenschaft, verbat ihr diese Sanktion jedoch zu ihrem Bedauern. Harald Schirmer und Iris Weninger wurde aber dennoch deutlich signalisiert, wie es um die Laune der Chefin stand. Minuten vergingen,

in denen ihnen Sigrid Marisch nicht die geringste Aufmerksamkeit schenkte.
Die leitende Beamtin führte zuerst ein Telefonat mit dem Kommandanten der Polizeiinspektion Vösendorf, rief dann einen Sektionschef im Innenministerium an, bei dem sie sich für seine Unterstützung in irgendeiner Sache bedankte, und blätterte anschließend in einer Dienstanweisung, die ihrer Unterschrift bedurfte.
Schirmers Rippen schmerzten, sein Mund war trocken, und hätte er seinen Ledersessel und nicht dieses billige Plastikteil unter seinem Gesäß gehabt, er wäre auf der Stelle eingeschlafen. Das Knarren des Sessels und Schirmers Stöhnen waren die einzigen Geräusche, die durch den Raum schwebten.
Iris Weninger war die Ruhe selbst. Sie bewegte sich keinen Deut, und Schirmer konnte nicht einmal mit Bestimmtheit sagen, ob sie atmete. Ohne jegliche Regung beobachtete sie Marisch so lange, bis die Leiterin des Bezirkspolizeikommandos Mödling den Kopf hob und das Schweigen brach.
„Jochen Kukal ist tot."
Stille.
„Wie ich sehe, berührt euch das nicht besonders. Nun, ich werde erklären, wie es weitergeht. Du, Herr Chefinspektor, wirst den Zwischenbericht vorlegen, den ich angeordnet habe." Sie streckte einen Arm über den Tisch und schnippte dabei mit den Fingern.
‚Weiß die denn nicht, was letzte Nacht geschehen ist?' Schirmer fühlte, dass Marisch diesen Auftritt bestens geplant hatte und das Gespräch in eine bestimmte Richtung lenken wollte. „Du hast doch sicher mitbekommen, dass ich gestern überfallen worden bin. Ich habe mich mit Alois Walzer …"

„Du hast eigenmächtig gehandelt und dieses Treffen arrangiert, ohne jemanden darüber in Kenntnis zu setzen. Mit etwas mehr Pech hätte ich jetzt einen toten Leiter meines Kriminaldienstes und keinen, der hier vor mir sitzt, wie ein Wrack aussieht und den Zwischenbericht nicht fertig hat, weil er macht, was er will. Was er will!“
Marisch hatte es bis zu diesem Moment zuwege gebracht, gefasst zu bleiben. Jetzt zeichneten sich auf ihrer Stirn Äderchen ab, die zu platzen drohten. Ihr Gesicht nahm die Farbe reifer Tomaten an, und der schrille Klang ihrer Stimme war wieder einmal bis in den letzten Winkel des Gebäudes zu hören.
„Frau Oberst, Chefinspektor Schirmer und ich haben eine Theorie ...“
„Eine Theorie? Sind wir Wissenschaftler oder Polizisten? Gerade von Ihnen, Frau Weninger, hätte ich mir ein bisschen mehr Professionalität erwartet. Ich denke ernsthaft darüber nach, ob Ihr Praktikum im Kriminaldienst die richtige Entscheidung war. Möglicherweise wären Sie im Verkehrsreferat besser aufgehoben?“ Sie sprach zu Weninger deutlich leiser als zu Schirmer, ihre Stimme hatte aber einen so gefährlichen Unterton, dass es Weninger kalt über den Rücken lief. „Da ruft mich doch tatsächlich der Staatsanwalt an, weil eine Revierinspektorin Weninger, im Auftrag des Herrn Chefinspektors natürlich, einen Haftbefehl gegen den Sohn von Alois Walzer beantragen will. Der Herr Magister hat Gott sei Dank so viel Menschenverstand bewiesen und sich mit mir absprechen wollen, weil ihm die Sache spanisch vorgekommen ist. Ja, drehen hier jetzt alle durch? Auf welcher Grundlage, Frau Kollegin, wollten Sie denn Alois Walzer Junior verhaften lassen? Haben Sie eine Ahnung, was für eine Lawine losgetreten wird, wenn ein angesehener Politi-

ker, Sohn einer der bekanntesten Persönlichkeiten Mödlings, verhaftet wird und die Suppe so dünn ist?"
Weninger sah ihre Teilnahme am im Herbst beginnenden Offizierskurs in den Bereich des Unmöglichen rücken. Marisch hatte genau den richtigen Schalter umgelegt, wie man der jungen Beamtin ansehen konnte, die in sich zusammensank.
„Jetzt hör doch wenigstens mir zu, Frau Oberst." Schirmer hatte vor dem Gespräch drei Schmerztabletten mit einem kräftigen Schluck Bier hinuntergespült und merkte, dass die einsetzende Wirkung ein wenig von seiner Energie zurückbrachte. Er musste für Weninger in die Bresche springen. „Kollegin Weninger befolgt nur meine Anweisungen. Wenn du jemanden in die Wüste schicken musst, dann mich. Und was Alois Walzer angeht, geh' ich davon aus, dass er vermutlich ein Motiv für die Morde hatte."
„Vermutlich? Ein Motiv? Hast du auch nur eine Sekunde daran gedacht, mit Jochen Kukal zu sprechen? Der ist jetzt tot, und wir haben keine Chance mehr auf ein Geständnis. Das Einzige, auf das wir uns im Moment stützen können, ist der Umstand, dass Jochen Kukal im Wagen von Spergel Spuren hinterlassen hat. Und dann das, was er bei seiner Festnahme sagte: Der Racheengel ist gekommen. Meine Güte, macht doch endlich die Augen auf und schaltet euren Verstand ein! ‚Der Racheengel ist gekommen', hat er gesagt. So war es doch? Was braucht ihr denn mehr?"
„Sagt dir der Walzerhausbrand was?" Schirmer ignorierte Marischs Tirade und versuchte, das Gespräch in ruhigeres Fahrwasser zu lenken.
„Herrgott, was soll denn das schon wieder? Ja, der sagt mir was, ich bin doch kein Prolet. Ich habe mich natür-

lich mit der Geschichte dieser Stadt auseinandergesetzt, bevor ich mein Amt hier angetreten habe. Was hat der Brand nun damit zu tun?"
Schirmer wollte das Unausweichliche abwenden. Er musste gute Argumente finden, wenn er verhindern wollte, was in der Luft lag. „Dann hör mir bitte drei Minuten zu. Es ist im Grund ganz logisch. Die Villa des alten Walzer brennt ab, die Ursache wurde nie restlos geklärt. Als alleinige Überlebende wird seine Stieftochter, Lisa Brunner, in das Krankenhaus Mödling eingeliefert. Sie ist schwer verletzt und verliert bei dem Brand nicht nur ihre Mutter, sondern auch ihren Verstand. Die Ärzte stellen neben schweren Rauchgasvergiftungen auch eine Schwangerschaft fest. Das haben wir schwarz auf weiß. Iris hat sich die Befunde von damals besorgt. Es kommt noch besser. Vor dem Brand wird Alois Walzer Junior aus heiterem Himmel aus seinem Umfeld gerissen und nach Deutschland geschickt. Ich habe mit dem Kollegen gesprochen, der damals in der Brandsache ermittelte. Dem haben sie den Fall weggenommen, weil er einige Dinge angesprochen hat, die für einen Skandal gesorgt hätten. Laut seiner Aussage gab es Gerüchte, wonach in der Familie des so angesehenen Herrn Bürgermeisters Gewalt und vielleicht sogar sexueller Missbrauch an der Tagesordnung gewesen sind. Kurz bevor das alles passiert, bricht plötzlich Justus Spergel, der Vater der Mordopfer mit seinem besten Freund und politischen Weggefährten, Alois Walzer Senior, und zieht sich völlig zurück. Leider können wir den auch nicht mehr befragen, er starb vor Jahren an einem Herzinfarkt. Und schließlich hast du dir doch auch die Tatortberichte durchgelesen. An beiden Tatorten finden wir die DNA einer unbekannten Frau."

Schirmer hielt inne, um die Wirkung seiner Worte abschätzen zu können.
Marisch war ein Eisblock. „Und? Wie geht es weiter?"
„Sag einmal, Frau Oberst. Dämmert es dir nicht auch langsam? Zähl du doch endlich eins und eins zusammen! Die DNA stammt von Lisa Brunner. Aus irgendeinem Grund stand Justus Spergel mit den Vorfällen im Zusammenhang, vielleicht wussten sogar seine Söhne davon. Lisa Brunner ist jetzt wieder aufgetaucht, um sie alle für ihr einstiges Schweigen zur Rechenschaft zu ziehen."
„Lisa Brunner ist aus der psychiatrischen Anstalt entlaufen und nie wieder aufgetaucht, Schirmer. Weißt du, wie viele Menschen jedes Jahr einfach so verschwinden? Das Mädchen war, nach all dem, was ich gelesen habe, verrückt. Vermutlich ist sie in der Wildnis ertrunken, erfroren oder sonst was."
Schirmer überging Marischs Einwände. Er musste das hier zu Ende bringen und verhindern, dass es passierte. „Dann ruft Alois Walzer bei uns an, ist völlig aufgelöst und will sich unbedingt mit mir treffen. Gut gespielt hat er das! Als es dann so weit ist, lauern er und Brunner mir auf und bringen mich beinah um."
„Weil du entgegen jeglicher Vernunft und in Missachtung der Vorschriften allein losgezogen bist, wie ein Cowboy." Marisch schüttelte den Kopf und sah ungläubig zu Weninger, die ihrem Kollegen gebannt zuhörte. „Du willst mir also weismachen, dass sich die beiden in ihrer Jugend geschlagenen und missbrauchten Stiefgeschwister auf einem Rachefeldzug befinden. Oh, ich vergaß zu erwähnen, dass wir nicht wissen, ob sie denn wirklich geschlagen und missbraucht worden sind. Unsere Informationen darüber beziehen wir von einem pensionierten

Kollegen, dem man den Fall weggenommen hat. Konnte ich dir bis hierher folgen, Herr Chefinspektor?"
„Herrgott, noch einmal!" Schirmer merkte erst jetzt, dass er aufgestanden war und mit den Händen auf die Tischplatte trommelte. ‚Nicht nachgeben jetzt!' – „Das liegt doch auf der Hand, ich habe einen Riecher für so etwas! Die Kinder wurden jahrelang misshandelt und am Ende hat der Drecksack seine eigene Stieftochter geschwängert. Der Sohn wurde ins Exil geschickt, und die Mutter von Lisa Brunner war angeblich so abhängig von ihrem Mann, die hätte nie im Leben Anzeige erstattet. Wie denn auch? Alois Walzer Senior war doch fast ein Gott in dieser Scheißstadt! Und Justus Spergel, da wette ich meinen Arsch drauf, hat sich auch an den Kindern vergriffen. Mit Zustimmung seines Freundes natürlich. Das mag dir vielleicht konstruiert vorkommen, aber tief in mir weiß ich, dass die Morde an den Spergels ihre Wurzel in den Dingen haben, die vor dem Brand geschehen sind."
Er nahm ächzend Platz. Die Stirn war nassgeschwitzt, und sein Speichel schmeckte bitter in der Mundhöhle. Während er mit der bleiernen Schwere seiner Lider rang, fühlte er Iris Weningers Hand auf seinem rechten Oberschenkel. Sie drückte ihn sanft, und er wusste nicht, wie er diese Geste deuten sollte. Merkte sie, dass er völlig entkräftet war? Stellte der zarte Griff einen Versuch dar, ihn hier zu behalten. Oder war es stiller Applaus für das eben Gesagte? Immerhin zeigten seine Ausführungen offenbar Wirkung.
Marisch blickte beim Fenster hinaus und klammerte sich an die Lehnen ihres Sessels. Sie dachte nach, und Weninger sah ihr an, dass sie mit etwas rang, Fakten gegeneinander aufwog und schließlich zu einer Entscheidung gelangte.

Sie rollte langsam wieder an die Tischplatte heran und griff, ohne ein Wort zu sagen, in eine kleine Holzschatulle, die neben dem Bildschirm ihres Computers stand. Schirmer war verblüfft über den Zigarillo, den sie hervorholte. In den Jahren ihrer Zusammenarbeit hatte er Oberst Marisch nie rauchen gesehen. Als der Rauchkringel den Ermittler traf, sah sie unvermittelt in seine Augen. „Was du mir da erzählt hast, bringt mich karrieremäßig um, wenn ich damit an die Öffentlichkeit gehe. Nebenbei bemerkt, finde ich deine Schlussfolgerungen falsch. Ich kann mir nicht erklären, wie du mir so einen Mist auftischen kannst und dabei noch wirkst, als würdest du das alles selbst glauben. Richtig ist, dass du nach Tagen immer noch im Dunklen tappst und dir nicht eingestehen willst, dass dich der Fall überfordert. Halte mir deine Theorie in einem Aktenvermerk fest und schicke mir das dann als E-Mail. Um siebzehn Uhr kommen zwei Kollegen vom Landeskriminalamt und übernehmen den Fall. Wenn du sie eingewiesen hast, werde ich dich krank melden. So wie du aussiehst, bist du nicht dienstfähig und kannst ein paar Woche Krankenstand brauchen. Es tut mir leid, dass ich dir mit dem Fall zu viel zugemutet habe, aber anscheinend ist die Sache eine Nummer zu groß für uns. Was ich brauche, ist ein Ansatz zur Klärung und keine Hirngespinste, die auf den Erinnerungen eines pensionierten Kriminalbeamten und deinem Riecher beruhen. Halte dich bitte zur Verfügung. Ich rufe dich an, wenn die Kollegen da sind."
Marisch bemerkte aus den Augenwinkeln, wie Schirmer sie fassungslos musterte. Ihre nächsten Worte galten bereits Iris Weninger.
„Sie, Frau Weninger, werden den Beamten des LKA zur Hand gehen. Am Ende Ihres Praktikums möchte ich kei-

nen Grund dazu haben, Sie negativ beurteilen zu müssen. Das sehen Sie doch auch so?"

34

Schirmer blickte nach draußen. Die Fahrzeugkolonnen auf der Hauptstraße kamen wie immer um diese Uhrzeit nur im Schritttempo voran. Träge schoben sich die Blechschlangen in entgegengesetzten Richtungen an Alis Kebabhaus vorbei. Der Nachmittagsverkehr hatte eingesetzt. Schirmer beobachtete einen Jungen, der mit seinem Roller gemächlich den Gehsteig entlangfuhr und dessen volle Aufmerksamkeit der Eistüte in seiner Hand galt. Trotz seiner niedrigen Geschwindigkeit überholte er in den Sekunden, in denen er sich in Schirmers Blickfeld befand, ohne Mühe mehrere Fahrzeuge, die auf der Fahrbahn dahinkrochen.

Der Gestank der Blechlawine strömte in das Innere des Lokals und vermischte sich mit den Aromen von heißem Fett, am Spieß bratenden Fleisch und den Ausdünstungen der Gäste. Laut schimpfend schloss Ali die Tür und blickte dabei zahnlos lächelnd zu dem Tisch, an dem Weninger und Schirmer saßen. Ohne ein Wort zu sagen, hielt Schirmer das leere Bierglas in die Luft, das Ali im Vorbeigehen an sich nahm und Schirmer mit verständnisvollem Nicken wissen ließ, dass umgehend Nachschub folgen würde.

Iris Weninger blickte der gedrungenen Gestalt mit der schmutzigen Schürze nach, bis sie hinter der Theke verschwand. „Ist es klug, wenn du noch eines trinkst? Hast du nicht vorhin Schmerztabletten genommen?", wandte sie sich Schirmer zu, der ihr gegenüber saß und gerade mit seinem Lammspieß fertig geworden war.

Er rülpste ohne den Mund zu öffnen und lehnte sich zurück. „Jetzt, wo ich was im Magen habe, vertrage ich schon noch eines. Außerdem spüre ich da die Rippe nicht so stark." Er zündete sich eine Zigarette an und sah auf die Wanduhr. Punkt drei.

Weninger ging nicht auf Schirmers Rechtfertigung ein. Sie kannte diesen Teil von ihm bereits gut genug, und ihr war klar, dass man auf diese Weise nicht zu ihm vordringen konnte. Schirmers Alkoholkonsum war in diesem Moment auch nicht das Thema, das ihr unter den Fingernägeln brannte. „Wie geht's nun weiter?", fragte sie zögerlich.

„Wie soll es schon weitergehen? Du machst, was dir der Drachen da drüben anschafft, und arbeitest schön brav mit den Affen vom LKA zusammen." Er zeigte durch die Scheibe auf den Teil des Bezirkspolizeikommandos, den man von Alis Kebabhaus aus sehen konnte.

„Und du? Ist für dich damit alles erledigt? Das kann ich dir nicht glauben."

„Denkst du das?" Er dämpfte die halbe Zigarette aus, kramte die Schachtel mit den Tabletten aus seiner Hosentasche und drückte sich eine weitere Pille aus dem Blister. „Wenn der Scheiß nicht so weh tun würde. Ich hau' denen vom LKA die Unterlagen hin und verabschiede mich für ein oder zwei Tage in den Krankenstand. Was aber nicht heißt, dass ich untätig daheim herumsitzen werde. Alois Walzer ist in Mödling, ich werde herausfinden, was er hier macht und warum er mich aus dem Weg räumen wollte. Ob du es glaubst oder nicht, ich bin davon überzeugt, dass er sich nur deswegen mit mir getroffen hat, weil ich irgendwo reingestochen habe. Eine Frage, ein Anruf, irgendetwas muss es gewesen sein. Es liegt vor mir, da bin ich überzeugt. Nur kann ich es noch nicht erkennen." Ali kam und stellte ein Glas frisch gezapften Biers vor Schirmer auf den Tisch. Der Ermittler betrachtete die Schaumkrone und fuhr dabei fort. „Du lehnst dich nicht hinaus, hörst du? Immerhin hast du etwas zu verlieren. Die Alte ist dazu im Stande, die lässt dich aus dem Offizierslehrgang schmeißen. Natürlich informierst du mich, wenn sich da drüben etwas Wichtiges tut, ist das klar?"

„Du kannst nicht anders, wie?" Weninger begann zu lachen und schüttelte dabei ungläubig ihren Kopf. „Sobald du ein wenig von deiner Verkleidung ablegst und es menscheln lässt, schickst du gleich eine Nettigkeit hinterher, damit ja niemand vergisst, wie rau du sein kannst."

„Was soll das jetzt?" Schneeweißer Schaum haftete rund um Schirmers Lippen und gab dem fragend dreinblickenden Gesicht etwas Komisches. Der Kriminalbeamte ähnelte einem Clown, dem gerade ein Eimer Wasser über den Kopf gegossen wurde.

„Eben hast du versucht, mich aus der Schusslinie zu nehmen, weil du dir Sorgen um meine Karriere machst. Gleich darauf erteilst du mir mit einem gebellten ‚Ist das klar?' einen Auftrag. Ich habe dich von Anfang an durchschaut. Du bist nicht der Arsch, der du vorgibst zu sein. Aus irgendeinem Grund hast du eine Mauer um dich herum errichtet, Herr Chefinspektor."

„Da sitzt dieses junge Ding mit nicht einmal sieben Dienstjahren und analysiert mich. Echt, darauf habe ich gerade keinen Bock. Meine Rippen tun weh, der Schädel genauso, und wenn ich eine Einheit beim Psychiater brauche, dann rufe ich einen an oder ich melde mich bei meiner Frau. Die kann das auch sehr gut." Schirmer schaute aus dem Fenster. Er wollte keinen Blickkontakt

zu seiner Kollegin riskieren. Dafür fühlte er sich gerade zu angreifbar. Iris Weninger hatte bereits tiefer in ihn hineingesehen und mehr erkannt, als ihm lieb war.
„Wie seid ihr eigentlich verblieben, deine Frau und du?"
„Wir sind gar nicht verblieben." Er hob die Schultern und wünschte sich, dass sich das Gespräch wieder um den Fall drehen würde, und nur darum.
Weningers Telefon hatte ein Einsehen und begann zu vibrieren. Zu seiner Überraschung war es Doktor Sonja Helfgott, die ihn aus der peinlichen Situation befreite. Er wunderte sich zwar, dass die Gerichtsmedizinerin auf Weningers privatem Handy anrief, war aber über den vertraulichen Ton des Gesprächs noch mehr erstaunt.
„Ja, danke Sonja … das finde ich übrigens auch. Ich weiß gar nicht, wie ich dir danken soll. Wenn du einmal etwas brauchen solltest, dann melde dich einfach bei mir. Ja, in ein paar Monaten geht es los … gern, bleiben wir doch in Kontakt." Weninger lachte verlegen. Mit Sicherheit war sie gerade auf ihre Ambitionen für den höheren Dienst angesprochen worden. Nachdem das Gespräch beendet war, blickte sie Schirmer erregt an. „Mit der Sonja … äh der Doktor Helfgott kann ich sehr gut. Wir haben gleich gemerkt, dass wir uns auf einer Wellenlänge befinden."
‚Was habe ich mir anderes erwartet? Wenn sich Weiber verbünden, kommt nur Ärger raus.' – „Und? Hat sie sich erkundigt, ob ich todunglücklich bin, weil mich die Alte vom Fall abgezogen hat?" Schirmer trank den letzten Rest aus und dachte darüber nach, ob er ein weiteres Glas bestellen sollte.
„Stell dir vor, du bist eben nicht einmal Randthema gewesen." Iris Weninger bückte sich nach ihrer Tasche und stellte ihr Notebook zwischen sich und Schirmer auf den Tisch. „Sonja war so nett und hat sich bezüglich Lisa

Brunner noch ein wenig erkundigt. Sie hat in der psychiatrischen Anstalt angerufen, in der Lisa bis zu ihrem Verschwinden gewesen ist. Zumindest diesen Teil der Ermittlungen können wir uns nun sparen." Weninger rief ihre Nachrichten ab.

„Was hat dir deine neue Freundin denn erzählt, dass du so einen roten Kopf bekommen hast." – ‚Würde mich nicht wundern, wenn die beiden lesbisch sind.'

Sie tippte auf der Tastatur und schaute angestrengt für einige Sekunden auf den Bildschirm. „Es gibt dort zwar keinen Befund mehr über Lisa Brunner, aber wir haben nun ein Foto."

„Von Lisa Brunner?"

„Ja, aufgenommen von der Anstaltsleitung, anlässlich einer Weihnachtsfeier. Es handelt sich um ein Gruppenfoto ... was ich hier lese ... ist Lisa Brunner die dritte von links. Das pummelige Mädchen ... ich zeig's dir gleich. Ist zwar alt, aber wenigstens haben wir einen Ansatz, wie sie heute aussehen könnte. In den Archiven habe ich ja nichts gefunden." Sie drehte das Notebook so herum, dass Schirmer auf den Bildschirm blicken konnte. „Bitte sehr, darf ich vorstellen? Lisa Brunner!"

Das leere Bierglas fiel zu Boden und zerbrach in unzählige Splitter. Im selben Augenblick war die Wirkung der schmerzstillenden Tabletten vorüber. Die Rippe pochte so heftig, dass er sich einbildete, man könnte es im ganzen Lokal hören. Schweiß machte sich auf Schirmers Stirn breit, seine Hände zitterten, während er sich über den Computer beugte. Er sah dieses schüchterne Mädchen auf dem Bild. Die Schwangerschaft war ihr bereits anzusehen, denn der Bauch wölbte sich verräterisch unter den verschränkten Armen. Er kannte dieses Gesicht bereits. Nachdem er die Bildschirmansicht vergrößert hatte, wurde ihm plötzlich bewusst, was er sah. Es schauderte ihn, als er sich daran erinnerte, wo er diesen wachsamen Blick und diese funkelnden Augen bereits gesehen hatte.

35

So fühlt es sich also an, wenn man stirbt. Die Welt um ihn herum verschwand hinter den immer schwerer werdenden Lidern. Er brachte es nicht mehr fertig, die Augen offen zu halten oder gar den Kopf zu heben. Kraftlos lag sein Kinn auf der nackten Brust. Die vorgetragenen Gebete und Gesänge vermischten sich in seinem Gehirn mit Erinnerungen an seine früheste Kindheit.

Mutters unbeschwertes Lachen, wenn sie ihn beim Spielen im Garten beobachtet hatte. Ihre weichen Lippen auf seinen Wangen, wenn sie ihn hochgehoben und liebkost hatte. Die sanften, über seinen Kopf streichelnden Hände, wenn er nicht einschlafen hatte können. Ihr Weinen, nachdem der Arzt gegangen war. Der Tag des Abschieds, an den man sie in die Grube hatte gleiten lassen. Die traurige Musik und die verzweifelten Gesichter um ihn herum.

Der Schmerz in den Unterarmen wurde weniger, das Gefühl wich aus den Händen. Er spürte nur noch das kalte Eisen der Nägel, die man ihm durch Elle und Speiche seiner beiden Arme getrieben hatte. Sein eigenes Körpergewicht zog ihn langsam nach unten. Das Einatmen fiel immer schwerer und wurde allmählich zu einer Tortur. Ein unsichtbares Band lag um seinen Brustkorb und zog sich mit jedem Atemzug enger zusammen. Die Luft brannte in den Lungen, die Rückenmuskeln verhärteten sich unter Krämpfen, er spie.

So fühlt es sich also an, wenn man stirbt.
Das Pfeifen in den Ohren nahm zu. Nach und nach versagte ihm auch das Gehör den Dienst. Die Stimme wurde leiser, so als würde sich der sprechende und singende Mensch von ihm entfernen. Er wusste, dass ihn diese Empfindung täuschte. Jemand war nach wie vor da und umrundete ihn, wie er an den Vibrationen des Bodens spürte.
Er war es, der diesen Ort verließ.
Er fühlte die Traurigkeit von damals wieder. Mutter war gegangen und hatte ihn allein gelassen. Allein mit seinen Ängsten und Sorgen. Allein mit Vater. Würden beide auf ihn warten, dort, wo er nun hinging? Würde Mutter ihn in die Arme nehmen, so wie früher, und vor Vater beschützen?
Die Trauer von einst wich einer Freude, die stärker war als alles, was er jemals empfunden hatte. Er entfernte sich aus seinem Körper und sah sich trotz geschlossener Augen schweben. Helligkeit erfüllte ihn. Ein Licht, vollkommen in seinem Leuchten und seiner Reinheit, trug ihn fort.
Stille empfing ihn. Und Leichtigkeit.
Er spürte die Lanze nicht mehr, die man in seinen Bauch bohrte, um sicherzugehen, dass er wirklich tot war.

36

Der Dienstwagen fegte wie einige Tage zuvor auf der A3 in Richtung Süden. Anders als bei seiner ersten Fahrt nach Niederrat, war es jetzt keine Wolkenwand, vor der Schirmer floh. Er lieferte sich einen Wettlauf mit der Zeit. In einer halben Stunde müsste er eigentlich den Fall an das LKA abtreten, sich krank melden und nach Hause fah-

ren. Davon war er nun allerdings mindestens genauso weit entfernt wie von seinem Fahrziel, dem Haus Nummer 29 in Niederrat. Mit ein wenig Glück würde er dort auf das treffen, was sich eben in seinem Kopf zu einem Ganzen zusammengefügt hatte.
Schirmer hatte sich nicht lange mit Erklärungen aufgehalten und Iris Weninger beauftragt, sämtliche Unterlagen zum Fall aus ihrem Büro zu holen und im Wagen auf ihn zu warten.
Auch jetzt, obwohl sie bereits über zwanzig Minuten unterwegs waren, tappte Iris Weninger noch im Dunkeln.
„Jetzt sag schon, warum wir dorthin fahren. Immerhin müssten wir in weniger als einer halben Stunde mit dem ganzen Zeug da bei Oberst Marisch vorstellig werden." Sie zeigte auf die drei schwarzen Ordner, die auf der Rückbank des Wagens lagen. Ein vierter lag geöffnet vor ihr. Sie suchte darin nach den Bildern aus Jochen Kukals Keller.
„Du hast die Bilder bei diesem … Altar … doch fotografiert?", fragte er unsicher nach und wurde ungeduldig, weil Weninger die Kopien der Fotos nicht finden konnte.
„Ja, und ich werde sie auch sicher gleich finden, wenn du mich suchen lässt und den Wagen auf der Straße hältst."
Schirmer fuhr, als wäre der Teufel hinter ihnen her. Er wechselte den Fahrstreifen, ohne zu blinken, fuhr beinahe auf das Fahrzeug vor ihnen auf und betätigte so lange die Lichthupe, bis ihm der Weg freigemacht wurde. Nach einem weiteren Überholmanöver, das beinah in der Leitplanke geendet hätte, wurde Weninger fündig. „Bitte, ich hab sie gefunden, was willst du da jetzt wissen?"
„Die Bilder, wie heißen die noch mal? Du hast die Namen doch gewusst, los, sag schon." Seine Stimme bebte vor Erregung. Er konnte nicht glauben, dass es so gekom-

men war. Sein Körper schüttete so viel Adrenalin aus, dass er seine Schmerzen völlig vergaß. Die gebrochene Rippe, seine Kopfschmerzen, die Müdigkeit, all das wich dem Jagdtrieb. Durch diese unerwartete Fügung war er plötzlich zum Jäger geworden. Das Blatt hatte sich gewendet.

„Das erste heißt Verleugnung", las Weninger. „Ja, genau, jetzt weiß ich es wieder. Verleu..."

„Und was ist da gemalt, los, beschreib! Mensch, mach schneller." Er war außer sich.

„So eine Art Kopf, der zu Boden blickt, umgeben von Schatten, eigentlich sehen die wie eine Hand aus, die den Kopf zu Boden drücken."

„Und das in der Mitte? Das war doch was wie Feuer oder so ähnlich?"

„Reinigung, Harald." Weninger betrachtete das Bild einige Zeit und beschrieb dann weiter. „Hier sterben Menschen in einem Feuer. Manche freuen sich anscheinend darüber, andere leiden furchtbar ... so stelle ich mir das Fegefeuer vor."

„Ja, genau das soll es auch sein. Im ersten Bild herrscht Zwang, Druck, jemand muss sein wahres Ich leugnen. Mein Gott, bin ich gut!" Schirmer fuhr aufgebracht fort. „Das zweite Bild stellt eine Veränderung dar. Einen Umbruch! Und wenn ich das dritte Bild noch richtig im Kopf habe, dann nennt sich das Verwandlung?"

„Transformation, Harald." Weninger blickte durch die Frontscheibe und klammerte sich an den Haltegriff. Schirmer setzte zu einem weiteren waghalsigen Überholvorgang an.

„Ja, Transformation", stimmte er zu. „Der gleiche Kopf, wie auf Bild eins. Nur diesmal verändert, befreit, verwandelt, verstehst du?"

„Nein, eigentlich immer noch nicht."
„Der Zyklus der Seele ist nichts anderes als die Darstellung einschneidender Lebensstationen."
„Tristan Tobler hat Teile seines Lebens damit aufgearbeitet? Das kommt bei Künstlern schon mal vor."
„Du hast es beinah erraten! Es sind nicht die Stationen seines Lebens, die Tobler da festgehalten hat. Es handelt sich um Ares' Geschichte. Sein Assistent, ich habe dir von ihm erzählt. Aber nennen wir ihn nicht länger so, sagen wir lieber Lisa Brunner zu ihm."
Iris Weninger musste die Schlussfolgerungen ihres Partners erst einmal verdauen. Wenn Schirmer richtig lag, hatte Lisa Brunner den Walzerhausbrand gelegt und damit ihr jahrelanges Martyrium beendet. Eine Zeit, die das Bild mit dem Titel Verleugnung skizzieren sollte. Der Brand selbst, die Vernichtung ihrer Dämonen, fand Platz im sogenannten Hauptwerk des Arrangements, der Reinigung. Stand die Transformation am Ende wirklich für eine reale Verwandlung? Hatte Lisa Brunner all das zurückgelassen, was von ihrem früheren Leben geblieben war? Musste sie am Ende auch noch ihr Geschlecht verändern, um sich völlig frei fühlen zu können? Oder war Ares einfach das andere Ich einer gespaltenen Persönlichkeit?
Je länger sie über Schirmers absurde These nachdachte, desto mehr konnte sie all dem abgewinnen. Was war an den Ereignissen der letzten Tage schon normal gewesen? Die völlig bizarre Wendung der Ermittlungen passte perfekt zu den bisherigen Vorfällen. Und wenn der überdrehte Chefinspektor neben ihr völlig falsch lag, würden sie beide vielleicht in wenigen Tagen Strafzettel ausstellen und sich mit Ruhestörungen herumschlagen müssen.

„Wenn das alles zutrifft, sollten wir dann nicht Verstärkung anfordern? Zumindest ein oder zwei Streifenwagen aus der Gegend?"
„Keine Chance, Iris. Wir sind den Fall ja praktisch schon los. Was glaubst du, was geschieht, wenn ich das alles der Alten erzähle?"
„Die schickt uns auf den Zitronenhügel."
„Genau ... ha ... Zitronenhügel, ich lach' mich tot mit dir." Schirmer trommelte mit den Fingern auf das Lenkrad und verließ die Autobahn an derselben Ausfahrt wie vor wenigen Tagen.
„Uns, hab' ich gesagt! Ich häng' da auch mit drin."
„Ich fahr' jetzt nach Niederrat und hol' mir den Tobler und diesen Ares – oder die Brunner, wenn du so willst. Wenn dir die Sache zu brenzlig wird, lasse ich dich vorher aussteigen." Iris Weninger überging Schirmers Angebot. „Hast du das überhaupt richtig mitbekommen? Jochen Kukal ist tot."
„Ja, das Schwein hat's nicht anders verdient. Sind wir froh, dass er über den Jordan gegangen ist und nicht Arno."
„Ich habe es dir schon gesagt, ich habe richtig gehandelt, da bin ich felsenfest überzeugt ..."
„Ja, was dann noch?"
„Harald, ich habe einen Menschen getötet, das wird mir jetzt erst richtig bewusst."
Sie erreichten eine Ortseinfahrt. Schirmer verringerte die Geschwindigkeit und sah zu seiner Beifahrerin. „Willst du aussteigen?"
„Ich wollte dir nur eben mitteilen, was ich empfinde. In mir beginnt das alles jetzt zu arbeiten."
Er lenkte den Wagen in die Parkbucht einer Bushaltestelle. „Mir ist bewusst, dass das kein Klacks ist. Wenn du

das Bedürfnis hast, werde ich dich auch bei der Aufarbeitung unterstützen. Aber jetzt, Iris, fahr' ich nach Niederrat und prügle die Scheiße aus ihnen heraus, bis sie mir alles erzählen, was ich wissen will. Jetzt, Iris! Das ist genau das, was ich jetzt tun werde. Und deshalb biete ich es dir noch einmal an. Steig aus, gib mir zehn Minuten und rufe dann von mir aus Unterstützung. Wo die hin müssen, weißt du ja."
Mit quietschenden Reifen fuhr der Wagen wieder an. Iris Weninger war nicht ausgestiegen.

37

Niederrat lag im Glanz der untergehenden Sonne vor ihnen, wie ein schlafendes Tier. Schirmer hatte den Wagen am anderen Ende des Dorfes hinter einer Scheune abgestellt und näherte sich mit Weninger nun dem rot gestrichenen Haus im Schutz der Rebstöcke eines Weinbergs, dessen Hang zum Ort hin sanft abfiel.
Niederrat verfügte über eine einzige Straße, die bezeichnenderweise Hauptstraße hieß. An ihr lagen die neunundzwanzig Wohnhäuser, die Kirche und das Wirtshaus. In der ganzen Siedlung war kein Anzeichen von Leben auszumachen. Anscheinend schlief der Ort jetzt schon, obwohl es noch nicht einmal acht war.
Die Reben standen in Reih und Glied, wie Soldaten, die auf das Zeichen zum Angriff warteten, und boten den beiden Polizisten eine ideale Deckung. Man merkte, dass einer von ihnen gut trainiert, der andere mit jeder Art von sportlicher Bewegung überfordert war. Weningers gleichmäßige Schritte verschafften ihr schnell einen Vorsprung auf Schirmer. Sie musste mehrmals anhalten, damit er zu ihr aufschließen konnte.

Die wenigen Steine, die aus dem fruchtbaren und schweren Boden ragten, schienen förmlich auf Schirmer zu warten. Alle paar Schritte fluchte der Ermittler leise vor sich hin, weil sich schon wieder etwas Spitzes durch die dünnen Sohlen seiner Sandalen gebohrt hatte. Durch die unnatürlich gekrümmte Haltung, mit der er versuchte, eins zu werden mit den Reben, drückte der kalte Lauf der Dienstpistole unablässig gegen die Speckringe an seiner Taille. Er konnte sich nicht mehr erinnern, wann er die Waffe zuletzt getragen hatte. Er war vor der Fahrt nach Niederrat einfach einer Vorahnung gefolgt und war nun darüber beunruhigt. Sein Instinkt täuschte ihn selten, und wenn er auch jetzt richtig lag, würde einiges auf ihn zukommen.
Ein leiser Pfiff ließ Weninger anhalten. Sie drehte sich zu Schirmer um, der sich gerade die letzten Meter des Hangs hinunterquälte. Die Reben endeten dort und wichen einem Streifen mit verbranntem Gras, der bis zur Wand reichte. Auf der Rückseite des Hauses befanden sich keine Fenster, die Gefahr entdeckt zu werden, war gering.
Die zwei wagten sich aus der Deckung. Weninger streckte den Rücken durch und sondierte die Lage. Nichts regte sich.
Keuchend trat Schirmer neben sie und betrachtete die Rückseite der Häuserwand. Vierzehn Wohneinheiten reihten sich auf dieser Seite der Straße nahtlos aneinander, ihr Ziel bildete das Ende dieser Anordnung. Einige der Gebäude verfügten über Gärten, von denen aus man den Weinberg gut einsehen konnte. Trotz der angenehmen Temperatur war auch in den Gärten und auf den Terrassen kein Mensch zu sehen. Schirmer bückte sich und spuckte aus. „Okay, Iris. Bis hierher hätten wir

es geschafft." Er griff sich an die Seite. Der Schmerz wurde wieder stärker. „Wir gehen jetzt an der Hauswand entlang, bis wir die Vorderseite erreichen. Du bleibst immer hinter mir und hältst meinen Rücken frei."
„Sollte ich nicht besser vorn sein, Harald? Ich glaube, das würde Sinn machen." Sie wollte ihn nicht direkt auf seine Verfassung ansprechen, die mit jeder Minute deutlich schlechter wurde. Er schwitzte wieder stark und die Lippen bewegten sich auch dann, wenn er nicht sprach.
„Nein, du folgst mir. Basta! Ich war schon mal hier und kenne mich aus. Gleich um die Ecke ist der Eingang. Wir schauen, dass wir dorthin kommen, dann sehen wir weiter."
Das Tor stand weit offen und wirkte wie der Schlund eines heimtückischen Monsters, das auf Beute wartete.
Schirmer blickte die Straße entlang, nichts bewegte sich. Er spürte eine Hand auf seiner Schulter. Weninger zeigte ihm damit, dass sie da war, den Bereich hinter ihm sicherte. Er nickte dankbar und versuchte die Schmerzen zu unterdrücken.
Im Innenhof des Hauses stand die Luft. Die Sonne hatte die Steinplatten am Boden den ganzen Tag über aufgeheizt, kein Lüftchen regte sich. In der Mitte des Platzes gurgelte das Wasser im Springbrunnen wie bei Schirmers erstem Besuch. Auch diesmal konnte er nicht erkennen, was die beiden Männerkörper inmitten des Steinrings miteinander taten. Während dem einen das Wasser aus dem Mund rann, packte ihn der andere von hinten. Im Vorbeigehen tippte Schirmer eher auf einen Würgegriff als auf eine zärtliche Annäherung.
Nachdem sie die Mitte des Platzes erreicht hatten, teilten sich die Ermittler, ohne ein Wort zu sprechen. Weninger glitt wie eine Katze in den rechten Säulengang, Schirmer

quälte sich auf die linke Seite. Die Türen, die den Portikus säumten, waren allesamt geschlossen. Schirmer ärgerte sich jetzt über sich selbst. Ihr Einsatz war alles andere als professionell geplant. Tristan Tobler hatte zwar etwas von seinen Gefährten erzählt. Seinen Jüngern, in deren Zentrum er stand. Der Ermittler hatte es aber unterlassen nachzufragen, wie viele Menschen auf dem Grundstück nun tatsächlich lebten. Würden es mehr als zwei sein, hätten sie ein weiteres Problem.
Hasler hätte ihn zurückgepfiffen. Den Uneinigkeiten über die weitere Vorgehensweise wäre ein Streit gefolgt. Am Ende hätte Schirmer seinen Assistenten beleidigt, mit ihm minutenlang kein Wort gesprochen und dann doch auf ihn gehört. Sie wären mit einer Armada nach Niederrat gekommen. Schirmer hörte jetzt das Schlurfen seiner eigenen Schritte. Der Schmerz in seinem Oberkörper wurde heftiger, stechend strahlte er bereits in das linke Bein aus. Irgendwo vor ihnen knarrte eine Tür. Beide blieben gleichzeitig stehen. Schirmer lehnte sich an die Säule vor ihm und zog die Pistole aus dem Holster. Er blickte auf die andere Seite des Hofs und sah Weninger, die bereits einige Schritte weitergegangen war, in geduckter Haltung hinter einer Säule verharrte und zu ihm herüberblickte. Ihr Handzeichen deutete Schirmer als Aufforderung, auf gleiche Höhe aufzuschließen.
Der Platz wurde schmäler, die beiden Längsseiten des Säulengangs liefen aufeinander zu und endeten schließlich vor einer massiven Tür, die ein Ebenbild des Haupteingangs darstellte. Schirmer erinnerte sich, dass bei seinem ersten Besuch Ares dahinter verschwunden war, um den Maler zu holen.
Die Tür war jetzt nur angelehnt, beißender Geruch machte sich breit.

„Könnte das Atelier sein“, flüsterte Schirmer zu Weninger, nachdem sich beide links und rechts der Tür aufgestellt hatten.
„Stinkt nach Farben oder Teer, irgend so was in der Art“, pflichtete ihm seine Kollegin bei und versuchte erfolglos, mit ihrer Schuhspitze die Tür ein wenig weiter zu öffnen. Das Türblatt war zu schwer und gab nicht nach.
Schirmer griff wortlos mit der rechten Hand nach dem schweren Griff aus Eisen, hob die Linke und zeigte mit dem Lauf der Pistole auf die Tür.
Weninger verstand.
Energisch riss Schirmer an der Klinke. Die Tür schwang überraschend leicht auf, traf seine Schulter und warf ihn beinahe zu Boden. Mit Mühe verhinderte er den Sturz und folgte Weninger durch die Öffnung.
Das grauenhafte Arrangement, das sich vor ihnen auftat, ließ sie in der Bewegung erstarren.
Ein Engel erwartete sie.
Und ein Meer von roten Kerzen.

38

Schirmer und Weninger mussten die Köpfe in den Nacken legen, um die bizarre Situation in ihrer Gesamtheit erfassen zu können. Die Gestalt stand auf einem zylinderförmigen Podest aus Holz, das sich an der Rückwand des Ateliers befand, und streckte ihre Hände von sich. Eine schneeweiße Robe, in die goldene Fäden eingewebt waren, und blondes Haar, das offen auf die Schultern fiel, verliehen ihr das Aussehen eines Engels. Im gesamten Raum waren brennende Kerzen verteilt, die der Szenerie einen feierlichen Charakter verliehen. Ein entrückter Blick aus wasserblauen Augen fixierte die näher kom-

menden Kriminalbeamten. Schirmer blickte nach oben. Über ihren Köpfen verlor sich das Licht im Schwarz des Dachstuhls.
Das verklärte Lächeln, mit dem er begrüßt wurde, kannte er bereits. Dass etwas am Verhalten dieser Person unstimmig war, hatte er schon bei ihrer ersten Begegnung gemerkt. Ein ungreifbares Empfinden hatte sich im hintersten Winkel seines Gehirns eingenistet und verhindert, dass die Ermittlungen in die von Sigrid Marisch gewünschte Richtung gingen.
Heiseres Lachen und das mechanische Klicken eines Benzinfeuerzeugs hießen sie willkommen. Das flackernde Licht spiegelte sich in zahlreichen schwarzen, nach Öl riechenden Pfützen, die zwischen ihnen und dem Podest lagen. Über den gesamten Boden waren Kanister, Lackdosen und andere Behältnisse verteilt, deren Beschriftungen ihren brennbaren Inhalt verrieten.
Schirmer blieb abrupt stehen, als er die Nässe fühlte, die durch seine Sandalen an ihm hochkroch. Er stand mitten in einer Lache aus Öl. Als er einen Schritt zurückgehen wollte, hob die Gestalt, die Ares oder Lisa war, die linke Hand.
Die kleine Flamme des Feuerzeugs tanzte gefährlich hin und her. Schirmer verstand sofort und blieb stehen. Er war schon zu weit in den Raum vorgedrungen, als dass er ohne Gefahr hätte fliehen können. Mindestens zwanzig Schritte zum Ausgang, zehn bis zum Podest, für einen kraftvollen Sprint fehlte ihm einfach die Kraft.
Für Weninger sah es nicht besser aus. Sie befand sich zwar einen guten Meter halb rechts hinter ihm, aber jede falsche Bewegung von ihr konnte auch sein Ende bedeuten. Er erkannte an der entschlossenen Miene der Gestalt und am Schein des Feuerzeugs, dass ihnen ihre Pistolen

hier keinen Vorteil verschaffen konnten. Langsam, für Ares sichtbar, steckte er seine Waffe in den Holster und merkte an den Geräuschen hinter ihm, dass es Weninger ihm gleich tat.
„Er ist für euch am Kreuz gestorben“, krächzte Ares zu ihnen hinunter.
„Machen Sie das Feuerzeug aus und kommen Sie runter. Es wird Ihnen nichts geschehen“, versuchte Schirmer Ares wieder ins Jetzt zurückzuholen. „Wir wissen, was Ihnen widerfahren ist“, fügte er in deutlich sanfterem Ton hinzu.
„Du … weißt … gar … nichts!“ Unbändiger Zorn erfasste die Gestalt, die eben noch das Abbild eines Engels gewesen war. „Er ist dafür am Kreuz gestorben. Für euch, für alle anderen.“ Ares zeigte anklagend auf die Beamten, die es nicht wagten, sich zu bewegen.
„Ares, nehmen Sie das Ding weg, Sie bringen uns alle noch damit um.“ Die Kerzen flackerten, von irgendwoher drang Luft in die Werkstatt. Die Wand hinter dem hölzernen Sockel bewegte sich und Schirmer erkannte, dass es sich dabei um einen mächtigen Vorhang handelte, der etwas verdeckte. Der schwere Stoff, das viele Holz, der Dachstuhl, die Leinwände, alles war in Öl getränkt. Der geringste Funke würde reichen, um eine Katastrophe auszulösen. Er versuchte, sich noch einmal den Bereich hinter ihm ins Gedächtnis zu rufen.
„Wir müssen zurück“, flüsterte Iris, die seine Gedanken erriet.
„Es gibt kein Zurück für euch, Eva!“, griff Ares ihre Worte auf. „Du hast die Sünde über die Menschen gebracht, vor allem für dich gibt es kein Zurück. Deine Strafe wartet auf dich … du hast von den verbotenen Früchten gegessen …“

Das Podest schwankte, für einen Augenblick wich die Entschlossenheit aus Ares' Miene. „Ist das der Grund, warum Sie sich verkleiden? Hat Ihnen Ihr Stiefvater weismachen wollen, dass wir Frauen schlecht sind? Können Sie deswegen nicht Sie selbst sein?"
Weningers Fragen stürzten auf Ares ein und verursachten Verwirrung. Die gedankliche Verarbeitung der Worte brachte ihn völlig durcheinander. Für einen Moment sank die Hand mit dem Feuerzeug.
Schirmer fehlte der Mut, auch nur einen weiteren Schritt zu machen. Er war nicht fähig, sich zu bewegen. Wer stand da vor ihnen? Ares? Lisa Brunner? Seine Gedanken kreisten immer schneller. Der Gestank des Öls begann, seine Sinne zu benebeln. Die schwarze Spur führte kreuz und quer durch das ganze Atelier und verlor sich hinter dem Vorhang.
„Ich durfte niemals Kind sein … war immer nur Hure!"
„Zurück, Harald! Der Kerl ist völlig wahnsinnig." Weninger bewegte sich langsam zum Ausgang, ohne den Blick vom Geschehen abzuwenden. „So komm doch!"
„Bleib wo du bist, Adam!" Ares führte das Feuerzeug wieder nah an sein Gesicht, starrte gierig in die Flamme und öffnete den Mund, als wollte er sie verschlingen. „Wo endet der Verstand? Wo beginnt der Wahnsinn? Ist jemand unter euch, der sich anmaßt, die Antwort zu kennen? Bewegt ihr euch nur einen Schritt, badet ihr mit mir im Flammenmeer. Das Feuer hat alle Antworten für uns."
„Warum haben Sie das gemacht?", redete Schirmer auf Ares ein. „Ihre Taten machen die schrecklichen Dinge, die Ihnen zugestoßen sind, auch nicht ungeschehen."
„Was … willst … du … mir … erzählen … Adam!" Ares schrie lauter als zuvor. „Dich hat niemand an eine

Werkbank gebunden, geschlagen, gefickt und an seine Freunde weitergereicht wie einen Gegenstand. Du musstest den Dämon nicht austragen … ich … ich war es, die geprüft worden ist."

„Was ist mit dem Kind geschehen?"

„Du hast ihn gesehen. Eva dort", seine Aufmerksamkeit galt nun allein Weninger, „hat ihn umgebracht."

„Mein Gott. Jochen Kukal war Ihr Sohn?", entfuhr es der Beamtin, die nun ebenfalls Gefahr lief, die Fassung zu verlieren. Da oben stand die Mutter eines Menschen, der durch ihre Hand gestorben war.

„Er war niemals mehr als ein Dämon für mich. Ein Schatten aus der Vergangenheit. Und er hat seine Pflicht getan. Ruf nicht den Schöpfer, Eva … Gott ist schon lange tot."

„Hat Ihnen Ihr Sohn bei all dem geholfen?" Schirmer spielte auf Zeit, während er versuchte, die Situation zu ihren Gunsten zu verändern. Es fiel ihm einfach nichts ein.

„Wir haben ihre Brut vernichtet. Alle sind sie zur Hölle gefahren! Es war nie leicht für mich, das haben sie alle zu spüren bekommen. Niemand ist mehr am Leben, der Zeugnis ablegen kann."

„Haben Sie Alois Walzer auch umgebracht? Wo steckt er? Er hat doch eine Rolle in diesem Spiel."

„Ich habe ihn nie aus seiner Erbschuld entlassen." Das Feuerzeug züngelte gefährlich nah an der Robe. „Als die Zeit reif war, habe ich ihn zu uns gerufen. Er ist zu mir gekommen, so wie auch du zu mir gekommen bist. Er wollte den Dämon sehen. Er ist am Kreuz gestorben … für euch!"

„Alois Walzer wusste also von Ihnen?" Schirmer fühlte sich bestätigt.

„Er hat bezahlt, Adam, bezahlt! Und versteckt hat er uns, dieser Judas. Versteckt und gezittert vor der Schande. Aber tief in seinem Innersten hat er gewusst, dass sein Kreuz bereits gezimmert war."
„Das reicht jetzt, kommen Sie da runter, oder ich schieße Ihnen den Schädel weg", schrie Weninger. Die Situation geriet außer Kontrolle. Schirmer sah seine Assistentin auf einmal unmittelbar neben sich. Iris Weninger hatte wieder die Pistole im Anschlag und zielte auf die Gestalt am Podest. „Sieh zu, dass du rauskommst, Harald, los, los!"
„So wie ich den Judasvater und die Teufelin, die sich Mutter nannte, den reinigenden Flammen übergeben habe, so wird auch euer Fleisch vergehen. Brennt ... brennt alle!"
Er bewegte sich nicht. Entsetzt beobachtete er, wie das Feuerzeug zu Boden fiel, sich in Zeitlupe dem Boden näherte. Noch ehe es aufkam, fraßen sich schon Flammen durch Bahnen aus Öl, die gitternetzartig über den Boden des Ateliers verliefen. Im Nu waren Ares und Schirmer in einem feuerroten Quadrat gefangen. Gierig züngelten die Krallen des Brandes nach ihnen, wanderten über Leinwände, Wandteppiche und holzgetäfelte Mauern, nahmen alles in Besitz und steckten schließlich den Dachstuhl in Brand. Es dauerte nicht lange, und die Zimmermannsnägel im Gebälk begannen zu glühen.
Ein Schrei des Entsetzens erreichte Schirmer. Weningers Stimme kam von der anderen Seite der Feuerwand. Und dann sah er es auch.
Auf dem Podest stand ein Mensch, der weder Ares noch Lisa Brunner war. Die bemitleidenswerte Kreatur, dessen Robe bereits dem Feuer zum Opfer gefallen war, drehte sich weinend um ihre eigene Achse und gab den Ermitt-

lern ihre zahlreichen Wunden preis. Jegliche Weiblichkeit war diesem Körper genommen worden. Unterhalb des Halses begann vernarbtes Gewebe, das Ergebnis jahrelanger Selbstverstümmelung. Armdicke Striemen bedeckten den gesamten Rücken, manche schlecht verheilt, andere verkrustet, einige waren neu und bluteten nun. Ohne einen Laut der Pein gab sich der Leib den Flammen hin.
Die letzten Fetzen des Vorhangs gingen brennend zu Boden und gaben den Blick auf einen weiteren Raum und auf ein glühendes Kreuz frei, das den Leichnam von Alois Walzer trug.
Schirmer beobachtete wie in Trance, was um ihn herum geschah. Er war unfähig zu einer Reaktion, spürte Hitze auf seinen Schenkeln und dann hörte er die Stimmen.
„Er ist am Kreuz gestorben!"
„Nimm meine Hand!"
Dann kam die Dunkelheit.

Epilog

„Du hättest sehen sollen, wie die Alte weiß geworden ist im Gesicht, während die Ministerin ihre Hand geschüttelt, zur erfolgreichen Klärung der Nagelmorde und ganz besonders zur Leistung ihrer tollen Mannschaft gratuliert hat. Die hat dabei zu mir herübergesehen, ich sag's dir … Hätten wir uns nicht im Ministerium befunden, die wäre mir glatt an die Gurgel gesprungen."
„Auch nicht schlecht. Immerhin kann nicht jeder Polizist von sich behaupten, die neue Landespolizeikommandantin von Niederösterreich zum persönlichen Feind zu haben. Denkst du, dass sie dir künftig Probleme bereiten wird?"

Sie hatten das Ende der Terrasse erreicht. Unter ihnen breitete sich der kurz geschnittene Rasen einer weitläufigen Parkanlage aus. Vereinzelt waren Patienten zu sehen, die über die Kieswege des Geländes spazierten. Entlang der Hecke, die das Gelände quadratisch eingrenzte, standen in regelmäßigen Abständen Sitzbänke aus hellem Naturholz. Schirmer hatte die kurze Strecke, die er den Rollstuhl geschoben hatte, außer Atem gebracht. Er holte mit dem Mund mehrmals Luft, schnaufte leidend durch und blickte den Tauben nach, die gerade über das Grundstück flogen.

„Ah, was will sie mir denn schon großartig tun? Ich bin ja auch ein Teil dieser großartigen Mannschaft, wie es so treffend formuliert wurde. Die hat mich bald vergessen, wo sie ja jetzt in Sankt Pölten sitzt. Außerdem kann sich das Bezirkspolizeikommando Mödling nicht noch einen Ausfall im Kriminaldienst leisten. Du Tachinierer bist ja erst in frühestens drei Monaten wieder am Damm."

Hasler zog die Decke, die auf seinen Beinen lag, ein Stück höher. Die Sonne verschwand hinter einem nahen Bergrücken und nahm die spätsommerliche Wärme mit sich. Er schloss die Augen und genoss die letzten orangefarbenen Strahlen, die seinen Körper berührten.

„Bleibt nur noch die Balogh, die wieder da ist, und Weninger, die nicht mehr lang da ist", fuhr Schirmer fort. „Die Balogh! Stell dir das einmal vor. Kaum von der SOKO zurück, wird sie von Marisch zu dieser Ehrung mitgezerrt und erhält ein Dekret, obwohl sie doch nichts mit den Ermittlungen zu tun gehabt hat."

„Sarah gehört aber trotzdem zum Team. Vielleicht wollte ihr die Frau Oberst genau das damit vermitteln. Find' ich gut", antwortete Hasler und fuhr sich dabei in seiner typischen Manier über die Enden seinen Schnauzers.

Schirmer kam vor, als wäre Haslers Barthaar in den Wochen im Krankenhaus deutlich dünner geworden, verkniff sich eine Anspielung darauf allerdings. „Du müsstest sie sehen. Die hat mindestens fünf Kilo zugenommen in der Zeit, in der sie dem Bundeskriminalamt zugeteilt war ... alles am Arsch hinten. Die Tätigkeit der Bürohengste in Wien besteht vorwiegend aus Fressen und dem Ausbrüten von Richtlinien, mit denen kein Mensch etwas anfangen kann. Das sag' ich doch immer wieder."
„Sarah war mich übrigens vorigen Mittwoch besuchen, Harald." Hasler beobachtete die Reaktion seines Partners.
„Ja, und ich bin ja jetzt auch da. Die Untersuchung wegen Weningers Schusswaffengebrauch wurde übrigens eingestellt."
„Iris hat mich gestern angerufen, ihr dürfte es recht gut gehen."
Schirmer zuckte mit den Schultern. „Die hat das alles überraschend gut verdaut. Was sie belastet, ist die Tatsache, dass nicht alles restlos geklärt werden konnte. Weißt ja eh, wie die Weiber sind. Denken über einen Furz wochenlang nach. Ich persönlich kann gut damit leben, dass Brunner vor ihrem Tod wenigstens die Morde an ihrem Stiefvater und ihrer Mutter gestanden hat. Weninger und ich wären Nummer fünf und Nummer sechs gewesen, stell dir das einmal vor. Ich bin froh, dass die Angelegenheit ausgestanden ist. Punkt."
„Die Tatsache, dass Lisa Brunner und ihr Sohn offenbar jahrelang von Alois Walzer Junior mit Geld versorgt worden sind, sehe ich eher nicht als Furz an. Und Tobler? Fehlt von dem immer noch jede Spur?"
„Mein Gott, haben sie dir etwas abgeschnitten hier herinnen? Kau das doch nicht schon wieder durch, Arno.

Das Haus in Niederrat ist ein Trümmerhaufen. Die Bude ist bis auf die Grundmauern abgebrannt. Wir können von Glück sagen, dass Weninger und ich da rausgekommen sind. Die Spurensicherung hat im Haus nichts Verwertbares finden können. Sein Handy konnte nicht angepeilt werden, gar nichts. Wie vom Erdboden verschluckt ist der. Wie überhaupt das ganze Geschwafel über seine Gefährten und das ganze kranke Zeug nicht gestimmt hat. Rund um dieses Haus wurden niemals mehr als vier Männer gesehen. Tobler, Ares, Kukal und der ungarische Hausmeister. Der hat mir bei meinem ersten Besuch in Niederrat die Tür geöffnet. Von dem fehlt auch jede Spur. Und wo sich Lisa Brunner und ihr Bastard die ganze Zeit über aufgehalten haben und wie es kommen konnte, dass sie einfach spurlos aus der Psychiatrie verschwunden ist, wird vielleicht die extra dafür eingerichtete Sonderkommission klären. Ist ja supermodern heutzutage. Wir an der Front wissen vor lauter SOKOS gar nicht mehr, wer die eigentliche Arbeit tun soll. Da holen sie Kollegen aus Vorarlberg dafür, damit die völlig unvoreingenommen noch einmal die Unterlagen durchgehen können. Von mir kriegen die höchstens einen Tritt in den Hintern. Für mich ist die Sache erledigt."

„Bist du bei den Spergels weitergekommen?"

Schirmer zündete sich eine Zigarette an und verdeckte mit einer Hand die Glut, um von einer eventuell auftauchenden Krankenschwester nicht erwischt zu werden. „Die Kontoöffnungen haben ergeben, dass Walzer ihnen bis vor einigen Jahren regelmäßig hohe Geldsummen überwiesen hat. Ich gehe davon aus, dass die beiden von all dem gewusst haben und Walzer sich ihr Schweigen erkaufen musste. Mit so einer Familiengeschichte hätte er bei der Partei niemals Karriere gemacht."

„Bleibt es dabei, Harald? Mussten die Spergels sterben, weil ihr Vater an all dem beteiligt gewesen ist?"
„Arno, ich habe dir das alles schon erzählt. Jetzt bist du wie die Weninger. Der Ermittlungsakt ist geschlossen. Wenn du so interessiert daran bist, lies dir alles noch einmal durch, wenn du wieder im Dienst bist. Aber erst, nachdem du deinen Routinekram erledigt hast."
„Chef, du wirst dich auch nicht mehr ändern, fürchte ich."
Schirmer drückte Haslers Schulter. „Wenn du kein Krüppel wärst, würde ich dich jetzt verprügeln."
„Das würde ich dir manchmal sogar zutrauen. Harald, bring mich bitte wieder hinein, mir ist kalt."
„Ja, ist eh besser, ich muss sowieso wieder los, hab' den Hund im Auto."
„Führst du ihn zu Katja?"
„Ja, wir wechseln uns ab, was Erhard betrifft. Sie wohnt nicht so weit entfernt, da geht das schon."
Während Schirmer den Rollstuhl durch die Glastür schob, kam kühler Wind auf. Der Sommer neigte sich dem Ende zu, es roch nach Herbst.

Thomas Eppensteiner ist Kriminalbeamter und lebt mit seiner Familie in Niederösterreich. Seit frühester Jugend schreibt er Kurzgeschichten und Gedichte. Mit „Sünden“ gibt er sein Debüt als Romanautor.

Berenkamp-Krimis

außergewöhnlich spannend und rätselhaft, aber immer fair zum Leser

Dietmar Wacher
Inspektor Matteo ermittelt
Der Holzfischer
ISBN 978-3-85093-259-2
A: € 12,90, D: € 12,50

Forstarbeiter finden im Birkenwald oberhalb von Landstein Teile einer skelettierten Leiche. Kein einfacher Fall für Kriminalinspektor Matteo Steininger und den Polizeipraktikanten Willi Hörtnagl. Ihre einzigen Ermittlungsansätze sind Reste von roten Lackstiefeln, eine goldene Brosche, ein paar Münzen aus dem Jahr 1947. Lange tappen die beiden völlig im Dunkeln. Kuriose, schrullige Zeitgenossen, skurrile Verwandte und mysteriöse, anonyme Briefe machen aus dem Kriminalroman im ländlichen Alpenraum mehr als „nur" einen spannenden Fall.

Dietmar Wachter
Das Zingulum
Inspektor Matteo ermittelt. Sein 2. Fall
ISBN 978-3-85093-278-3
A: € 12,90, D: € 12,50

In Landstein, einem idyllischen Tiroler Städtchen, ist's vorbei mit der Beschaulichkeit einer Kleinstadt, als vier Frauen spurlos verschwinden. Ihre Leichen werden – allesamt mit kahlgeschorenen Köpfen – Wochen später an symbolischen Orten aufgefunden. Ein kniffliger Fall für Matteo Steininger, den Landsteiner Kriminalinspektor alter Prägung, der seinen Papierkram vorzugsweise auf einer klapprigen Reiseschreibmaschine im Biergarten eines Wirtshauses erledigt.

Sepp Kahn
In Ewigkeit. Amen
Wie nah das Böse sitzt
ISBN 978-3-85093-288-2
A: € 12,90, D: € 12,50

Ruhig und friedlich liegt das Zweitausend-Seelen-Dorf Unterhirschen zwischen Feldern und Wald. Außergewöhnlich in diesem Frühsommer ist lediglich die Häufung an Beerdigungen, die einigen zu denken und Anlass für wilde Spekulationen gibt. Postenkommandant Waldemar Ladinger tut, was er kann, kriminalistische Erfolge sind ihm aber kaum gegönnt. Trotzdem lichten sich die Nebel, und jeder sieht und begreift, wie nah das Böse sitzt.

Ingrid J. Poljak
Bildermord
Mord und Kunstdiebstahl an der Salzach
Salzburger Festspielkrimi
ISBN 978-3-85093-303-2
A: € 12,90, D: € 12,50

Henri Devolier ist Kulissenmaler bei den Salzburger Festspielen. Während der hektischen Tage vor einer Opernpremiere taucht seine Exfrau auf und macht ihm die Hölle heiß, weil er sie auf dem Bühnenbild verewigt hat. Ein junger Kollege beginnt ihn zu mobben. Doch die eigentliche Bedrohung braut sich anderswo zusammen: Henri wird in mörderische Intrigen um ein verschwundenes Millionenbild verstrickt und gerät selbst unter Mordverdacht. Er nimmt den Kampf gegen den Unbekannten auf, der ihm Mord und Kunstdiebstahl in die Schuhe schieben will. Kann er dem dreifachen Stress von privaten Vorwürfen, beruflicher Herausforderung und gefährlichen Intrigen standhalten?